SARAH SCHWARTZ

Blutseelen

TEIL 1: AMALIA

EROTISCHER VAMPIRROMAN

Plaisir d'Amour Verlag

Sarah Schwartz

Blutseelen: Amalia
Erotischer Vampirroman

© 2010 Plaisir d'Amour Verlag, Lautertal
Plaisir d'Amour Verlag
Postfach 11 68
D-64684 Lautertal
www.plaisirdamourbooks.com
info@plaisirdamourbooks.com
© Coverfotos: Alena Ozerova/TAlex – Fotolia
© Illustration Seite 5: Lena Ulrich
ISBN 978-3-938281-64-2

„O Mensch! Gib acht!" von Friedrich Nietzsche wurde „Des Sommers letzte Rosen - Die 100 beliebtesten deutschen Gedichte", herausgegeben von Dirk Ippen, Verlag C.H. Beck, München 2001, 9. Auflage, entnommen.

O Mensch! Gib acht!
Was spricht die tiefe Mitternacht?
„Ich schlief, ich schlief -,
Aus tiefem Traum bin ich erwacht: -
Die Welt ist tief,
Und tiefer als der Tag gedacht.

Tief ist ihr Weh -,
Lust – tiefer noch als Herzeleid:
Weh spricht: Vergeh!
Doch alle Lust will Ewigkeit -,
- will tiefe, tiefe Ewigkeit!"

Friedrich Nietzsche

STRAßBURG, APRIL

Das Geläut des Münsters erklang in der Ferne des Nachmittags und ergoss sich in die engen Straßen und Gassen. Ein Spiel aus Tönen, wie man es nirgendwo sonst in Europa hören konnte. Ein Meisterwerk, das selbst das Herz des verirrtesten Sünders anrührte, doch Aurelius warf nicht einmal einen Blick in die Richtung des winzigen, geklappten Fensters des Fachwerkhauses. Gereizt zog der Vampir eine weitere Schublade des alten Schreibtischs aus Nussbaumholz auf. Seine Gedanken waren ganz in seine Aufgabe vertieft.

Wo hatte dieser Bastard seine Unterlagen versteckt?

Der Klan hatte schon lange eine Vermutung, was die Vergangenheit von Pierre de la Rougé betraf, doch bisher gab es keinen Beweis. Nun war der alte Mann tot. Herzversagen. Sein Körper war abgeholt, sein Geruch lag noch immer wie eine schlechte Aura aus Tod und Verwesung über allem, was Aurelius berührte.

Seine empfindlichen Sinne wurden beleidigt von der Profanität des Todes, von dem erstickenden, süßlichen Parfüm, das zu viele Erinnerungen weckte, in einem Wesen wie ihm, das im Dreißigjährigen Krieg gelebt hatte und gestorben war. Aber damit wollte er sich jetzt nicht befassen. Er hatte einen Auftrag. Die Zeit war knapp. Schon bald würden die neuen Besitzer der winzigen Wohnung auftauchen und das Haus in Beschlag nehmen. In wenigen Minuten konnte der Laster kommen, der die alten Möbel und vergilbten Bilder samt ihrer Staubschicht abholen würde, um Raum für Neues zu schaffen.

Zwischen Tradition und europäischer Zukunft auf der Grande Île zu leben, war der Traum vieler Straßburger, und sie waren bereit, ein Vermögen dafür auszugeben.

Aurelius stieß die Schublade heftig zu. Er schloss die Augen. Langsam atmete er ein und aus. Obwohl er nicht wie ein Mensch atmen musste, beruhigte ihn dieser vertraute Prozess. Seine Gedanken sammelten sich, wurden zu einem Mantra, das er dachte, wie er es oft in schwierigen Situationen gedacht hatte.

Nein. Ich versage nicht. Ich habe niemals versagt.

Als Gracia ihm erzählt hatte, was Rene plante, war ihm bewusst geworden, was er alles zu verlieren hatte. Die Existenz seines Klans stand auf dem Spiel. Er war geschickt worden, weil er der Beste war. Wenn er die Dokumente nicht fand, fand sie niemand.

Mit geschlossenen Augen lauschte er, drängte das Geläut der

großen und kleinen Glocken des Münsters beiseite. Unten im Haus kochte eine Frau ein spätes Mittagessen. Sie summte leise, während Holz gegen Metall schlug – sie rührte in einem Topf. Aurelius roch den scharfen Duft von Zwiebelsuppe, der über dem Geruch nach Tod und Verwesung lag. Aber da war noch mehr. Eine ganze Welt aus Gerüchen, die darauf wartete, von ihm durchdrungen zu werden. Auch Papier hatte einen Geruch. Es roch scharf und säuerlich. In diesem Schreibtisch gab es ganz verschiedene Papiersorten, die auf unterschiedliche Art und Weise behandelt worden waren. Jede Herstellung hinterließ einen anderen Geruch, einer Prägung gleich, und hinter jeder Herstellungsart erkannte er das Material: Zellstoff, Holzstoff, Altpapier, Fichte, Tanne, Kiefer.

„Kiefer ...", flüsterte er, und riss mit einer fließenden Bewegung die oberste Schublade auf. Sie war leer. Aber der Geruch war unverwechselbar. Schwach drang er unter dem Nussbaumholz hervor, verheißungsvoll.

Mit dem Finger fuhr er über den Boden der Schublade. Mühelos drang sein messerscharfer Daumennagel in das Holz ein und ein haarfeiner Riss entstand. Ihm stand nicht der Sinn danach, lange nach einem geheimen Mechanismus zu suchen. Vielleicht gab es gar keinen. Das Holz konnte als doppelter Boden aufeinander geleimt worden sein, um das Versteck sicher zu machen. Er ignorierte die winzigen Holzsplitter, die sich in seine Hand gruben. Seine Haut erkannte sie innerhalb von Sekundenbruchteilen als Fremdkörper und stieß sie ohne sein Zutun ab.

Triumphierend riss er den doppelten Boden endgültig auseinander. Etwas weiß Schimmerndes lag vor ihm. Fieberhafte Erregung pochte in seinen Adern. Er riss die Papiere an sich, die in einer an zwei Seiten offenen Plastikfolie auf ihre Entdeckung gewartet hatten. Mit einer einzigen Bewegung streifte er die Folie ab und ließ sie achtlos auf den braunen Teppich fallen.

Hastig blätterte er die Dokumente durch, erfasste Seite um Seite den kompletten Inhalt. Namen und Daten bestätigten ihm, das Gewünschte gefunden zu haben. Sein Herzschlag beschleunigte sich. Als er die Papiere gelesen hatte, steckte er sie zurück in die Folie, trat an das geklappte Fenster und sah zur Ill hinunter, deren Arme die Insel der Altstadt schützend umflossen.

Er hatte das Geheimnis entdeckt.

Erneut atmete er tief ein und aus. Die kühle Frühjahrsluft vertrieb den erstickenden Todesgeruch aus seinen Lungen.

Er griff zu dem Handy an seiner Seite und berührte die Oberfläche. Es dauerte nicht lange, bis er gewählt hatte, und noch kürzer, bis Gracia abhob.

„Pierre hatte einen Sohn", sagte er mit fester Stimme, als er Gracias Gegenwart am anderen Ende der Leitung fühlte.

Gracia zögerte. „Dann hat er vielleicht weitere Nachfahren. Du weißt, was das heißt?"

„Es könnte ein Seelenblut darunter sein. Eine Wissende."

„Komm mit den Unterlagen nach Frankfurt zurück. Wir haben wenig Zeit."

„Ich komme." Aurelius legte auf. Er öffnete das Fenster ganz, wartete, bis niemand in seine Richtung sah, und schwang sich aus dem Rahmen hinunter auf die drei Meter tiefere Straße. Die Bewegung war so schnell, dass ein Mensch ihr nicht folgen konnte. Auf der Straße zog er sich mit einer Hand den schwarzen Mantel glatt und strich sich durch die langen, goldbraunen Haare. Zielstrebig ging er in Richtung Münster. Obwohl er es eilig hatte, wollte er dem imposanten Bau mit seinen eindrucksvollen Glasfenstern einen Besuch abstatten. Er wusste selbst nicht genau, warum er diesem Drang nicht widerstehen konnte. Vielleicht wollte er ein Grabmal Gottes bewundern, und in Erinnerungen eintauchen. Noch vor zwei Jahrhunderten hatte er in Frankreich gelebt, auf dem Anwesen seiner Vorfahren in der Nähe von Montbéliard.

„Du bist ein sentimentaler Schwachkopf", schimpfte er leise mit sich. Es gab Wichtigeres zu tun, als ein altes Bauwerk zu bewundern. Die Gegenwart rief nach ihm. Seine Hände umschlossen die Papiere.

Seine Stimme war so leise wie der Windhauch zwischen den Häusern. „Wenn es ein Seelenblut gibt, werde ich es finden und es zu ihr bringen. Sie wird das Geheimnis aus dem Nebel der Zeiten heben."

Aurelius wusste, dass das nicht genügen würde. Er würde das tun müssen, was er hasste, und was er seit Jahrzehnten vermied. Sobald sein Klan die benötigten Informationen hatte, würde er töten müssen. Das Geheimnis war nur dann sicher, wenn seine Quelle ausgelöscht wurde. Vielleicht war das der wahre Grund, warum er wie ein Sünder in die Kirche lief, auch wenn er seinen Glauben schon vor Jahrhunderten verloren hatte. Er hoffte auf eine Absolution, die ihm niemand erteilen konnte.

Amalia umklammerte das weiß bezogene Hotelkissen in dem breiten Doppelbett. Sie schlief und spürte, wie sie über jene Schwelle glitt, die so düster und zauberhaft zugleich war. Der Traum riss sie mit sich. Bilder bauten sich auf. Bilder, so real, als könne sie die Gegenstände berühren, die plötzlich da waren. Seidenbespannte Wände, schwere Vorhänge und stilvolle Möbel umgaben sie. Da waren Polsterstühle, Tische auf zarten Beinen, barocke Spiegel und Blumen in hohen chinesischen Vasen. Rosenduft hüllte sie ein. Ihr raues Kleid kratzte unangenehm auf der nackten Haut. In dieser Traumwelt trug sie niemals Unterwäsche.

Der hohe Raum wurde vom Licht der Sonne durchflutet. In seinem Glanz stand *er*. Aufrecht wie eine Statue, die goldbraunen Haare zu einem Zopf geflochten. Sein Anblick beschleunigte das Pochen ihres Herzens. Sie schaffte es nicht, den Blick zu senken, wie es von ihr eigentlich verlangt wurde. Seine erstarrte Schönheit ließ sie flacher atmen, und der grausame Zug um seinen Mund brachte ihre Knie zum Zittern.

Ihr Herr hatte sie rufen lassen. Er hatte sie zu sich befohlen. Sie versuchte sich zu erinnern, wie sie in seinen Besitz gekommen war, aber da war keine Erinnerung. Seine grüngoldenen Augen blickten über ihren Körper in dem Kleid aus grobem Leinenstoff. Ihm schien nicht zu gefallen, was er sah. Sie unterdrückte den Impuls, nach ihrer Haube zu fassen, ob sie auch gerade saß, und nicht zu viel von ihrer schwarzen Haarpracht zeigte.

Auch das war sonderbar. In diesem Zimmer ihrer Traumwelt war sie schwarzhaarig, dabei hatten ihre Haare die Farbe von dunklem Wein.

Ihr Herr sah sie auffordernd an. Ein übernatürlicher Bronzeschimmer lief über die helle Haut seines Gesichts. Sein Blick drang in sie, brach in ihr Denken ein und raubte jeden Widerstand. Amalia glaubte, diesen Blick auch auf ihrem Körper zu spüren, wie die Berührung von tausend Fingern, die besitzergreifend über sie strichen. Ihre Haut begann, erwartungsvoll zu kribbeln. Auch wenn ihr Verstand sie maßregelte und ihr sagte, dass ihre Gefühle falsch waren, kam sie nicht gegen ihren Körper an. Zwischen ihren Schenkeln pochte es sehnsuchtsvoll.

Eine wilde Lust überkam sie. Ein kreatürliches Verlangen, als sei sie nur für diesen Augenblick geboren worden; für seine Wünsche und Forderungen. Ohne, dass er es befehlen musste, öffnete sie ihren dünnen Gürtel. Sie streifte erst das Oberkleid, dann das Unterkleid über den Kopf und stand nur in ihren groben Schuhen und der Haube vor ihm, bis sie auch diese Kleidungsstücke abgelegt hatte.

Er sagte etwas zu ihr, aber sie konnte es nicht verstehen. Seine sinnlichen Lippen verzogen sich arrogant. Obwohl sie seine Abwertung in jeder seiner Gesten spürte, nahm das Pulsieren in ihrem Unterleib weiter zu. Sie war ein Instrument, das geduldig darauf wartete, von einem Meister gespielt zu werden.

Er trat zu ihr. Sie hielt den Blick gesenkt, während er sie betrachtete wie ein Händler die Ware auf einem römischen Sklavenmarkt. Seine Hände betasteten ihr Fleisch, wogen ihre Brüste, griffen nach ihrer unrasierten Scham und glitten tiefer, hinein in die Feuchte, die sie nicht vor ihm verbergen konnte.

Ihr Zittern wurde stärker, das Pulsieren unerträglich. Seine Finger hinterließen brennende Male, die sie quälten und zugleich liebkosten. Sie kämpfte gegen den Wunsch an, ihn anzuflehen, ihr mehr von sich zu schenken. Doch sie wusste, wo ihr Platz war. Er sah in ihr nur einen Gegenstand, der seiner Befriedigung diente, und obwohl sie ihm zürnen sollte, konnte sie es nicht. Sie wollte mehr von ihm, viel mehr, und sie war bereit, jeden Preis zu zahlen.

Er ließ von ihr ab und wies auf seinen Schreibtisch aus schwerem Holz. Mit wackligen Beinen ging sie darauf zu, lehnte sich mit dem Oberkörper auf die Platte und bot ihm bereitwillig ihren Rücken und ihr Gesäß an. Sie ahnte, was kommen würde, trotzdem ließ das lustvolle Brennen in ihrem Körper nicht nach.

Er hob etwas vom Tisch. Amalia musste nicht hinsehen, um zu wissen, was es war. Sie hörte den Reitstock durch die Luft sausen. Noch traf das harte Ende ihre Haut nicht. Er spielte mit ihr und ließ sich Zeit. In ihrem Inneren kämpfte Lust gegen Furcht. Wie hart würde er zuschlagen? Wie schmerzvoll würde er sie dieses Mal treffen und wo würde das breite Ende des Reitstocks auftreffen? Sie presste die Lippen fest aufeinander, um nicht zu schreien, wenn er zuschlug. Wenn sie schrie, bestrafte er sie zusätzlich.

Er schlug sie gerne. Erniedrigte sie mit Worten und Züchtigungen. Doch sie konnte sich nicht einmal gedanklich darüber empören, so sehr war sie sein Geschöpf. Tief in sich spürte sie, dass sie ohne ihn längst tot wäre, dass ihr Leben an das seine gekettet war, und mehr noch – dass er etwas mit ihr machte. Etwas mit ihrer Seele. Sie hätte sich gerne bekreuzigt, doch wann immer sie das tat, schlug er sie. Ihr Vater hatte sie vor dem Teufel gewarnt. Vor dem Teufel, und genau das war er. Schlimmer, als die Inquisition und die Gerichtshöfe des Königs, die Giftmischer und Ketzer verfolgten und dabei Schuldige und Unschuldige nicht mehr auseinanderzuhalten vermochten.

In seiner Reitkleidung und den hohen Stiefeln ragte er hinter ihr auf, den Reitstock locker in der Hand haltend. Amalia – die andere Amalia – streckte sich ihm entgegen. Sie schloss ihre Augen und wartete auf den Schmerz, der reine Lust werden würde. Wenn er sie nahm, war er ihre Erfüllung. Doch es würde noch lange dauern, bis er sich dazu herabließ. Vielleicht auch gar nicht. Nicht an diesem Tag. Nicht in dieser Woche. Er verhexte sie, machte sie süchtig und ließ sie dann betteln, bis sie ihn auf Knien anflehte, sie zu nehmen. Dann spielte er den Gönner, den Erfüller in doppelter Hinsicht, und sie konnte ihn nicht einmal dafür hassen.

Das harte Ende der Gerte traf auf ihr Fleisch. Als ein scharfer Schmerz durch ihre Haut fuhr, zuckte sie zusammen. Der Schmerz ebbte ab und verwandelte sich in ein heißes Brennen. Sie keuchte und klammerte sich am Rand des Holzes fest. Beim nächsten Schlag riss sie die Augen auf. Ihr Blick fiel auf den Beistelltisch mit den weißen und roten Rosen in der hohen chinesischen Vase, keine zwei Schritte entfernt. Sie waren wunderschön, unschuldig, und süß.

Der nächste Hieb traf ihre Oberschenkel kurz unter dem Gesäß. Er brannte wie Feuer und ließ sie wimmern.

Es gab Tage, da bekam er nicht genug, da bereitete es ihm Freude, wenn sie später nicht einmal mehr sitzen konnte.

Wieder sagte er etwas. Wieder hörte sie die Stimme nicht. Das Bild verwischte und ging über in eine andere Szene. Sie wusste, sie waren noch im selben Haus: einem Anwesen. Sie holte etwas aus einer Kammer – Nahrungsmittel, ja, Eier – als seine Hände sie hart packten und herumwirbelten. Die Eier fielen zu Boden, Eigelb und Eiweiß ergossen sich als hässlicher Fleck auf dem Holz, die zerbrochenen Schalen ragten auf wie dunkle Ruinen.

Er riss ihren Rock hoch, rückte sie mit dem Rücken gegen die Wand, packte ihre Beine, spreizte die Schenkel und stieß in sie. Seine goldgrünen Augen raubten ihr jeden Laut. Sie wollte schreien, doch kein Ton verließ ihren Mund. Er nahm sie heftig, trieb sie weiter und weiter und dann ... dann war auch dieses Bild verschwunden und sie stand in einem ganz anderen Raum an einem ganz und gar anderen Ort. Umgeben von fünf Männern, die um sie herum knieten. Eine Götzenfigur aus Stein ragte neben ihr auf und vor ihr saß eine Katze, in deren rotgoldene Augen sie starrte. Eine Katze, die ihre Seele verschlang, um sie auf eine Reise zu schicken. Irgendwo schrie eine Frau.

Das Bild der Kammer kehrte zurück. Die Eier am Boden. Ihre lautlosen Schreie drohten sie zu ersticken. Ihr Körper glühte in einem verzehrenden Fieber, das heißer war, als sie es ertrug. Sie wand sich in seinem Griff und versuchte, ihm zu entkommen, doch er hielt sie unerbittlich fest. Sein Becken stieß gegen ihres. Er drang tief und immer tiefer in sie. Seine Stöße machten die Hitze zu einer Qual. Sie verbrannte, während er sie nahm. Lodernde Flammen hüllten sie ein und doch spürte sie die nahende Erlösung. Obwohl sie es nicht wollte, breitete sich die Lust wie Wellen in ihr aus. Es waren Wellen aus roter Glut, die sie wimmern ließen. Sie kämpfte gegen ihre Schreie an und verlor. Sein Blick war spöttisch, als sie laut und heftig kam, punktgenau von ihm dorthin dirigiert. Ihre Finger krallten sich in die Haut seiner Schultern, die kalt und hart war, wie Marmor. Sie wusste, dass er nicht aufhören würde. Seine Ausdauer kannte keine Grenze. Sie würde kommen, betteln, flehen, dass er aufhörte – und wieder kommen. So oft und so lange, wie er es wünschte.

Schweißnass wachte Amalia auf. Ihre Schenkel zitterten. Sie fühlte noch das Nachbeben des Orgasmus, der im Schlaf über sie gekommen war. Während sie dem dumpfen Pochen zwischen ihren Beinen und dem ihrem Herzschlag folgenden Pulsieren in ihrer Klitoris nachhorchte, betastete sie ihr vor Scham erhitztes Gesicht. Ihre Hände fühlten sich angenehm kühl an. Was für ein Traum. Mit Erleichterung stellte sie fest, dass sie allein in ihrem Bett lag. Die goldgelbe Hoteldecke mit der Kristalllampe über ihr war ein vertrautes Stück Alltag. Langsam beruhigte sich ihr Atem und auch das Flattern in ihrem Körper ließ nach.

Nicht zum ersten Mal fragte sie sich, warum sie immer diese Träume hatte.

Sie griff zu ihrer Scham und spürte die Feuchte, die an ihren Schenkeln klebte und den Stoff der Unterhose durchtränkt hatte.

Schon verschwammen die Traumszenen. Sie wurden zu einzelnen Bildern, dann zu Fetzen, die im Nebel untergingen und an Bedeutung verloren.

Sie schwang die Beine aus dem Bett und griff nach ihrem Handy. Es war kurz vor neun. Wieder einmal hatte sie es geschafft, nur wenige Minuten vor dem Klingeln ihres Handy-Weckers aufzuwachen. Gut gelaunt suchte sie sich ein Lied aus und schaltete die Musik ihres Handys ein. Der Klang war mäßig, aber sie liebte Musik und hörte lieber welche in schlechter Qualität, als überhaupt keine. Die melodischen Töne holten sie endgültig in die Realität zurück. Sie war nicht in Frankreich, auf irgendeinem Anwesen, sondern in Leipzig auf dem Wave Gotik Treffen. Sie freute sich, dass sie sich die Zeit für das Festival gegönnt hatte, sie hatte die letzte Zeit viel gearbeitet und musste unbedingt mal raus.

Zufrieden lächelnd sah sie sich in dem geräumigen Hotelzimmer um. Das schwarze Bett stand auf einem Laminatboden, zwei Spiegel und ein Druck Lyonel Feiningers von 1954 mit dem lyrischen Namen „Die entschwundene Stunde" hingen an den Wänden. Das Bild Feiningers zeigte eine verwaschene Häuserfront in Blautönen und setzte sich gut von der warmen gelben Wand ab. Es gab einen Fernseher auf einem schwarzen Sideboard, einen runden Tisch mit zwei filigranen Stühlen und sogar eine Grünpflanze neben der Fensterfront mit den orangefarbenen Vorhängen. Alles passte zusammen und vermittelte ein Gefühl von wohnlichem Wohlbehagen.

Gähnend streifte sie ihr Nachthemd und ihre Unterhose ab, und ging hinüber zu dem modernen Bad mit Dusche und Luxusbadewanne. Sie stieg in den weißen Duschraum und ließ das Wasser über ihre Haut fließen. Langsam erwachten ihre Lebensgeister. Der Traum floss von ihr ab, verblasste mehr und mehr zu einem Gespinst der Nacht, das bei Tageslicht keinen Bestand hatte.

Was dagegen nicht verschwinden wollte, war ihre Lust. Sie stellte sich den braunhaarigen Mann aus ihrem Traum vor und fragte sich, wie es wäre, wenn er jetzt bei ihr wäre und sie sehen könnte. Sie schloss die Augen.

Das Wasser der Dusche zerteilte sich über ihr in Myriaden winziger Tropfen. Das Prasseln auf dem Boden erinnerte sie an tropischen Regen. Sie ertappte sich dabei, sich weit ausgiebiger mit Duschgel einzureiben, als es notwendig war. Der Geruch des Duschgels nach Mango und Honig stieg auf.

Ihre linke Hand kreiste auf ihrer Brust, während die rechte langsam über ihren Bauch fuhr.

Sie dachte an seinen Mund. An die vollen, sinnlichen Lippen, die sich zum verächtlichsten Lächeln der Welt verziehen konnten, und an seine grüngoldenen Augen, deren Blick auf ihrem nackten Körper lag. Ein angenehmes Kribbeln überzog ihre Haut. Wie in Trance hob sie ihre Brust an, so wie er es im Traum getan hatte.

Ihre Hand wanderte tiefer. Ihre Finger glitten zwischen ihre

Schamlippen und spreizten sie. Zögernd bewegte sie die Hand ein Stück nach oben und verharrte über ihrer pochenden Klitoris. Wie kam es nur, dass ein Traumbild so viel Begierde weckte? Sie drückte sehnsüchtig gegen ihren Schamhügel. Die andere Hand berührte die Kacheln der Wand. Sie stützte sich ab, während sie ihren Zeigefinger genussvoll kreisen ließ, die Kuppe genau auf dem dumpfen Pochen liegend, das sich sofort verstärkte.

Das Wasser hüllte sie ein wie warmer Nebel. Sie stellte sich seine Hände auf ihren Brüsten vor. Seinen Körper an ihrem. Wohlige Schauer durchrieselten sie und zugleich stiegen neue Bilder in ihr auf, die ganz und gar ihrer Fantasie entsprangen. Er und sie duschten gemeinsam. Sie fühlte ihren Herzschlag und spürte die Hitze und Sehnsucht größer werden. Ihr Finger bewegte sich fließend, aber noch immer langsam. Sie ließ sich Zeit und spürte die winzigen Berührungen wie schwache Stromstöße. Ihre Schenkel zitterten vor Anstrengung, aufrecht stehen zu bleiben.

Sie stellte sich seine Stimme vor, die dicht an ihrem Ohr ihren Namen sagte. Wie er wohl hieß? Ein Name für ihn wollte ihr nicht einfallen. Jeder, der ihr in den Sinn kam, erschien ihr falsch.

Die kleinen Kreise wurden schneller, die zarten Stromstöße intensiver. Sie stützte sich mit der Schulter an der kühlen Wand ab, um die andere Hand freizuhaben. Wieder hob sie ihre Brust an und ließ sie sinken. Dabei dachte sie erneut an seine kräftigen Hände, die groß genug waren, ihre Brüste zu umspannen. Sie wünschte sich, er wäre bei ihr und würde sie mit seinen Fingern verwöhnen. Ihr Daumen rieb abwechselnd über ihre harten Brustspitzen, bis ihre Hand auf einer Brust liegen blieb und Zeige- und Mittelfinger die Brustspitze wie eine Klammer anhoben. Nur ein winziges Stück, aber es genügte, um eine Welle der Lust wie ein Elektroschock durch ihren Körper fahren zu lassen.

Sie beschleunigte ihre Bewegungen, die Kreise wurden enger und fester, bis ihr Unterleib sich fast schmerzhaft anspannte.

Ihr Orgasmus kam noch heftiger als der im Traum. Sie lehnte sich ganz an die Wand, genoss das Pulsieren in ihrer Scham und das heiße Wasser, das über ihre Haut floss.

Einen Moment stand sie still und fühlte dem Echo ihres Höhepunkts nach. Sie wusste, sie musste sich erneut abduschen, aber das war es wert. Schöner aber wäre es mit ihm gewesen. Sie seufzte. Zu schade, dass es solche Männer nicht in der Realität gab.

Nach dem Duschen kämmte sie ihre langen, dunkelroten Haare.

Den Ansatz hatte sie erst vor wenigen Tagen nachgefärbt, damit er nicht braun hervorstach. Gut gelaunt trat sie zurück in den Schlaf- und Wohnraum.

Der Inhalt ihres Koffers war über den ganzen Boden verteilt und sie sah unentschlossen zwischen Korsagen, Lackhosen, Tüllröcken und Stiefeln hin und her. Sie hatte sich mit ihrer Freundin Kim im Hotel zum Frühstücken verabredet. Kim würde erst an diesem Morgen anreisen. Es war ihr fünfter Besuch auf dem Wave Gothic Treffen. Das erste Mal hatte ihr damaliger Freund sie mitgenommen – und dann eine andere kennengelernt. Nichtsdestotrotz war sie dem Festival treu geblieben. Sie liebte die Atmosphäre, die vielen Menschen in der aufwendigen Kleidung und den kreativen Stylings. Sie mochte die gutmütige Eitelkeit, die freundliche Stimmung und die Ausstrahlung dieses friedvollen und zugleich lebensfrohen, obgleich schwarzen Festes. All das war ihr genauso wichtig wie die Bands, die von morgens bis abends in den unterschiedlichsten Locations der Stadt ihre Auftritte gaben.

Nach kurzem Zögern entschied sie sich für eine Lackhose, eine Satinkorsage, einen schwarzen, eng anliegenden Spitzenbolero und ein reich verziertes Halsband aus schwarzen Kunstperlen. Dazu eine Samtjacke, die sie bei den leider noch recht kühlen Temperaturen warmhalten würde.

Auf dem Weg zum Frühstück besah sie sich mit dem professionellen Blick einer Raumausstatterin den wundervollen Innenbereich des Hotels mit seinen stilvollen Leuchtern, den verspiegelten Deckenkacheln, den dunkelroten Wänden und dem Parkettboden. Es hatte sogar einen eigenen Park, vor dem eine ausladende Terrasse mit runden Bistrotischen und weißen Sonnenschirmen lag.

Amalia holte sich am Buffet ihr Frühstück, organisierte sich ein Glas Sekt mit Orangensaft und suchte sich einen ruhigen Platz an der frischen Luft. Drinnen waren fast alle Tische belegt und es herrschte geschäftiges Treiben. Die Hälfte der Gäste trug schwarze Kleidung und viele waren noch wesentlich auffälliger zurechtgemacht und geschminkt als sie selbst. Ein Pärchen fiel ihr besonders auf, denn irgendwie kamen die beiden ihr bekannt vor. Sie hatte lange, schwarze Locken und trug ein weites, dunkelrotes Satinkleid mit Reifrock. Auf dem Kopf trug sie einen kleinen Hut mit Schleier, und an ihrem linken Handgelenk baumelte ein Varietéfächer. Ihre Haut war weiß geschminkt und wirkte wie Alabaster. Die dunklen Augen schienen zwischen den schwarzen Soft-Liner-Balken zu glühen. Der dunkelhaarige Mann an ihrer

Seite war nicht minder beeindruckend. Er trug einen schwarzen Gehrock, unter dem ein weißes Rüschenhemd hervorblitzte. Die Sonnenbrille betonte die blitzenden Knöpfe und modernen Verzierungen seines Gehrocks. Er war eine Mischung aus Graf und Punk, mit einem Stachelhalsband, ebenso weißer Haut wie die seiner Partnerin und dem sinnlichsten Mund, den sie je gesehen hatte.

Unwillkürlich lief ihr ein Schauer über den Rücken. Sie musste an den Mund des Mannes aus ihren Träumen denken, an die weichen Lippen, die sich spöttisch verzogen.

Amalia schaffte es nicht, den Blick abzuwenden. Die beiden saßen drinnen, waren aber durch die geöffnete Glastür gut zu sehen. Etwas war an diesem Paar, was sie auf einer tiefen Ebene berührte.

Der Mann im Gehrock hob den Kopf und sah sie an, als könne er ihren Blick spüren. Amalia schoss Hitze ins Gesicht. Hastig wich sie dem Blick des Mannes aus, griff nach dem Sekt und nahm einen Schluck. Als sie wieder in seine Richtung sah, hatte er den Kopf abgewandt.

Als ob er wüsste, dass sie ihn nun wieder ansah, und ihr demonstrieren wollte, dass er in diesem Blickduell der Stärkere war.

Sie ertappte sich erneut dabei, das faszinierende Paar zu beobachten, als ihr Handy klingelte. Mit einem Blick auf das Display stellte Amalia fest, dass es ihre Freundin Kim war. Eilig nahm sie das Gespräch an.

„Hallo Kim, wo bist du denn? Wir waren doch zum Frühstück verabredet, und die Frühstückszeit ist fast rum. Steckst du im Stau?"

„Lia, Liebes. Hi. Sorry, ich … mir ist was total Blödes passiert, und ich kann dieses Wochenende nicht weg."

Besorgt presste Amalia den Hörer fester an ihr Ohr. „Was ist passiert?" Hoffentlich war Kim nicht krank geworden oder hatte sich verletzt.

„Es tut mir leid, Lia, ehrlich."

„Was ist denn los? Hattest du auf dem Weg einen Unfall?"

Kim seufzte. „Äh … nicht ganz. Ich weiß, du wirst mich jetzt vielleicht verfluchen, aber, es … na ja …" Sie druckste herum. Das Schweigen wurde länger. Es wurde unangenehm.

Ah, daher wehte der Wind.

„Es ist ein Mann", stellte Amalia fest. „Habe ich recht?"

Es war nicht das erste Mal, dass sich Kim Hals über Kopf

verliebte und deswegen Verabredungen absagte.

„Lia, hör zu … er kann dieses Wochenende mit mir nach Paris fliegen. Er hat da was Geschäftliches zu tun und möchte mich mitnehmen."

„Du tauschst Paris gegen das WGT, okay, ich kann's verstehen. Aber ich bin jetzt schon traurig, dass ich hier allein sitze."

„Es tut mir leid, ehrlich. Ich bin eine miese Freundin. Mach dir einfach eine schöne Zeit, okay? Es wird bestimmt auch ohne mich super und ich verspreche, es irgendwann wieder gut zu machen."

Sie wechselten noch ein paar Worte und verabschiedeten sich. Das Starren auf ihr Handy half ihr aber auch nicht weiter. Sie war enttäuscht, auch wenn sie Kim verstehen konnte. Sie hatte nicht viele Menschen, die ihr nahe standen und sich sehr auf ein paar entspannte Tage mit Kim gefreut, aber sie wünschte ihrer Freundin alles Gute für ihren romantischen Trip nach Paris. Sie selbst glaubte nicht daran, auf dem Festival vielleicht jemanden kennenzulernen. Mit dem Thema Männer war sie vorerst durch. In den letzten Jahren hatte sie zu viele Enttäuschungen erlebt. Sie leerte ihr Sektglas und tat sich selbst ein bisschen leid.

Ein Schatten fiel auf sie.

Als sie aufsah, waren ihre trüben Gedanken nur noch ein Schatten am Vormittagshimmel. Eine winzige Wolke, die in Bedeutungslosigkeit versank.

Oh. Mein. Gott.

An der Seite ihres Tisches - mitten in der Sonne - stand ein fast ein Meter neunzig großer Mann in schwarzer Kleidung und sah sich scheinbar nach einem freien Tisch um.

Das war ER! Der Mann aus ihrem Traum. Es gab überhaupt keinen Zweifel. Ihr Traumbild lebte auf der Erde, trug eine Bondagehose, ein schlichtes schwarzes Hemd und eine Sonnenbrille. Trotzdem, obwohl sie nicht einmal seine Augen erkennen konnte, war sie sicher. Er war der Mann aus ihrem Traum. Es war dasselbe Kinn, dieselben Wangenknochen, derselbe Bronzeschimmer, der über die helle Haut strich, derselbe Mund, sinnlich und spöttisch. Er hatte sogar dieselben langen Haare, die er offen trug, und die wie flüssiger, goldbrauner Bernstein sein Gesicht einrahmten. Sie brachte einen erstickten Laut hervor und hustete gequält.

Der Fremde beugte sich besorgt zu ihr herab. „Ist alles in Ordnung? Hast du dich verschluckt?" Er roch nach einer nassen Herbstwiese. Nach dem feuchten Boden am Ende eines Sturms.

Verzweifelt kämpfte Amalia darum, sprechen zu können.

Sie musste sich irren. Er sah ihm bestenfalls ähnlich. Es konnte einfach nicht der Mann aus ihrem Traum sein. So etwas gab es nicht.

„Entschuldige", brachte sie stammelnd hervor. „Kennen wir uns?"

Er richtete sich wieder auf und zog den Stuhl neben ihrem zurück. Wie selbstverständlich setzte er sich. Jede seiner Gesten war zugleich anmutig und nachlässig. „Nicht, dass ich wüsste, aber vielleicht hast du mich letztes Jahr in Leipzig gesehen? Warst du im selben Hotel? Meine Freunde und ich kommen jedes Jahr zum WGT. Wir steigen entweder hier ab oder in der Innenstadt. Das Radisson ist sehr zu empfehlen. Zentrale Lage, nette Zimmer, gute Küche."

„Oh." Mehr brachte Amalia nicht hervor.

Liebe Güte, sie war die Krone der Schöpfung, wirklich. Fehlte nur noch, dass sie grunzte wie ein Erdferkel ...

„Bist du allein unterwegs?" Er lehnte sich entspannt zurück und sah in ihr Gesicht.

Amalia spürte, wie kribbelnde Erregung sie durchflutete. Alles an ihm war fremd und zugleich vertraut: sein Geruch, seine Gesten, die Art und Weise, wie er den Kopf zu ihr wandte. Die Bilder aus ihrem Traum vermischten sich mit der Realität. Dieser Mann vor ihr war lange nicht so spöttisch und herrisch wie sein nächtliches Spiegelbild. Sie glaubte, sein Verständnis zu spüren. Es hüllte sie ein und nahm ihr alle Hemmungen.

„Ich war mit einer Freundin verabredet", platzte es aus ihr heraus. „Aber sie hat abgesagt. Ich ... ich habe den Anruf gerade erst bekommen und bin noch ganz durcheinander. Am besten fahre ich wieder heim."

„Bedauerlich, dass sie dir abgesagt hat. Aber deshalb gleich nach Hause fahren? Kennst du sonst niemanden hier?"

„Nicht wirklich. Ich komme nicht aus der Gegend."

„Ich auch nicht. Meine Freunde und ich leben in Frankfurt." Er sah sie neugierig an.

„Mainz", beantwortete sie die nicht gestellte Frage.

„Gar nicht so weit von Frankfurt weg." Er lächelte. Amalia fühlte sich durch dieses Lächeln sofort besänftigt. Es war, als würde eine zweite Sonne nur für sie aufgehen.

„Du hast grüne Augen, nicht wahr? Goldgrüne Augen." Der Satz verließ ihre Lippen, noch ehe sie recht wusste, was sie sagte.

Der Fremde nahm die Sonnenbrille ab und legte sie auf den Tisch. „Bedaure. Ein langweiliges Braun."

„Oh!", entfuhr es Amalia enttäuscht. Er hatte wirklich braune Augen. Sie passten ganz ausgezeichnet zu seinen hellbraunen Haaren und schimmerten unnatürlich intensiv.

„Braun ist sehr ... bodenständig ...", brachte sie in dem Versuch hervor, etwas Nettes zu sagen, das ihre merkwürdige Anwandlung überspielte, seine Augenfarbe kennen zu wollen.

Er grinste vergnügt. „Bodenständig? Du bist sonderbar. Wie kommst du darauf, ich hätte grüne Augen?"

„Du hast mich an jemanden erinnert."

„An wen?"

„Nicht so wichtig." Ihr Traum stieg in aller Deutlichkeit vor ihr auf, die Eierschalen am Boden, der Reitstock, und sie spürte das Brennen in ihrem Inneren größer werden. Verwirrt sah sie von ihm fort. Was war das nur für ein verrückter Tag? Alles schien schiefzulaufen. Es war, als sei der S-Bahn-Waggon, in dem sie sich sonst durchs Leben tragen ließ, entgleist, und rase mit tödlicher Geschwindigkeit einer Mauer entgegen. Eine dunkle Vorahnung mischte sich in ihr mit Furcht und ließ sie trotz des Sonnenscheins frösteln. Sie versuchte, das Gefühl abzuschütteln.

Ich werde langsam albern, schimpfte sie sich selbst. Als ob dieser Mann sie bedrohen würde. Sie fragte sich, wie er heißen mochte.

„Aurelius Dubais." Er streckte ihr seine Hand hin, als habe er ihren Gedanken gelesen.

„Aurelius? Ist das ein Künstlername?"

„Ich hatte altmodische Eltern. Im Grunde kann ich froh sein, dass ich nicht Novalis heiße. Meine Mutter liebte Novalis. Besonders die Gedichte."

Amalia nahm zögernd seine Hand. „Amalia Stern. Meine Eltern standen auf die österreichische Herrscherfamilie."

Sie lächelten einander an. Der kalte Knoten aus Angst in Amalias Bauch begann, sich zu lösen, aber die Lust blieb. Das war einfach ein ganz normaler Typ Ende zwanzig der ... ja, was wollte er eigentlich? Mit ihr flirten? Sie hatte nichts dagegen.

Vorsichtig zog er seine Hand zurück. Sie ließ sie nur widerwillig los. Sie versuchte, sich ganz auf ihn zu konzentrieren und das Durcheinander in ihrem Kopf zu ordnen. „Du bist mit Freunden hier?"

„Ja. Wir machen heute unser traditionelles schwarzes Picknick im Auwald. Mit Decken, Musik und gepackten Kühltaschen. Das ist jedes Jahr ein ziemlicher Spaß. Hast du nicht Lust mitzukommen?"

„Ich ... darf ich dich zeichnen?" Er war traumhaft schön. Sein

Gesicht war perfekt. Sie musste ihn einfach fragen, ob sie eine Zeichnung von ihm machen durfte.

Er sah sie verwundert an. „Nachher im Auwald?"

„Okay."

Aurelius lehnte sich entspannt zurück. „Nun, du hattest nicht geplant, allein hier zu sein, und wenn du Lust hast, kannst du gerne mit mir, Grace und Darion kommen. Du hast nichts zu verlieren. Wenn es dir nicht gefällt, bringe ich dich zur nächsten Haltestelle und du fährst einfach ins Hotel zurück."

„Du hast Mitleid mit mir", stellte Amalia fest. Sie fühlte sich dabei weit weniger schlecht, als sie es wohl sollte.

„Mir fehlt noch eine Begleitung. Grace und Darion sind üblicherweise sehr mit sich beschäftigt, und unsere anderen Freunde sind dieses Jahr nicht mit dabei."

Amalia drängte sich die Frage auf, ob dieser unverschämt gut aussehende Mann in festen Händen war.

Vielleicht suchte er nur etwas für das Wochenende. Und was lag da näher als eine Affäre mit einer Frau, die quasi seine Zimmernachbarin war? Noch dazu bei den luxuriösen Betten, dem weichen Sessel und dem stabilen Tisch. Sie lächelte innerlich. Kim war nicht hier. Was hatte sie also zu verlieren?

„Gut, ich komme gerne mit. Besonders, wenn ich dich zeichnen darf." Sie sah auf sein Handgelenk. Er trug noch kein Band, das ihm Eintritt zu den Locations des Festivals verschaffte. Vielleicht war das eine Chance, ihn bereits vor dem Picknick besser kennenzulernen. Sie deutete auf seine nackte Haut.

„Du musst dir auch noch das Bändchen holen?"

„Bitte?"

„Das Bändchen." Lia hob ihr Handgelenk. „Für den Eintritt."

„Oh ... ja. Das brauche ich noch. Darion kümmert sich normalerweise darum."

Amalia sah ihn verwirrt an. Anscheinend hatte er die indirekte Aufforderung, gemeinsam mit ihr in die Stadt zu fahren, nicht verstanden, oder nicht verstehen wollen.

Typisch Mann und Frau. Dann eben direkter.

„Ich mache das lieber bald. Willst du nicht mitkommen?"

„Geht leider nicht. Wir müssen noch Essen für unser Picknick vorbereiten."

„Oh. Wann geht ihr denn los?"

„Gegen vier Uhr. Wir können uns ja um zehn vor vier an der Rezeption treffen."

„Einverstanden."

Amalia stand auf. Sie wollte nicht aufdringlich erscheinen.

„Okay. Dann bis später." Er nahm seine Sonnenbrille vom Tisch und setzte sie wieder auf.

Noch einmal verglich Amalia ihn mit dem Mann aus ihrem Traum.

Sie sahen sich unglaublich ähnlich. Wahrscheinlich hatte sie Aurelius wirklich schon letztes Jahr gesehen und sich sein Gesicht unterbewusst eingeprägt. Vielleicht träumte sie deshalb von ihm. Mit einem leichten Kopfschütteln ging sie auf ihr Zimmer. Sie hätte nie gedacht, dass der fremde Adelige aus ihren Träumen in der Tagwelt existierte.

BERLIN, EINE VILLA AM STADTRAND

Rene betrachtete den Grauhaarigen am Boden. Sein Körper war massig im Vergleich zu ihrem. Obwohl er nur einen Kopf größer war, hatte er ihr doppeltes Gewicht. Das ärmellose schwarze Hemd zeigte Armmuskeln, die breiter waren, als ihre schlanken Schenkel. Er kniete vor ihr, den Kopf gesenkt. Die langen grauen Haare verbargen einen Teil seiner vernarbten Gesichtshaut. Seine Stimme war ein raues Flüstern.

„Herrin ... ich habe Euch alles gesagt. Kamira ist bereits vor Ort, wir ..."

„Ihr wart langsamer als Gracia", stellte sie fest. Ihre Stimme war ebenso leise wie seine. Die Worte durchschnitten den prachtvoll ausgestatteten Raum. Der Mann zuckte unter ihrem Klang zusammen.

„Vergebt mir, Herrin."

„Vergebung ist ein Anzeichen von Altersschwäche. Findest du, dass ich an Altersschwäche leide, mein Starker?"

„Nein, Herrin."

Sie trat noch dichter an ihn heran. Ihr Nagel legte sich auf seine Wange und fuhr spielerisch in die Haut, bis rote Bluttropfen hervorquollen. Sie beugte sich zu ihm und leckte das Blut genussvoll ab. Es prickelte belebend auf der Zunge. Die Spitzen ihrer Brüste wurden hart und stießen gegen den hauchdünnen weißen Stoff, der ihren Körper umhüllte. Sehnsucht erwachte in ihr. Hunger und Gier.

„Du wirst mir das Seelenblut bringen. Lebend und unversehrt. Ich will die Erste sein, die mit ihm spielt und es schmeckt."

„Ja, Herrin."

Ihr Nagel stieß erneut in die Wunde, dieses Mal tiefer und schräger, damit sie die Haut nicht durchtrennte. Der Mann am Boden zuckte nicht mit den Wimpern. Er hielt den Blick gesenkt.

Rene dachte daran, wie schade es war, sich nicht mit ihm paaren zu können. Sein Blut schmeckte wild, aber er war ein Tier. Wächterabschaum. Damit war er etwas, das sie brauchte, das sie auf amüsante Weise unterhielt, aber das sie niemals in ihr Bett lassen würde.

„Geh!", befahl sie, während sie zurücktrat.

Er hob den Kopf, blieb aber am Boden. „Herrin ... die Vampire ... es sind mindestens drei. Drei Alte. Ich brauche mehr Wölfe."

Rene zögerte. Sie ließ das Rudel nicht gerne gemeinsam los. Die Gefahr, dass sie sich auf ihre Stärke besannen und sich gegen die Herrschaft der Vampire auflehnten, war gering, aber sie bestand. „Wähle drei deiner Rasse, Sklave. Und enttäusch mich nicht, sonst lasse ich einen von euch ausbluten."

Der Mann nickte. „Danke, Herrin."

Rene beugte sich noch einmal hinab. Aus der Wunde zwischen den Narben quoll frisches Blut. Sie saugte an dem Schnitt, bis ihr Mund gefüllt war. Genießerisch schloss sie die Augen. Erst Minuten später ließ die den breitschultrigen Sklaven aufstehen.

„Beeil dich", flüsterte sie mit blutverschmierten Lippen.

LEIPZIG

Die Zeit bis vier Uhr zog sich endlos. Amalia fuhr in die Stadt, bummelte durch den Hauptbahnhof, kaufte ein paar Postkarten und fuhr weiter nach Halle an der Saale. An diesem Tag wollte sie einen ganz besonderen Besuch abstatten, der ihr schon seit Jahren auf der Seele lag: den Stadtgottesacker von Halle, eine der schönsten Friedhofsanlagen aus der Zeit der Renaissance, die um 1557 gebaut worden war. Trotz aller Kriege und Vernichtungen gab es hier noch immer jede Menge Grabmale zu sehen, und als Amalia den von außen stark befestigten Friedhof endlich erreicht hatte, war sie schnell gefangen von seiner morbiden Pracht, den hohen Mauern, den nach innen geöffneten Arkaden samt all der Stelen und Statuen, die von hohen Bäumen flankiert wurden. Gerade das Spiel zwischen Stein und Efeu übte einen besonderen Reiz aus. Gräber, die von Ginster überwuchert wurden, sagten in einem Bild so vieles, was Amalia sich zu Herzen nahm. An einem Ort wie diesem traten ihre Sorgen und Nöte zurück. Sie nahmen einen neuen Platz ein, fügten sich in eine größere Ordnung und verloren dadurch an Bedeutung. Auch Kims Absage wurde belanglos angesichts der Vergänglichkeit allen Seins. Die Ruhe war wohltuend und gab ihr neue Kraft.

Amalia musste an die zahllosen Menschen denken, die einst gelebt hatten und auf diesem Friedhof ihre letzte Ruhe fanden. Sie dachte auch an die Romantiker im achtzehnten und neunzehnten Jahrhundert, die genau wie sie Friedhöfe genutzt hatten, um sich zu sammeln und zu besinnen. Auf fremden Friedhöfen war das einfacher als auf dem heimischen, wo das Grab ihres früh verstorbenen Vaters jeder Besinnung einen giftigen Beigeschmack gab. Auf dem Gottesacker von Halle aber gab es diesen Wermutstropfen nicht. Er war nicht nur ein Friedhof, sondern ein Kunstwerk, das zum Verweilen einlud.

Sie spazierte über eine Stunde zwischen den verwilderten Grabsteinen und geflügelten Steinengeln umher, ehe sie den Rückweg antrat. Es war, als habe sie einen Schutzraum verlassen. Sobald sie wieder auf die Straße trat, dachte sie an Aurelius.

Angespannt sah sie auf die Uhr. Sie hatte noch Zeit.

Wann immer Aurelius' Bild in ihrer Erinnerung aufstieg, wurden ihre Wangen heiß und ihr Magen fühlte sich an wie die Heimat einer Ameisenkolonie. Sie freute sich darauf, sein Gesicht mit weichen Bleistiften auf Papier zu bannen.

Verwundert fuhr sie sich mit der flachen Hand über ihren rebellierenden Bauch. Sie war schon seit Jahren nicht mehr auf diese Art und Weise verliebt gewesen. Verknallt traf es wohl besser. Gleichzeitig verriet ihr Körper überdeutlich, dass sie für romantische Küsse und Händchenhalten zwar durchaus etwas übrig hatte, aber auch all die anderen Dinge erhoffte, die sich unter anderem im DVD-Bereich für über Achtzehnjährige fanden.

Sie wollte ihn mehr, als sie je einen Mann zuvor gewollt hatte. Es war nicht nur sein Körper, der sie faszinierte. Es war auch die Tiefe, die in seinen Augen lag und von Geheimnissen erzählte, die ihre Neugier entfachten.

So etwas war ihr noch nie passiert. Nicht in dieser Form. Das Brennen in ihrem Inneren trieb sie schneller ins Hotel zurück als ursprünglich geplant. Sie zog sich um, schminkte sich sorgfältig und wählte ihre Unterwäsche mit Bedacht. Anschließend packte sie einen kleinen Koffer mit Bleistiften, Knetradierern und dem Malblock zusammen.

In hohen Stiefeln, einer eng anliegenden Lackhose und einem Nadelstreifenkorsett, das sich glücklicherweise vorne schnüren ließ, stand sie schließlich samt einem plüschbesetzten Mantel an der Rezeption.

Aurelius ließ sie nicht lange warten. Er trat in Begleitung des dunkelhaarigen Pärchens aus dem Fahrstuhl, das Amalia bereits am Morgen aufgefallen war. Ihre Wangen wurden heiß, als sie dem Blick des Mannes im Gehrock begegnete. Er und seine Begleiterin wirkten nicht viel älter als sie selbst. Dennoch hatten sie etwas an sich, das Amalia verstörte.

Es waren ihre Augen. Sie wirken unendlich alt und zeitlos. Tausend, fünf. Alles und nichts lag darin. Es waren dunkle, geheimnisvolle Seen, in deren Tiefen sich Schätze und Monster verbargen.

Aurelius umarmte sie flüchtig. Amalias Augen wurden groß bei der Berührung. Ihr war, als würde ihr Körper schlagartig heißer werden. Sein Geruch ließ sie schneller atmen. Hoffentlich war sie nicht so rot wie ein Krebs. Verlegen strich sie sich durch ihr Haar, als er sich von ihr löste, und wünschte sich gleichzeitig, er hätte sie nie losgelassen.

Die Frau beugte sich vor und gab Amalia einen spitzen Kuss auf die Wange. Auch sie roch ungewöhnlich intensiv. Nach Kirsche und Honig. Vermutlich hatte sie ein besonders fruchtiges Parfüm aufgesprüht. Ihre Stimme war tief und rauchig.

„Nett, dass du uns begleitest. Aurelius hat schon viel von dir erzählt. Er scheint kein anderes Thema mehr zu kennen."

„Wirklich?", entgegnete Amalia verdutzt und betrachtete Aurelius, der unschuldig zur Decke des Hotelvorraums aufsah. Seine anmutige Gestalt spiegelte sich in den mit schwarzen Blüten verzierten Spiegelkacheln über ihnen. Empfand er für sie das Gleiche wie sie für ihn?

„Wir sind froh, wenn noch jemand mitkommt", sagte der Mann an ihrer Seite. Er strich sich eine schwarzbraune Haarsträhne hinter ein Ohr und lächelte. „Das ist übrigens Grace, und sie ist nicht immer unausstehlich. Nur wenn sie noch nichts gegessen hat." Er reichte ihr die Hand. „Ich bin Darion."

Amalia schloss ihre Finger fest um seine und erschrak über das Gefühl, das er ihr nur mit diesem Händedruck vermittelte. Obwohl er nicht fest zudrückte, fühlte sie sich, als habe sie ihre Hand einer Urgewalt anvertraut.

Sein Blick hielt den ihren fest. „Hunger kann unausstehlich machen. Ich hoffe, du bist wenigstens nicht total ausgehungert?"

„Ich habe in der Stadt am Bahnhof eine Zwischenmahlzeit zu mir genommen."

„Das hätte ich auch tun sollen." Grace setzte ein strahlendes Lächeln auf. „Also lasst uns aufbrechen, damit ich nicht noch länger warten muss." Sie hakte sich bei Amalia ein. „Ein sehr nettes Oberteil. Wo hast du es gekauft?"

„Wiesbaden. Im The Dome." Amalia konnte ihren Blick nicht von Aurelius nehmen. Selbst neben Darion wirkte er übermenschlich schön. Er bewegte sich so vollkommen, als habe er Jahre damit verbracht, jede Geste einzustudieren. Es war gleich, ob er an der Rezeption des Hotels stand oder über den Bürgersteig neben der belebten Straße lief. Er fiel auf. Sie alle vier fielen auf. Leute drehten sich um und sahen ihnen nach.

Sie schob es auf ihr Outfit, aber das beunruhigende Gefühl vom Morgen war plötzlich wieder da. Wie ein Schleier fiel es über sie und verzerrte ihre Wahrnehmung. Sie sah gebannt auf eine schwarze Katze auf der anderen Straßenseite. Eine Katze, die ihr genau in die Augen sah und die zu wissen schien, was sie dachte.

„Alles in Ordnung?" Aurelius trat neben sie. Grace ließ ihren Arm los, machte ihm Platz und schloss zu Darion auf.

„Ich ... die Katze. Manchmal glaube ich, Katzen sind ..." Sie verstummte. Sie kannte diesen Mann kaum und wollte sich nicht gleich am ersten Tag zum Idioten machen. Zumindest nicht mehr, als sie es beim Frühstück schon getan hatte.

„Magisch, nicht? Als könnten sie dir in die Seele sehen."

Amalia nickte und lächelte verunsichert. „Du hältst mich für einen totalen Freak, nicht?"

„Nicht mehr als jeden anderen Besucher dieses Festivals." Er sah zu der Katze hinüber. „Ich hatte einmal einen Traum. Darin formte ich während meines Todes ein Teilstück meiner Seele zu einer Katze und schickte es durch die Zeiten zu der Frau, die ich liebte." Abrupt schwieg er, als habe er zu viel von sich preisgegeben. Amalia verstand seine Bedenken. Das, was er gesagt hatte, war ungewöhnlich.

„Und? Kam die Katze bei ihr an?"

„Ja. Aber da erkannte ich, dass ich ohne das Teilstück nicht leben konnte. Wenn ich es aber zurückholen würde, würde die Katze sterben und die Frau wäre sehr unglücklich."

„Hast du dir das Teilstück deiner Seele zurückgeholt?" Amalia sah die Katze aus ihrem Traum vor sich, hellbraun wie Aurelius Haare. Rotgoldene Augen schimmerten im Licht von flackernden Flammen.

„Nein. Ich bin aufgewacht." Er sah geradeaus. „Keine Ahnung, warum ich dir das erzähle."

„Ist schon okay. Träume faszinieren mich. Ich träume sehr oft."
Sie sah ihn von der Seite an und wurde gedanklich wieder
fortgerissen. Hin zu dem Zimmer mit den teuren Vasen und den
unschuldigen Rosenköpfen.

Er sah sie nachdenklich an. „Nach Freud haben Träume immer
etwas mit Wunscherfüllung zu tun. Nach den alten Theorien. Es
gibt Forscher in dieser Zeit, die sagen, Träume seien lediglich der
Spiegel unserer Gefühle. Die Bilder reproduzieren unser
vorherrschendes Gefühl, das uns zurzeit beschäftigt."

„Dann ist mein vorherrschendes Gefühl wohl Gei...", Amalia
hielt entsetzt inne. Fast hätte sie Geilheit gesagt. „Gereiztheit. Es
ist Gereiztheit."

Seine Stirn bekam eine winzige Falte. „Wegen deiner Freundin?"

„Kim? Äh ... ja ... nicht nur", wich sie aus.

Was redete sie da für einen Schwachsinn?

Hallo, Gehirn? Könntest du bitte mal arbeiten? Für was
schleppte sie das Ding eigentlich täglich durch die Welt?

Aurelius wirkte verwirrt. „Dann hast du Träume, in denen du
aggressiv bist?"

„Dich interessieren Träume anscheinend auch sehr", versuchte
Amalia von sich abzulenken. „Studierst du in der Richtung?"

„Schlaf- und Traumforschung? Nicht direkt. Ich habe mal ein
paar Semester Psychologie belegt, ja. Dann bin ich umgestiegen
auf Soziologie und Sport. Menschen sind sehr spannend."

Amalia stutzte. Er betonte das Wort „Menschen", als gehöre er
nicht dazu. Außerdem musste er älter sein, als sie gedacht hatte,
wenn er bereits mehrere Fächer studiert hatte.

„Was machst du beruflich?"

„Ich arbeite an der Uni. Ich gebe Tutorien und drücke mich
davor, meinen Doktor zu machen." Wieder lächelte er auf seine
ganz eigene, bestechende Weise.

Sie hatten seinen Wagen erreicht, der ein Stück abseits des Hotels
an der Straße stand. Aurelius öffnete ihr die Beifahrertür.

„Ein Alfa Romeo. Sehr edel."

„Macht Spaß, ihn zu fahren." Er grinste.

Vor ihnen stiegen Grace und Darion in einen zweiten Wagen.
Beide Autos waren schwarz.

Amalia hörte, wie Grace den Wagen vor ihnen anließ. Ihr war
mulmig zumute.

Sie kannte diese Leute überhaupt nicht.

Es war nicht ihre Art, einfach mit fremden Leuten mitzufahren.

Aurelius machte Musik an. Ein Klavierstück flutete durch den

Innenraum.

Sie legte den Kopf schief. „Schumanns Träumerei. Magst du klassische Musik?"

„Ich liebe Klaviermusik. Besonders Schumann und Beethoven."

Amalia schwieg, lauschte den bezaubernden Klängen und versuchte, die Bilder zu verdrängen, die in ihr aufstiegen. Vergeblich. Da war das Anwesen in Frankreich und ein Klavier. In ihrer Traumwelt legte Aurelius die Arme um ihre Taille und zog sie an sich. Sie seufzte leise.

Sie fuhren nicht lange, bis sie den Auwald erreichten. Neben einem Waldstück stellten sie die Autos ab.

Aurelius gab ihr eine Tasche zum Tragen. Er selbst war mit einem großen Korb beladen. Grace trug mehrere Decken und einen CD-Player, während Darion wachsam neben ihr ging, ohne ihr etwas abzunehmen.

Der höflichste Mensch war er wohl nicht.

Sie blickte wieder zu Aurelius und hatte das Gefühl, ihn den ganzen Tag lang anstarren zu können. Selten war sie mit derart schönen Menschen unterwegs. Es war, als sei sie in einen Film hineingeraten.

„Kommt mit!", sagte Grace fröhlich. „Ich kenne den besten Platz weit und breit."

„Sie hat in Leipzig gelebt", merkte Aurelius an.

Sie überquerten eine Straße und folgten Grace den Weg entlang.

Der Wald wurde von mehreren Bachläufen durchbrochen. Es plätscherte zwischen den Bäumen. Vögel sangen unverdrossen und nur wenige andere Menschen begegneten ihnen.

Amalia hob das Kinn. „Was ist das für ein Geruch?"

„Bärlauch", sagte Aurelius. „Er herrscht hier vor. Dazu kommen die Gerüche zahlreicher Frühlingsblüten."

„Ich dachte, das hier sei ein Wald, aber eigentlich wirkt es mehr wie ein riesiger Park."

„Das ist es in gewisser Weise auch." Aurelius nickte in die grüne, blühende Landschaft hinein. „Dieses Waldgebiet wurde Ende des siebzehnten Jahrhunderts teilweise als Park erschlossen. August der Starke wollte um die Jahrhundertwende ein Lustschloss errichten. Für die Anlage wurden ein Dutzend Sichtschneisen geschlagen, wie es im Barock üblich war. Aber die Bürger von Leipzig wehrten sich und verhinderten den endgültigen Bau. Rudolph Siebeck hat diesen Waldteil dann im englischen Stil als Landschaftspark umgestaltet."

„Richtig", mischte Grace sich ein. „Aber das Gesamtgebiet ist noch viel größer. Es reicht gute zwanzig Kilometer von Schkeuditz über Leipzig bis nach Markkleberg. Gerade im Stadtgebiet gibt es eindrucksvolle Parks wie den Clara-Zetkin-Park. Es wurden große Flächen des natürlichen Auwalds dafür gerodet."

Darion bückte sich und pflückte einen weißkopfigen Märzenbecher vom Wegrand. „Großartig. Wollt ihr eine Abhandlung über das Gelände schreiben?"

Grace warf ihm einen vernichtenden Blick zu.

Sie erreichten einen Teich, in dem sich Bäume, Büsche und Wolken spiegelten. An seinem Ufer ragte eine kleine weiße Kuppel auf sechs Säulen auf.

„Der Dianatempel. Wenn wir Glück haben, stört uns hier niemand."

Grace legte die Decken ein Stück vom Tempel entfernt ab, so, dass man sie vom Weg aus nicht sofort sehen konnte. Sie machte sich daran, die Decken auf dem Gras zurechtzuziehen und schaltete den CD-Player ein.

Eine für Amalia unbekannte Band spielte ein lyrisches Lied. Die Frauenstimme war eindringlich. Die Sängerin sang in einer Sprache, die Amalia nicht verstand. Es klang alt und fremd. Aurelius legte den Korb ab.

Amalia staunte, als sie die Leckereien sah, die Grace auspackte. Süßes Honighühnchen, Hackfleischbällchen, Obststücke, teure Orangenschokolade und Gummibärchen aus dem Bärenladen. Es war eine wilde Mischung und es war viel zu viel.

„Kommen noch zehn Mann?"

Aurelius schüttelte lächelnd den Kopf. „Greif ruhig zu." Er beobachtete sie, während sie nach einer Erdbeere griff. Das Fruchtfleisch schmeckte ungewöhnlich süß. Sie schloss die Augen. „Göttlich."

Auch Darion und Grace griffen zu. Sie kamen schnell in ein Gespräch über das WGT und die zahllosen Bands, die spielten. Amalia wollte am nächsten Tag zwei Gruppen ansehen und war freudig überrascht, als die drei ihr sagten, sie wollten auch zu diesen Bands. Es war fast schon unheimlich.

Aurelius rückte wie selbstverständlich an sie heran und nahm sie in den Arm. Amalia versteifte sich. Sein Geruch machte sie wahnsinnig. Wenn sie ihn roch, musste sie immerzu an einen Herbststurm denken. Einerseits wünschte sie sich seine Nähe, andererseits wollte sie es nicht überstürzen. Sie rückte ein Stück von ihm ab und packte ihren Malblock und die Bleistifte aus.

Darion und Grace sahen ihr interessiert zu. Darion lag mit dem Kopf in Grace' Schoß.

Aurelius lächelte. „Zeichnest du viel?"

„Wenn ich Zeit dafür finde. Meistens nur beruflich."

Sie suchte einen geeigneten Blickwinkel und freute sich über die eindrucksvolle Säule des Dianatempels, die Aurelius' Gesicht im Kontrast noch aristokratischer wirken ließ.

„Was machst du beruflich?"

„Nicht bewegen. Auch den Mund nicht." Sie begann mit den ersten Strichen und wusste sofort, dass dieses Bild außergewöhnlich gut werden würde. Konzentriert betrachtete sie den Einfall von Licht und Schatten.

„Ich habe Raumausstatterin gelernt, arbeite inzwischen aber größtenteils für das Theater. Auch für die Ensembles von Klub-Hotels."

Er setzte zu seinem spöttisch wirkenden Lächeln an, entspannte seine Gesichtszüge aber sofort wieder, als sie ihn strafend ansah. „Du bist also im Theater zu Hause?"

Sie zeichnete seine Augen, da er seinen Mund nicht ruhig hielt. Großzügig übertrug sie die Formen. Um die Details würde sie sich später kümmern.

„Ich mag das Theater. Meine Mutter hat mich früh an alle nur erdenklichen Künste herangeführt, und ich bin ihr dankbar dafür. Du würdest übrigens einen hervorragenden Hamlet abgeben."

Nun lächelte er trotz ihres strafenden Blicks. „Ich bin ein Krieger, kein Künstler."

Sie runzelte die Stirn. „Du machst Kampfsport?"

„Kampfkunst", berichtigte er.

Das erklärte seine Art, sich zu bewegen. Sie glaubte gerne, dass er gut in dem war, was er tat.

Darion und Grace standen auf. Sie sahen einander verschwörerisch an. Grace hielt eine der zusätzlichen Decken in der Hand, die sie zum Zudecken mitgebracht hatte.

„Wir lassen euch dann mal lieber allein", erklärte Darion mit einem schiefen Grinsen. Die Blicke seiner dunklen Augen lagen auf Grace. Die beiden gingen ohne eine weitere Erklärung davon.

Amalia sah ihnen überrascht nach. „Was haben sie vor?"

„Das ... nun ... jeder hat so seine Tradition."

„Tradition?"

„Sie suchen sich einen netten Platz in einem zeckenfreien Gebüsch."

„Du meinst ..." Amalias Stift verharrte in der Luft.

„Wenn sie erwischt werden, sag einfach, du gehörst nicht zu ihnen."

„Ich weiß nicht. Sex in den Büschen ist so gar nicht mein Ding." Er sah sie interessiert an. „Hast du es schon mal ausprobiert?"

Sie schüttelte den Kopf. „Manche Sachen sind in der Fantasie weit besser als in der Realität."

Seine Hand legte sich auf ihren Oberschenkel. Aus seinen Fingern schien sinnliche Energie zu strömen. Ihre Atmung wurde flach. Die winzige Berührung reichte aus, sie in tiefe Verwirrung zu stürzen. Sie legte das angefangene Bild auf dem Malblock zur Seite.

„Spielst du mit mir?", flüsterte sie. Sie hatte eigentlich "so wie früher" sagen wollen, aber sie hielt die Worte gerade noch rechtzeitig zurück. Wenn sie ihm mit einem vorherigen Leben kam, aus dem sie ihn vielleicht kannte, würde er sie für verrückt erklären. Von Träumen aus einer anderen Zeit. Sie glaubte ja selbst nicht daran. Sie wollte nicht daran glauben.

„Magst du keine Spiele?", fragte er statt einer Antwort. Seine Hand glitt auf der Lackhose ihren Schenkel hinauf. Sie fühlte sich schwer und kräftig an. Warm und besitzergreifend.

„Ich ..." Sie wusste nicht, was sie sagen sollte. Sie sehnte sich nach ihm und wollte, dass er sie nicht losließ. Gleichzeitig hatte sie Angst. Es war nicht die Angst vor der Situation, vor der Mütter einen warnen: Allein mit einem Fremden in einem Park zu sein. Es war eine tiefere, ursprünglichere Angst, die sie sich nicht erklären konnte. Als ob seine Schönheit eine tödliche Falle wäre und hinter dem Glitzern seiner Augen ein Abgrund ins Bodenlose lauerte.

Er hatte sich aufgesetzt und kniete nun neben ihr auf der schwarzen Decke. Seine zweite Hand nahm ihr Kinn und schob ihren Kopf nach hinten. Immer weiter zurück. Er deutete damit an, dass sie sich hinlegen solle. Amalia gab der Bewegung nach und streckte sich neben ihm aus. Die Hand an ihrem Kinn berührte ihren Hals, strich über das geschnürte Korsett. Sie spürte, wie ihr wärmer wurde. Winzige Flammen brannten auf ihrer Haut. Sein hypnotischer Blick hielt ihren. Er schien ihre Furcht zu spüren.

„Ich werde nichts tun, was du nicht willst", sagte er leise. Seine Hände kamen zu der Schnürung, lösten behutsam den Knoten.

Amalia war hin- und hergerissen zwischen Lust und Vorsicht. Sie schluckte. „Man kann uns sehen. Wenn jemand vorbeikommt ..."

„Hier ist niemand." Seine Hände lockerten die Schnürung.

Schmale, kräftige Finger glitten unter den Stoff, betasteten ihre Brüste. Der Druck seiner Fingerkuppen war überraschend intensiv. Ihr Körper reagierte augenblicklich. Er war wie eine Blüte, die sich der Sonne öffnete. Sie wandte sich Aurelius ganz zu und machte es ihm leichter, sie in dem engen Korsett zu berühren. Lust und Sehnsucht drängten die Angst in den Hintergrund.

Sie sog scharf die Luft ein, als er nach ihren Brustspitzen griff. Seine Berührungen dauerten keine zwei Minuten, doch sie stand lichterloh in Flammen. Sie fühlte, wie ihr Widerstand schmolz, und wollte nur, dass er weitermachte. Dass seine Hände sich nicht von ihr lösten. Sie schloss die Augen und gab sich ganz seinem erkundendem Tasten hin, seinen Fingerkuppen, die quälend langsam über ihre Haut glitten.

„Sieh mich an", sagte er leise. Seine rechte Hand lag weiter auf ihrer Brust. Die linke drückte sich plötzlich auf ihre Hose. Durch den dünnen Lackstoff fühlte sie die Berührung überdeutlich. Seine Finger massierten ihren Schamhügel. Ihr Inneres zog sich lustvoll zusammen. Sie riss die Augen auf.

Was tat sie hier eigentlich. Die Stimme der Vernunft wollte sich in den Vordergrund drängen, doch sie unterdrückte sie. Sie wollte nicht nachdenken, sondern nur den Augenblick genießen.

Sein Blick hielt ihren. Amalia konnte weder fortsehen noch blinzeln. Als ob er einen Bann auf sie ausüben würde. In seinen Pupillen lagen die Bilder aus ihren Träumen. Frankreich. Das Anwesen. Schneeflocken und Wölfe.

Wölfe?

Sie verstand ihre Gedanken nicht. Erneut beschlich sie Angst und sie versteifte sich. Nach dem Tod ihres Vaters hatte sich ihre Mutter eine Zeit lang in Traumwelten verirrt. Sie war dissoziativ gewesen, hatte daran geglaubt, dass der Geist ihres verstorbenen Mannes mit ihr sprach und ihr Vorwürfe machte. Verlor sie den Verstand? Aber warum sollte sie den Verstand verlieren, es gab nichts, was sie bedrohte.

„Entspann dich", sein Flüstern vertrieb alle Zweifel. Seine Augen gaben seinem Gesicht einen warmen Ausdruck. Sie fühlte Geborgenheit, die sie umgab. Das Bild eines dunklen Engels stieg vor ihr auf. Sie konnte sich Aurelius gut mit einem Flammenschwert vorstellen. Sein athletischer Körper war der eines Kämpfers.

Sie stöhnte auf, als seine Hand Knopf und Reißverschluss öffnete und in ihre Hose glitt. Ihre Klitoris pulsierte unter seinen Fingern. Zielgenau traf er sie und drückte zärtlich zu. Als sie glaubte, es nicht mehr aushalten zu können, zog er seine Hand zurück. Seine langen Haare kitzelten ihren Hals. Unentwegt blickte sie in diese dunkelbraunen Augen. Sein Blick war spöttisch und zugleich fasziniert, als würde er vor sich ein Wunder sehen. Sie hob den Kopf und kam ihm entgegen, um endlich seine Lippen schmecken zu können. Das Gefühl, sich ein Leben lang nach diesem einen, nach seinem Kuss, gesehnt zu haben, war überwältigend.

Sein Gesicht näherte sich ihrem. Unbewusst schloss sie die Augen und fühlte eine Erleichterung, als habe er sie freigelassen aus seinem Bann. Warm und fest lagen seine Lippen auf ihrem Kinn. Er küsste sie zärtlich, während seine Hände noch immer über ihren Körper glitten, als könne er nicht genug von ihr bekommen. Seine Lippen umkreisten ihre, gaben ihr kleine Küsse neben den geöffneten Mund. Sie wagte nicht, sich einfach zu nehmen, was sie wollte. Erregt wartete sie auf ihn. Auf seine Zunge, die endlich ihren Weg zu ihrer Zunge fand. Er nahm ihren Kopf in beide Hände und beugte sich vor. Sein Duft ließ sie schwindeln. Sie tauchten ineinander. Seine Zungenspitze berührte ihre. Augenblicklich spürte sie, wie etwas mit ihr geschah. Sie keuchte vor Schmerz, als sich neue Bilder aufdrängten: eine Frau, weißblond, mit den kältesten blauen Augen, die sie je gesehen hatte. Sie hatte lange Zähne, das Gebiss eines Raubtiers. Blut bedeckte das makellose, weiße Gesicht.

„Niemals", flüsterte eine kalte Stimme in ihrer Erinnerung. „Höre auf meine Worte: Niemals sollst du dich erinnern! Eher wirst du sterben!"

Amalia schreckte zurück. Sie fühlte innerlich, dass sie diese Frau kannte. Dass die Fremde Teil von einem vorherigen Leben war. Es stimmte alles. Sie war in Frankreich gewesen, als Sklavin von Aurelius oder zumindest einem seiner Vorfahren. Sie kannte ihre Geschichte und spürte zugleich, dass sie gar nichts wusste. Sie war eine Nussschale, die auf dem Meer in einem Sturm hin- und hergerissen wurde. Ihr Magen brannte, ihr Herz schlug hart und schmerzhaft in ihrer Brust. Ihr Kopf schien in Flammen zu stehen.

„Nein!", keuchte sie auf. Sie stieß den verwirrt dreinblickenden Aurelius zurück, sprang auf und lief blindlings davon. Ihre Angst war ein schwarzer Mantel, der sie kalt und vernichtend umgab. Sie rannte, als sei der Teufel hinter ihr her.

„Amalia!"

Er rief nach ihr. Doch sie hetzte vorwärts, schlug sich zwischen zwei Büschen hindurch. Zweige peitschten in ihr Gesicht und hinterließen brennende Striemen. Das Gefühl in ihrer Brust drohte, sie zu zerreißen.

Nein, das war nicht möglich. Es gab keine vorherigen Leben!

Ihr Verstand kämpfte verzweifelt, aber das Gefühl war übermächtig. Panik überfiel sie. Sie musste weg. Weg von Aurelius. Weg von seinen Freunden. Sie waren Teufel! Bluttrinker! Dämonenbrut, allesamt!

Sie spürte, wie ihr lose geschnürtes Korsett immer tiefer rutschte, doch in ihrem Zustand war ihr das gleich, sie wollte nur fort. Auch ihre Hose verhakte sich an einem Strauch und riss. Sie rannte weiter. Fort von ihm. So schnell sie ihre Beine trugen. Weiter und weiter, ohne innezuhalten. Bis sich die Welt plötzlich überschlug. Erst war etwas an ihrem Fuß – eine Hand, die sie packte, oder eher eine Wurzel – dann stürzte sie einen Abhang hinab. Himmel und Gras wechselten einander. Sie überschlug sich mehrmals, ehe sie mit einem erstickten Schrei auf dem Boden eines Grabens landete. Sie hörte das Plätschern von Wasser. Der Himmel über ihr verdunkelte sich. Sie spürte, wie ihr Bewusstsein schwand. Stöhnend griff sie sich an den Kopf. Dort war etwas Feuchtes. Sie versuchte, einen klaren Gedanken zu fassen, doch die Ohnmacht riss sie unaufhaltsam mit sich.

Der Graben samt dem Park war auf einmal verschwunden. Sie fand sich in einem Wald wieder. Mitten im Schnee. Kälte umgab sie. Ihre Beine schmerzten und sie fror erbärmlich. Fahles Licht fiel zwischen den Baumkronen hindurch. Irgendwo jaulte ein Wolf.

Es war dieses Jaulen, das sie zum Aufstehen brachte. Hustend kämpfte sie sich auf die Füße. Der Wolf war ganz in ihrer Nähe und der Winter war hart. Mehrfach hatte sie in Paris Berichte über Wölfe gehört, die nicht nur Vieh rissen, sondern auch Menschen angriffen. Sie hatte gehofft, dass es nur die üblichen Klatschgeschichten der alten Frauen in ihrer Gasse waren. Übertreibungen. Doch in diesem Augenblick wollte sie sich nicht auf Vermutungen und Hoffnungen verlassen. Sie musste weiter. Seit drei Tagen war sie unterwegs und hatte kaum geschlafen. Ihr Körper war kraftlos, doch der Überlebenswille zwang sie vorwärts. Sie sah sich in dem wuchernden Waldstück um. Schneebedeckte Tannen und kahle Laubbäume umgaben sie wie stumme Wächter. Es war so still, wie es im Herzen von Paris niemals war. Selbst die Vögel schwiegen. Die einzigen Geräusche in dieser weißen

Winterpracht waren ihr Atem, der dampfend aus ihr wich, und das leise Rieseln des Schnees, der sich auf Äste und Eiskrusten setzte.

Sie versuchte, nicht darüber nachzudenken, dass sie ihre Füße kaum mehr spürte. Es war nicht ihr erster Winter in der Wildnis. Aber der erste Winter ohne Hoffnung.

Erneut durchbrach das Jaulen eines Wolfes die Stille. Dieses Mal klang es näher.

„Maria, steh mir bei", flüsterte sie in die Kälte. Der Wolf hatte sie gewittert. Sie sah sich im Gehen die umstehenden Bäume an. Dort vorne. Da stand eine Kiefer mit tief herabhängenden Ästen. Das Jaulen erklang erschreckend laut. Der Wolf hatte sie fast erreicht.

Sie lief immer schneller, hetzte wie ein gejagtes Reh auf den Baum zu.

Im Laufen sah sie den Wolf, der neben ihr zwischen Büschen und Bäumen hervortrat, lautlos und anmutig eine Pfote vor die andere setzend. Das grauschwarze Fell war gesträubt, das Maul geöffnet. Zwischen den Lefzen ragten scharfe Zähne hervor. Das Tier sah sich um, als müsse es sich orientieren.

Sie zog sich den Baum hinauf. Der Wolf entdeckte sie und sprang los. Leichtfüßig erreichte er ihren Fluchtbaum und warf sich hinauf. Sie schrie auf, als seine Zähne dicht unter ihrem Stiefel zuschnappten. Panisch floh sie höher. Erst, nachdem sie gut drei Meter hinaufgeklettert war, blickte sie zurück.

Es war der größte Wolf, den sie je gesehen hatte. In seinen Augen lagen Bosheit und Verstand. Etwas an seinem Blick erschien ihr lauernd. Der Wolf setzte sich in den Schnee und sah zu ihr herauf. Das war nicht das Verhalten, das sie von einem wilden Wolf kannte. Sie hatte erwartet, dass er aufgeregt am Baum hochspringen, oder ungeduldig auf und ab gehen würde. Außerdem war das Tier allein. So sehr sie auch Ausschau hielt, sie konnte kein Rudel entdecken. Trotzdem fühlte sie keine Erleichterung. Der Wolf unter dem Baum sah stark genug aus, sie zu zerreißen. Er wog bestimmt mehr als sie, und wenn sich seine Zähne erst in ihr Fleisch senkten, war es zu Ende. Sie spürte Tränen über ihre gefrorenen Wimpern laufen.

„Warum?", schluchzte sie leise. Hatte Gott seine schützende Hand endgültig von ihr fortgenommen? Musste sie der Verdammnis anheimfallen? Sie hatte sich immer bemüht, ein gutes Mädchen zu sein und eine gute Frau. Dass ihr Mann früh gestorben war, war nicht ihre Schuld, und für die Taten ihrer Mutter trug sie keine Verantwortung. Die Richter des Königs sahen das anders, aber Gott kannte die Wahrheit. Warum stand er ihr nicht bei?

Sie fühlte, wie entkräftet sie war. Die Augen drohten ihr immer wieder zuzufallen, selbst wenn sie weinte. Bald würde sie hinunterstürzen und der Wolf bekam sein Festmahl.

Schneeflocken setzten sich auf sie. Ein Leichentuch. Sie war schon tot. Es gab keine Hoffnung mehr. Sie sah, wie die Sonne hinter dem Wald unterging. Eine Nacht auf dem Baum würde sie nicht lebend überstehen. Entweder sie erfror, oder sie wurde gefressen. Wieder weinte sie. Krämpfe schüttelten ihren Körper. Sie schrie um Hilfe. Schrie nach Gott, fluchte und flehte. Aber sie wusste, dass da draußen niemand war. Nur der Wolf, der sie mit seinen quecksilbernen Augen ansah, als belustigten ihn ihre Wutanfälle und ihre Tränen.

Wach bleiben ... am Leben bleiben ... wach ... bleiben ... am ...

Die Gedanken lösten sich auf in Dunkelheit.

Sie musste eingeschlafen und vom Baum gestürzt sein, denn das, was sie weckte, war ein harter Aufprall im Schnee. Sie schrie. Neben ihr sah sie den Wolf, der herumschnellte. Verzweifelt versuchte sie, aufzustehen, doch ihre Beine gehorchten ihr nicht. Der Wolf wog mindestens so viel wie ein erwachsener Mann. Sie sah die breiten Pfoten dicht vor ihrem Gesicht. Das Maul öffnete sich. Ein Geruch nach Aas und Verwesung streifte sie; eine feuchte Wärme, die auf der erfrorenen Haut schmerzte. Sie betete zu Gott, als der Wolf sich auf sie stürzte – und dieses Mal wurde sie erhört.

Der Schuss war so laut, dass sie zusammenfuhr, als habe man sie geschlagen. Der Wolf jaulte und wich zurück. Ein zweiter Schuss folgte. Dann ein dritter. Das Gewehr klang wie eines der königlichen Armee. So hatte es auch in Paris geklungen. Amalia schluckte. Waren sie ihr so weit gefolgt? War das nun das Ende? Würde man sie zurück nach Paris schleppen und sie so lange der hochnotpeinlichen Befragung unterziehen, bis sie Dinge gestand, die sie nicht getan hatte?

Sie versuchte, davonzukriechen, als ein Mann in einem langen schwarzen Mantel auf sie zu kam.

„Bitte", keuchte sie. „Bitte, Herr, lasst mich gehen, ich bin unschuldig!"

Der Mann hob sie vom kalten Boden auf, als wöge sie nichts. Er trug sie zu seinem schnaubenden Pferd. Sie versuchte, noch etwas zu sagen, aber die Erschöpfung war zu groß. Ihr wurde schwarz vor Augen.

Erst Stunden später kam sie in einer Jagdhütte wieder zu sich. Ein Feuer brannte und sie war in zahllose Decken gehüllt. Trotzdem war ihr eiskalt. Ihr gegenüber saß der Fremde auf mehreren Wolfsfellen auf dem steinernen Boden. Sie erkannte den toten Riesenwolf, der ein Stück abseits lag.

„Wo ..." Ihre Stimme brach, sie hatte Halsschmerzen.

Die goldgrünen Augen des riesigen Mannes blickten auf sie herab. Weder gütig, noch verurteilend. Er stand auf und brachte ihr eine Flasche, die er an ihren Mund setzte.

„Trink das und stell keine Fragen."

Sie tat, was man ihr befahl, so, wie sie es immer tat. Die Flüssigkeit rann heiß ihre Kehle hinab. Es brannte wie Feuer. Sie hustete, spürte, wie ihr warm wurde, und ihre Halsschmerzen augenblicklich nachließen. Sie sah den Mann dankbar an.

Er war vornehm gekleidet. Vermutlich war er adelig. Die goldbraunen Haare trug er zu einem Zopf geflochten. Allein sein Hemd sah so teuer aus, dass sie einen Monat von dem Geld hätte leben können.

„Danke, Herr."

Er schaute sie an. Musterte sie abschätzend. „Was hast du hier draußen in meinem Wald zu suchen?"

Sie senkte den Blick und schwieg. Er packte ihr Kinn und hob ihren Kopf. Sie musste in seine Augen sehen. In diese goldgrünen Augen, die nicht von dieser Welt waren.

„Ich bin ein ungeduldiger Mann und ich mag keine Lügen. Rede schnell und wahr, oder du wirst es bereuen."

Sie schluckte. „Ich ... ich bin davongelaufen, Herr. Aus Paris. Meine Mutter hat ihren zweiten Mann mit Gift umgebracht, und da mein Mann auch in diesem Jahre verstarb, glaubt man, ich sei mit meiner Mutter verbündet und habe Schuld an seinem Ableben. Aber ... ich bin unschuldig, Herr. Mein Mann hatte eine Lungenentzündung. Gott helfe mir, ich wollte ihm nie Böses."

Er ließ sie los. „Unschuld. Was ist das schon?"

Sie schwiegen. In ihr wurde die Angst immer größer. Sie zitterte. „Werdet ... werdet Ihr mich ausliefern, Herr?"

Sein Blick glitt erneut über sie. Er schien nachzudenken. „Was bietest du mir, wenn ich es nicht tue?"

Sie schluckte. „Ich bin fleißig und ich kann kochen. Ich arbeite gut und schnell. Wenn Ihr mich mitnehmt, kann ich Euch dienen."

Er riss die Decken von ihrem Körper. Erst jetzt bemerkte sie, dass sie nackt war. Vor Scham senkte sie den Blick. Er hatte ihr die

Kleider genommen.

„Ich bin nicht an deinen Kochkünsten interessiert." Er hob eine ihrer schwarzen Haarsträhnen zwischen zwei Fingern in die Höhe. „Aber vielleicht hast du ja noch mehr zu bieten?"

„Ich ..." Sie suchte nach Worten. Es hatte nie viel Geld in ihrer Familie gegeben, doch so tief war sie nie gefallen. Bis zu dieser Stunde hatte sie ihren Körper nicht verkaufen müssen. Ihr fiel keine Entgegnung ein. Atemlos sah sie in sein Engelsgesicht. Er hatte sie gerettet und er war schön. Viel schöner, als der alte Händler, mit dem ihre Mutter sie vor drei Jahren verheiratet hatte, um selbst mehr Geld zu haben.

Aber dieser Mann hatte etwas Böses an sich. Etwas an ihm war der Dunkelheit verfallen. Sie sah es an seinen Augen. So schön sie auch waren, in seinem Blick lauerten Abgründe.

„Es ist deine Entscheidung", sagte er gönnerhaft. „Entweder gehst du aus dieser Hütte und verschwindest von meinem Grund, oder du tust uns beiden einen Gefallen und bedankst dich für deine Rettung, wie es sich gehört."

„Wenn ... wenn ich gehe ... gebt Ihr mir dann meine Kleider wieder?"

Er schüttelte lächelnd den Kopf.

„Ihr lasst mir keine Wahl."

„Es gibt immer eine Wahl. Wie heißt du?"

„Marie."

Er verzog das Gesicht. „Einfallslose Eltern. Vermutlich bist du ganz furchtbar gottesgläubig?"

Sie nickte heftig.

„Vergiss Gott und erwähne seinen Namen nicht in meiner Gegenwart. Wenn ich bei dir bin, bin ich dein Herr. Du wirst mir dienen, und mir all die Dinge geben, die Gott ohnehin nicht an dir interessieren."

Sie schwieg. Was sollte sie tun? Es schien kein Entkommen zu geben, keine Fluchtmöglichkeit. Entweder gab sie ihm nach oder sie starb. Obwohl sie nicht sterben wollte, zögerte sie. Sie hatte das Gefühl, der Teufel selbst würde vor ihr stehen, um sie zu prüfen. Aber selbst wenn es so war – sie war nur ein Mensch. Menschen waren fehlbar.

Er sah sie auffordernd an. „Worauf wartest du? Ich habe nicht die ganze Nacht Zeit." Er löste seinen Gürtel und ließ die Hose ein Stück sinken. Nackte Haut kam zum Vorschein. Sie war weiß wie Alabaster und wirkte ebenso fest. Seine Hand legte sich auf ihren Nacken. Er zog ihren Kopf in seinen Schoß.

Marie kannte das von ihrem verstorbenen Mann. Er hatte sie nicht oft gewollt, weil er fett und faul war, und jegliche Art der Anstrengung hasste. Aber hin und wieder war er zu ihr gekommen.

Sie sah ihn an, und wusste, dass sie leben wollte. Wenn das der einzige Weg war, dem Tod zu entkommen, dann würde sie ihn gehen.

Ergeben glitt sie aus ihrer sitzenden Position auf die Knie, umschloss sein kühles Glied mit ihren Lippen und begann, sich zu bewegen. Ihr Körper wiegte sich mit ihrem Kopf. Die fremde Haut schmeckte rauchig und süß zugleich. Es war ein Geschmack, wie sie ihn nie zuvor erlebt hatte. Er prickelte auf der Zunge. Sie sog seinen Geruch ein und musste an eine Wiese nach einem Sturm denken. Irden, feucht wie Gras und Moos, duftend wie frisch gerissene Kräuter und Blüten.

„Vergiss deine Zunge nicht", flüsterte er in ihr Ohr.

Sie folgte der Aufforderung augenblicklich und begann, ihn mit der Zunge zu umspielen, während sie sich wiegte. Ein salziger Tropfen benetzte ihre Zungenspitze – ein Vorbote. Vielleicht würde er gleich kommen und sich in ihren Mund ergießen. Sie zwang sich, nicht zurückzuzucken, und weiterzumachen.

Er drängte sich noch tiefer in sie, füllte ihren Rachenraum aus und ignorierte ihr verzweifeltes Bemühen, nicht zu würgen.

Ihr Körper schmerzte, je wärmer er wurde. Jede Bewegung war eine Qual, aber sie beschwerte sich nicht einmal in Gedanken. Sie ging ganz in ihrem Tun auf, vergaß Gott, wie er es verlangt hatte. Ihre Sünden zählten nicht, nur noch ihr Überleben.

Seine Hände nahmen ihren Körper in Besitz, ertasteten jedes Stück Haut, als würde er sie damit ganz zu seinem Eigentum machen. Sie beschleunigte ihre Bewegungen, leckte schneller und stöhnte leise vor Lust. Inzwischen schaffte sie es, ihn ganz tief in sich gleiten zu lassen, ohne den unangenehmen Würgreiz zu fühlen.

Seine Stimme war spöttisch. „Bist du sicher, dass du das nicht schon öfter gemacht hast? Du scheinst mir recht erprobt."

Sie wollte von ihm ablassen, um ihm empört zu antworten, doch er hielt ihren Kopf mit eiserner Kraft, wo er war. „Mach weiter. Bring es zu Ende und du wirst leben."

Marie zitterte vor Angst und Lust. Gehorsam leckte sie weiter. Es dauerte quälend lang, bis er sich mit einem Schwall in ihren Mund ergoss. Sie schluckte. Ihre Zunge leckte über seine Haut, bis sie sauber war. In ihrem Inneren brannte es. Sie wünschte sich

Erfüllung, wünschte sich, von ihm genommen zu werden.

Grob schob er sie von sich.

„Du kannst mit mir kommen. Aber vergiss nicht, was ich dir sagte. Wenn du tust, was ich von dir verlange, wirst du es gut bei uns haben."

Sie nickte erschöpft.

Mit ausgestreckter Hand wies er auf das Felllager. „Leg dich schlafen. Wenn der Morgen graut, brechen wir auf."

Aurelius verfluchte sich, weil er nicht schneller reagiert hatte. Er hatte geglaubt, es sei einfach, Amalias Spur durch den Park zu folgen, aber die vielen Gerüche – allen voran der Bärlauch – zwangen ihn, sich hauptsächlich auf seine Augen zu verlassen. Wäre er Amalia sofort gefolgt, hätte er sie gefunden. Stattdessen war er ein Opfer seiner Überheblichkeit.

Sie war gerannt, als sei der Teufel hinter ihr her gewesen.

Er fragte sich, ob das nicht in gewisser Weise stimmte. Er war der Teufel. Ihr Teufel. Wenn er sie erst zu Hekae gebracht hatte, und die Informationen aus ihrer Erinnerung nicht mehr nur ihre eigenen waren, würde er sie töten müssen.

Der Gedanke schmerzte mehr, als er sich eingestehen wollte. War er in all den Jahren weich geworden? Was war nur los mit ihm, dass ihm ihre leuchtend graublauen Augen nicht mehr aus dem Kopf gingen? Dieser offene, wissende Blick. Sie wirkte reifer und älter, als sie war. Erfahrener.

Das war kein Wunder, denn sie war es. Sie war das Seelenblut. Wie weit mochte ihre Reise gehen? Bis nach Ägypten? Mesopotamien? An was erinnerte sie sich? Und was hatte der Kuss in ihr ausgelöst?

Er schüttelte den Kopf. Diese Gedanken waren nutzlos. Im Moment ging es darum, sie zu finden, und zwar schnell. Es wurde bereits dunkel.

Zuerst hatte er vermutet, sie sei vom Park aus in den Wald gerannt, bis zur Straße, und habe dort ein Auto angehalten. Inzwischen hatte er die Theorie wieder verworfen. Es waren ältere Spuren, die zur Straße führten.

Langsam ging er den Weg zurück, auf dem sie vermutlich entlang gehetzt war. Er musste etwas übersehen haben. Angespannt schloss er die Augen und atmete tief ein. Er versuchte, ihre Spur trotz des Bärlauchs aufzunehmen. Es dauerte mehrere Minuten, doch dann roch er es. Ihr Duft lag noch immer in der Luft wie der von Frühlingsblumen. Ihr Blut war so süß wie

Freesien. Es war nur ein schwacher Hauch zwischen dem Bärlauch, aber er war stark genug, ihn zurückzuverfolgen.

Sie war hier ganz in der Nähe ...

Aurelius schloss die Augen und folgte der Spur. Darion und Grace warteten im Hotel, da Grace zu Recht angenommen hatte, dass Amalia zumindest ihre Sachen aus dem Hotelzimmer holen würde, wenn sie den Wald per Anhalter oder Bus verlassen hatte. Sollte sie überraschend abreisen wollen, weil sie erkannt hatte, was hier geschah, würden die beiden sie aufhalten.

Er blieb stehen, als er spürte, wie die Erde unter seinen Füßen steil abfiel. Instinktiv öffnete er die Augen. Vor ihm lag ein Graben, auf dessen Grund das Wasser eines Bachs plätscherte. Büsche wucherten an den abfallenden Seiten.

Aurelius schlug sich durch sie hindurch. Sein Herzschlag verlangsamte sich, als er Amalia am Boden liegen sah. Einen Moment glaubte er, sie sei tot. Mit einem weiten Satz war er bei dem reglosen Körper und hob ihn behutsam an. Er sah auf ihrer Stirn getrocknetes Blut, das süß und verführerisch roch, und seinen Hunger entfachte. Er schluckte.

„Amalia?"

Sie öffnete die Augen und sah ihn schlaftrunken an. „Marie", flüsterte sie. „Sie heißt Marie ..."

Aurelius hätte ihren Oberkörper beinahe losgelassen. Hastig packte er sie fester. Wenn er nicht ohnehin überzeugt davon gewesen wäre, dass sie das Seelenblut war – jetzt hatte er einen endgültigen Beweis. Sie erinnerte sich an Frankreich. An das Leben von Marie.

Er schloss die Augen. Wenn er sich recht entsann, war er in dieser Periode seiner Existenz ein ziemliches Arschloch gewesen. Aber wann war er das eigentlich nicht? Hatte er je zu seiner menschlichen Seite zurückgefunden? Oder zu dem, was von einigen Humanisten als menschlich angesehen wurde?

Was war Menschlichkeit?

Er musste an die Zeit in Frankreich denken, in der Marie gelebt hatte. An die Folterungen, denen er hatte zusehen müssen. Einmal hatten sie auch ihn gefoltert, ehe er entkommen konnte, und seine Peiniger leer getrunken hatte. Menschen waren nicht anders als Vampire, wenn es um Grausamkeit ging. Der Virus veränderte den Körper, nicht den Geist.

„Ich bringe dich ins Hotel", sagte er leise und hob Amalia auf seine Arme. Obwohl sie über einen Meter siebzig groß war, wog sie für ihn so gut wie nichts. Sein Knochenbau war schwerer, seine

Kraft größer als die eines Menschen.

Sie murmelte einen Satz, den er nicht verstand, und schmiegte sich an ihn wie eine junge Katze. Warm und weich lag sie in seinem Griff. Ihre roten Haare fluteten über seine Arme. Das Korsett war lose geschnürt und entblößte mehr von ihrer Brust, als es verdeckte.

Er betrachtete ihren langen Hals, roch das Blut in den Adern unter der hellen Haut. Wenn er sich konzentrierte, konnte er ihren Herzschlag hören.

Sie war hilflos. Ein Wesen, das beschützt werden musste.

Er versuchte sich einzureden, dass es nur ein Job war. Er war ein Krieger und seine Aufgabe war es, seinen Klan zu beschützen. Alles andere war nebensächlich. Es zählte nur, ihr Vertrauen zu gewinnen, damit er seinen Auftrag erledigen konnte.

Mit harten Schritten trug er sie zu seinem Wagen.

„Was ist das?" Amalia schüttelte sich und setzte erschöpft die Tasse ab, die Aurelius ihr gereicht hatte. Sie saß auf einem der mit rotem Samt bespannten Polsterstühle nahe der Hotelbar. Nicht weit entfernt spielte ein Pianist auf einem Flügel die Mondscheinsonata von Beethoven.

„Ein Tee aus Sri Lanka mit Whisky und ... das verrate ich lieber nicht." Er lächelte. „Hilft es denn?"

Sie nickte. Noch immer war sie nicht ganz im Hotel angekommen. Ihre Gedanken waren zähflüssig und zogen sich qualvoll. Sie wusste, dass sie weggelaufen war. Sie hatte eine Art Panikattacke gehabt. Warum wusste sie nicht mehr. Dunkel erinnerte sie sich an einen Traum. Wölfe und Schnee. Die Sache mit den vorherigen Leben. Verwirrt schüttelte sie den Kopf. Es gab keine vorherigen Leben. Keine Seelenwanderung.

Aurelius betrachtete ihr Gesicht. „Die Wunde sieht nicht schlimm aus, sonst hätte ich dich sofort ins Krankenhaus gefahren. Aber du bist ziemlich durchfroren. Am besten begleite ich dich auf dein Zimmer und du nimmst ein warmes Bad."

Ein Anflug von Scham ließ sie zur Seite sehen. „Du ... du musst mich für verrückt halten."

Er schüttelte den Kopf. „Nein. Ich denke, ich habe dich überfordert. Wir kennen uns kaum und ich bin ... ich war zu besitzergreifend."

Sie sah in diese zärtlichen braunen Augen. In sein Engelsgesicht. Vorsichtig stellte sie die leere Teetasse ab. „Also gut. Ich wäre dir dankbar, wenn du mich nach oben bringst."

Ihre Knie waren weich. Vermutlich war ihr Kreislauf noch im Keller. Schwerfällig stützte sie sich auf seinen Arm.

„Zum Glück hast du mich gefunden", sagte sie leise und war ehrlich dankbar darüber. „Ich meine ... wenn ich nun mehrere Stunden da in dem Graben gelegen hätte. Ich hätte mir ja auch die Beine brechen können, und wäre vielleicht nie mehr da rausgekommen."

Seine Nähe war beruhigend.

„Es ist gut gegangen", sagte er aufmunternd. „Und es war ein Abenteuer, über das du noch in zehn Jahren reden kannst." Er verstummte, als habe er etwas Dummes gesagt. „Bist du sicher, dass du nicht doch in ein Krankenhaus möchtest?"

„Ganz sicher. Es ist mehr der Schreck als eine körperliche Verletzung, und ich habe schon Schlimmeres erlebt."

Er sah sie neugierig von der Seite an, während er sie zum Fahrstuhl brachte, stellte aber keine Fragen, was genau sie bereits erlebt hatte. Amalia war erleichtert darüber. Sie wollte ihm ungern erzählen, dass sie es mit großer Regelmäßigkeit schaffte, ein Mal im Jahr einen gefährlichen Unfall zu haben. Ob auf Skiern, mit dem Auto oder einfach beim Einkaufen. Zumindest war dieses Jahr mit ihrem Sturz in den Graben abgedeckt.

Zusammen stiegen sie in den Aufzug ein. Wie selbstverständlich drückte er auf den Knopf neben der Drei.

Amalia sah ihn verwundert an. „Hab ich erwähnt, dass ich im dritten Stock wohne?"

„Die Frau an der Rezeption hat es mir verraten", sagte er mit einem entwaffnenden Lächeln.

Sie fragte sich, ob er sie ausspionierte. Seine Neugier grenzte an Stalking. Ein Teil der Ängste, die sie im Park so plötzlich überfallen hatten, kehrte zurück. Sie biss sich auf die Unterlippe.

Was war nur los mit ihr? Früher hatte sie nie solche Angstattacken und Befürchtungen gehabt.

Er stützte sie an der Hüfte, als sie aus dem Fahrstuhl traten. Amalia zeigte mit der Hand die Richtung an. Sie hatte das letzte Zimmer auf dem linken Gang. Langsam gingen sie über den dicken roten Teppich. Die Bilder an den Wänden waren in einfache silberne Rahmen gesetzt. Die Sujets zeigten vorwiegend Blumen und Stillleben. Hin und wieder wurde die Abfolge durch einen Spiegel unterbrochen.

Sie erreichten die weiße Tür und Amalia schob ihre Karte ein. Das grüne Licht blinkte auf, die Tür entriegelte.

„Dann ... danke ...", murmelte sie. Sie ließ ihn nicht los. Die

Vorstellung, auf diese Weise vielleicht für immer von ihm verlassen zu werden, war ihr unerträglich. Sie wollte, dass er verstand, was mit ihr geschah, aber sie verstand es selbst nicht.

„Es lag nicht an dir", brachte sie hervor. Es kostete sie Überwindung, das zu sagen. Da traf sie wortwörtlich den Mann ihrer Träume und was geschah? Sie vertrieb ihn, indem sie sich aufführte wie ein psychisch labiles Wrack. „Es tut mir leid, dass ich euer Picknick verdorben habe."

„Das hast du nicht. Grace und Darion hatten ihren Freiluftsex, mehr brauchen sie nicht zu ihrem Glück." Sein Lächeln war entwaffnend.

Sie wusste dennoch nicht, was sie entgegnen sollte. Sie schwiegen beide.

„Soll ich mit reinkommen?", fragte er nach einer Weile. Mit einer Hand trug er ihren Zeichenkoffer.

Sie nickte und öffnete die Tür. Ihr fiel das Chaos ein, das sie neben dem Bett veranstaltet hatte und sie schämte sich etwas. Ihre Wangen glühten.

Doch er trat ein, als würde er die herumliegenden Kleider nicht wahrnehmen. Den Koffer stellte er an der Garderobe ab. Rücksichtsvoll zog er ihr einen Sessel hin, dann setzte er sich auf den freien Stuhl am Arbeitstisch. Eine Weile sprachen sie kein Wort.

„Ich verstehe das alles nicht", brach sie das Schweigen.

„Was hast du denn gefühlt, als du weggelaufen bist?" Seine Worte klangen angespannt.

Klar, er hielt sie für verrückt. Was auch sonst.

„Das klingt zu idiotisch, um es zu erzählen. Ich meine ... ich weiß, dass es nicht real ist."

Aurelius blickte sie unverwandt an. Wieder war ihr, als hülle seine Wärme sie ein und als dürfe sie sich ihm ganz und gar öffnen. Sie nahm ihren Mut zusammen.

„Da sind Bilder in mir. Bilder wie von einem vorherigen Leben."

Er nickte. Zumindest lachte er nicht. „Es gibt sehr viele Berichte darüber. Manche Menschen – und nicht die Verrücktesten – schwören felsenfest, dass es wahr ist. Dass es vorherige Leben gibt und unsere Seelen reisen können."

Ihr fiel wieder ein, was er über die Katze in seinem Traum erzählt hatte. Er habe aus einem Teilstück seiner Seele eine Katze geformt und sie quer durch die Zeiten geschickt. Anscheinend hielt er sie nicht für verrückt. Erleichterung durchflutete sie, so sehr, dass ihre Augen feucht wurden.

„Danke für dein Verständnis."

Aurelius stand auf. „Ich lasse dir Badewasser ein. Dein Körper ist noch immer ganz kalt und du könntest krank werden." Er verschwand im Badezimmer, ohne ihr Zeit für einen Widerspruch zu lassen. Kurz darauf plätscherte Wasser in die Wanne.

Sie schloss die Augen. Es fühlte sich gut an, im Warmen zu sitzen. Sie wäre beinahe eingeschlafen, als Aurelius sie am Arm berührte.

„Komm mit." Behutsam führte er sie in das helle Bad und blieb zögernd stehen. Es wirkte, als wolle er bei ihr bleiben, während sie sich auszog. Amalia sah ihn an und spürte, dass sie sich noch immer nach ihm sehnte. Wie dumm sie gewesen war, das lustvolle Liebesspiel abzubrechen, das sie im Park begonnen hatten. Hier, in ihrem Zimmer, fühlte sie sich sicher und mutiger. Sie löste die Schleife des Korsetts, das Aurelius ihr vor dem Betreten des Hotels wieder zurechtgezogen und geschnürt hatte. Ohne ein weiteres Wort zu verlieren, lockerte sie die Schnürung so weit, dass der Lackstoff über ihre schmalen Hüften rutschte. Sie öffnete ihre Hose, zog sich aus, als sei Aurelius nicht im Raum. Dabei spürte sie seine Blicke auf ihrer Haut überdeutlich.

Sie streckte sich. Zum Glück hatte sie sich bei ihrem Sturz nicht ernsthaft verletzt. Ein bis zwei blaue Flecke würden ihr erhalten bleiben, weiter nichts. Ein Blick in den Spiegel verriet, auch die Wunde an ihrer Stirn war nicht tief. Es war nicht mehr als eine Schramme.

Vorsichtig hob sie ein Bein und tauchte den Fuß in das warme Wasser. Seufzend stieg sie in die Wanne und legte sich hin. Aurelius ließ sie nicht aus den Augen. Er stand aufrecht im Raum und beherrschte ihn, als wäre es sein Badezimmer.

Sie schloss die Augen. „Baden war eine gute Idee."

Er setzte sich zu ihr auf die breite Ecke der Wanne. „Ich habe jede Menge gute Ideen."

Unter seinen aufmerksamen Blicken seifte sie ihre Haut ein. Es tat gut, den Schweiß abzustreifen. Der Geruch von Mango und Honig breitete sich aus, als sie ihre Duschcreme benutzte. Sie dachte an den Morgen und konnte einen Moment nicht fassen, wie nah sie ihren Träumen gekommen war. Ein Schauer durchdrang sie. Der Mann aus ihrem Traum saß keinen Schritt entfernt. Seine dunklen Augen zeigten ihr seine Sehnsucht. Er strahlte die Sicherheit eines Leibwächters aus, war aber zugleich wie von einem geheimnisvollen Mantel umhüllt. Amalia fragte sich unweigerlich, welche Geheimnisse er hütete und was der Blick seiner Augen verbarg.

„Deine Haut ist makellos", flüsterte er am Rand der Wanne. „Ich habe nie eine Frau mit solcher Haut gesehen."

Amalia blickte verwundert auf ihre hellen Schenkel. „Ich bin weiß wie ein Laken."

„Es gab Zeiten, da galt das als schön."

Sie schüttelte leicht den Kopf. Bisher hatte ihr kein Mann gesagt, wie schön er ihre Haut fand. War Aurelius ernsthaft an ihr interessiert? Wollte er nur mit ihr schlafen? Gerne hätte sie gewusst, was genau in seinem hübschen Kopf gerade vorging. Und noch lieber hätte sie ihn in diesem Moment bei sich in der Wanne gehabt, und seinen Körper an ihrem gespürt. Aber sie wagte nicht, ihn zu fragen. Er sollte nicht denken, dass sie sich jedem sofort hingab.

Sie tauchte unter, genoss die Lautlosigkeit unter Wasser. Mehrere Atemzüge verharrte sie. Als sie wieder an die Oberfläche kam, war neue Kraft in ihr. Schön, das war ein verrückter Tag, aber eigentlich war ihr das Recht. Sie war nicht auf das WGT gefahren, um sich zu langweilen.

„Es tut mir leid", sagte sie noch einmal.

„Das muss es nicht. Ich habe schon wesentlich verrücktere Menschen kennengelernt als dich. Vermutlich war die Absage deiner Freundin ziemlich schlimm für dich, und meine unsensible Art war zu viel."

Sie sah ihn überrascht an. „Du bist einer der sensibelsten Menschen, denen ich bisher begegnet bin."

„Das bedaure ich."

Sie war sich nicht sicher, ob er scherzte. Er hatte wieder dieses spöttische Lächeln aufgesetzt, das sie liebte und das eine zweite Wärme in ihr aufsteigen ließ, die nicht vom heißen Wasser herrührte.

Eine Weile lag sie schweigend im warmen Wasser und genoss seine Gegenwart. Es gab ihr einen Kick, zu wissen, dass er da war und sie beobachtete. Ihre Brustspitzen wurden hart und begannen zu kribbeln.

Erst als sie sich deutlich besser fühlte, stieg sie aus der Wanne. Aurelius gab ihr ein Handtuch, dann ging er nach draußen wie ein Gentleman. Er versuchte gar nicht erst, sie zu verführen. Amalia war fast ein wenig enttäuscht.

Als sie nach einer Weile geföhnt und in ein schwarzes Handtuch gehüllt in den Raum trat, erkannte sie das Zimmer kaum wieder. Ihre Kleider waren vom Boden verschwunden. An die dreißig

Teelichter standen in langen Reihen auf dem Arbeitstisch. Auf dem Nachttisch ragten zwei gefüllte Sektgläser auf. Leise Klaviermusik flutete den Raum.

Sie musste lächeln, denn nun wusste sie wenigstens, dass er immer noch mit ihr schlafen wollte.

„Du hast meinen Kerzenvorrat gefunden."

„Ja. Wolltest du dich auf einen Kometeneinschlag vorbereiten?"

„Ich mag kein künstliches Licht." Sie wies auf den aufgeräumten Boden. „Kann ich dich einstellen?"

„Wenn du dir den Stundenlohn leisten kannst." Er hielt ihr ein Sektglas hin. Sie griff danach. Das Handtuch um ihren Körper löste sich und glitt zu Boden. Obwohl er sie eben bereits nackt gesehen hatte, zuckte sie zusammen.

Aurelius tat, als habe er nichts bemerkt. Er sah ihr ins Gesicht und auf den Hals. Etwas in diesem Blick verunsicherte sie und es dauerte mehrere Sekunden, bis sie begriff, was das war. In seinem Gesichtsausdruck las sie die blanke Gier.

Seine Stimme vertrieb diesen Eindruck. „Auf dich", sagte er weich. „Auf eine außergewöhnliche Frau."

Sie lächelte, prostete ihm zu und trank.

Der Sekt war trocken und prickelnd. Sie stellte das Glas zurück auf den Nachttisch.

Während sie einander ansahen, unterdrückte sie den Impuls, das Handtuch vom Boden aufzuheben und sich zu bedecken. Seine Blicke fuhren über ihren Körper. Ein leichtes Frösteln überzog ihre Haut. In seinen Blicken lag mehr als Verlangen. Sie meinte, einen Hunger zu sehen, nach einer Frucht, die es nicht gab. Sie wünschte sich, dass er sich ihr näherte, sie in die Arme nahm. Aber er blieb einfach stehen und betrachtete sie wie ein Kunstwerk, das er soeben beendet hatte. Es war ein stolzer Blick und doch begann sie sich unwohl zu fühlen, denn er sah sie an, als ob sie sein Eigentum wäre.

Gleichzeitig genoss sie die Spannung, die sich zwischen ihnen aufbaute, und die mit jeder Sekunde größer wurde. Sie wünschte sich, er würde sie einfach packen und auf das Bett werfen, um Dinge mit ihr zu tun, die jeder gut erzogenen Frau die Schamesröte ins Gesicht treiben würden, wenn sie nur daran dachte. Tatsächlich spürte Amalia ihre Wangen heiß werden.

Zur Hölle ... seit wann zählte sie sich zu den gut erzogenen Töchtern biederer Eltern?

Ihre Mutter war bei Gott kein keusches Vorbild gewesen, und auch in der Vergangenheit hatte Amalia das ein oder andere ausprobiert. Allerdings nie mit einem Mann, den sie erst wenige Stunden kannte und der sie so tief berührt hatte. Die Grundlage für jeden guten Sex war für sie Vertrauen. Und jetzt stand Aurelius vor ihr – ein Mann, über den sie so gut wie nichts wusste – und obwohl ihr klar war, dass das der größte Fehler ihres Lebens sein könnte, wünschte sie sich nichts mehr, als dass sie übereinander herfielen.

Die Zeit schien zu kriechen. Ihr Atem beschleunigte sich kaum merklich. Es fühlte sich an, als würde der Sauerstoffgehalt im Zimmer abnehmen, als würde jeder ihrer Atemzüge das weitere Atmen noch schwerer machen.

Sie blinzelte unter dem starren Blick von Aurelius. Er stand unbewegt wie eine Statue, als sei er an Ort und Stelle eingefroren. Nie hatte sie einen Menschen derart stillstehen gesehen, selbst im Theater nicht. Es war direkt unheimlich. Endlich, als sie glaubte, die Spannung zwischen ihnen nicht mehr ertragen zu können, trat Aurelius auf sie zu. Er beugte sich zu ihr herunter. Es durchfuhr sie plötzlich ein eisiger Schreck. Er wollte sie küssen! Würde sie wieder eine Pseudovision bekommen, wenn er das tat? Würde sie wieder durchdrehen? Sie versteifte sich.

Seine Lippen legten sich neben ihren Mund auf ihr Kinn. Sie waren warm und überraschend fest. Seine Zunge kostete ihre Haut, ehe sein Mund tiefer wanderte, auf ihren Hals.

Einen Moment wurde ihr schwindelig, das Zimmer begann, zu verschwimmen. Sie fürchtete, dass ihr Kreislauf erneut versagte, aber dieses Mal blieb eine eingebildete Vision aus, und sie bekam auch keine weitere Schwindelattacke. Der Raum um sie herum blieb deutlich sichtbar, die Konturen der Möbel zeichneten sich weich im Kerzenlicht ab. Es war, als gebe die Berührung von Aurelius ihrem zitternden Körper Kraft. Als fließe Energie von ihm zu ihr herüber. Es war ein angenehmes Gefühl, das sie stärkte und ihre Brustspitzen erneut prickeln ließ. Die zarten Berührungen weckten Sehnsucht und versprachen, ein herrlicher Auftakt zu einem lustvollen Spiel zu werden.

Sie keuchte, als sein Kopf tiefer sank. Sein Mund wanderte über ihre Brüste, die Lippen arbeiteten sich Stück für Stück vor, bis sie Amalias harte Spitzen umschlossen und das Prickeln zu einem ungeahnten Höhepunkt brachten. Seine Zunge berührte sie, warm und feucht. Mit jedem Vorstoß breitete sich das Prickeln weiter aus und erfasste ihren ganzen Körper.

Das Gefühl, von Aurelius auf diese Weise berührt zu werden, war irreal. Vielleicht gerade, weil sie es sich so sehr gewünscht hatte. Ihre Finger krampften sich in seine Schultern, als ihr Inneres sich sehnsüchtig zusammenzog. Ganz ohne ihr bewusstes Zutun schob sie ihm ihr Becken entgegen.

Seine Hände glitten über ihre Haut, geschmeidig und stark. Hände, die sie halten und tragen konnten, und die ebenso die Macht hatten, sie in einen bodenlosen Abgrund zu stoßen. Der Gedanke erschreckte sie und erneut spürte sie, wie sie sich verkrampfte. Aurelius Bewegungen wurden noch weicher, als wolle er ihre Ängste davonstreichen.

„Dir geschieht nichts", flüsterte er. „Lass dich einfach fallen."

Seine Worte beruhigten sie. Sie gab sich ganz seinen Händen hin, seinen Fingern, die jeden Zentimeter ihres Körpers erforschten. Sein Geruch war betörend. Sie schmiegte ihren Bauch an seine Hand, versuchte, seinen Berührungen entgegenzukommen wie eine vereinsamte Katze, die sich an den Beinen eines Menschen rieb.

Aurelius Hand wanderte hoch. Er packte ihren Hals. Zärtlich und zugleich mit erschreckender Kraft. Er könnte ihren Hals brechen, wie einen dünnen Ast, wenn er es wollte, daran hatte sie keinen Zweifel. Dieser Gedanke verstärkte ihr Zittern.

Als würde er ihre Furcht spüren, wurde sein Griff sanfter. Er zog sie herum und legte sie auf das Bett. Sorgsam strich er ihre Haare zur Seite, ehe er ihren Oberkörper auf die helle Überdecke presste.

Er hielt inne. Sie lag auf dem Rücken und sah hinauf in seine braunen Augen. Noch immer lag in ihnen dieser Ausdruck von einer Gier, die sich nicht stillen ließ. Sein Mund senkte sich ihrem Hals entgegen. Sie erschauerte.

„Es wäre besser, ich würde gehen", sagte er leise. Es klang wie eine Warnung, als habe er sich plötzlich besonnen und fürchtete sich.

Sie blickten einander an und Amalia wusste, dass sie ihn nicht mehr gehen lassen konnte. Selbst wenn ihr Verstand es forderte, weil sie die Dringlichkeit seiner Worte spürte – ihr Körper weigerte sich entschieden. Seine Lippen hatten ihr ein Versprechen gegeben und dieses Versprechen musste er nun einhalten. Selten hatte sie sich etwas so sehr gewünscht wie diese Erfüllung.

Sie streckte die Arme aus und zog ihn zu sich. Legte ihren Mund auf seinen und küsste ihn. Es fühlte sich richtig an, überhaupt nicht schmerzhaft oder verstörend wie am Nachmittag im Park neben dem Dianatempel. Freude durchströmte sie.

Er erwiderte ihren Kuss. Ihre Zungen berührten einander, lösten sich, suchten sich erneut. Zärtlich und lustvoll. Er schmeckte bitter und süß, fühlte sich rau und samtig zugleich an. Und er schmeckte nach mehr. Nach endlosen Nächten, nach Sternen am Mitternachtshimmel und der Erfüllung eines Traums.

Amalia streckte sich ihm erwartungsvoll entgegen. Sein Mund löste sich von ihrem, glitt erneut tiefer, immer tiefer über ihre Haut, während wohlige Schauer sie durchrieselten. Auf ihrem Bauch hielt er inne, als habe er sich verirrt. Er kreiste mit Lippen und Zunge um ihren Nabel.

„Du riechst wie Freesien in einem Blütenmeer", murmelte er tief einatmend. „Freesien und Pfirsich." Seine Zunge kitzelte ihre Seite, wanderte tiefer, erneut auf der Suche.

Er fand sein Ziel. Mit der Zunge teilte er ihre Schamlippen. Amalia klammerte ihre Finger in seine Haare und hob die Brust an. Die Hitze, die sie durchströmte, war kaum zu ertragen. Seine Zunge drückte gegen ihre Klitoris, die Spitze kreiste genussvoll um sie. Fest und fordernd. Es war kaum auszuhalten. Neue Hitze breitete sich in ihr aus. Nie war sie in ihrer Lust so schnell so weit gekommen. Sie fürchtete, seine Bewegungen keine Sekunde länger zu ertragen.

Seine Zunge arbeitete unermüdlich, lustvoll und verlangend. Schon spürte sie, wie ihre Erregung größer wurde, wie sie sich danach sehnte, ganz genommen zu werden. Wenn er so weitermachte, würde sie in wenigen Sekunden kommen.

„Hör auf", flüsterte sie.

Er hob den Kopf. „Warum?" Er grinste. „Es scheint dir zu gefallen."

„Es ... gefällt mir zu gut."

„Das glaube ich kaum." Er beugte sich wieder hinab und spreizte mit zwei Fingern ihre Schamlippen, um leichter voranzukommen. Seine Zunge war gnadenlos.

„Bitte ...", murmelte sie, die Finger noch immer in seinen langen Haaren vergraben. „Nicht ..."

Er hörte nicht auf sie, tat, als habe sie nichts gesagt. Sie versuchte, seinen Kopf zur Seite zu drängen – ebenso gut hätte sie versuchen können, ein Haus mit bloßen Händen zu verschieben. Er leckte weiter, unbeeindruckt von ihren Versuchen, ihn abzuhalten.

„Aurelius", keuchte sie. Sie wollte mit ihm kommen. Er sollte sie ganz nehmen, sollte tief in sie eindringen, sollte bloß nicht aufhören. Das tat zu gut, um wahr zu sein. Seine Zunge massierte sie mit der Virtuosität eines Meisters. Nie zuvor hatte ein Mann sie derart hingebungsvoll verwöhnt. Ihre Klitoris schwoll an, als wolle sie so noch mehr von dieser Zunge auf sich spüren. Ein heftiges Zucken breitete sich von diesem Lustzentrum aus und erfasste ihren Körper. Ihr Atem wurde immer lauter und es war ihr egal. Der Gedanke an das Hotel und an andere Menschen, die sie vielleicht hören könnten, verlor an Bedeutung. Sie war reine Lust unter Aurelius' Spiel und gab sich ihm vertrauensvoll hin. Seine Finger gruben sich in ihre Pobacken und hoben ihr Becken an. Seine Zunge wurde schneller. Sie fühlte sich hart an und reizte ihre geschwollene Perle mit kleinen, heftigen Vorstößen, die jedes Mal zielsicher trafen. Es war göttlich, aber es war nicht das, was sie wollte. Sie wollte ihn in sich fühlen und ihm die gleiche fiebrige Lust bereiten, die er ihr schenkte.

„Bitte ...", keuchte sie. „Ich komme ..."

„Das will ich sehen", sagte er zwischen zwei Zungenstößen. Er senkte seinen Mund ganz hinab, saugte ihre Klitoris ein und stimulierte sie in kleinen Kreisen. Scharfe Blitze fuhren durch ihr Inneres.

Amalia stieß einen leisen Schrei aus, als er sie endgültig über die Grenze katapultierte. Ihr Körper bäumte sich auf und versuchte, der qualvollen Lust zu entkommen, aber Aurelius hielt sie unbarmherzig fest und leckte weiter. Sie spürte, wie ihr der Schweiß ausbrach. Wimmernd wand sie sich in seinem Griff, versuchte, seinen Kopf von ihrem Schambein wegzudrücken. Ihr Kampf währte nur wenige Augenblicke. Sie erschienen ihr wie eine Ewigkeit. Sie zuckte unter ihm, aber erst, als sie aufgab und nicht mehr kämpfte, ließ er von ihr ab.

Zitternd und schweißüberströmt lag sie unter ihm und rang nach Atem. Ihr Körper glühte vor Befriedigung und milder Enttäuschung. Gerne hätte sie mehr von ihm gehabt. Er hatte sich nicht einmal ausgezogen. Hatte sie gespielt wie ein Instrument und sich selbst keinen Orgasmus gegönnt. Trotzdem wirkte er äußert zufrieden, als ob das Bild ihres verschwitzten Körpers unter ihm Belohnung genug wäre.

„Aurelius", flüsterte sie. Sie wusste nicht, was sie ihm sonst sagen sollte, ob sie ihm dankbar war für die Lust, die er ihr bereitet hatte, oder doch eher zornig, weil er das Erlebnis nicht ganz mit ihr geteilt hatte. Sie setzte sich zitternd auf. Ihr Körper gehorchte nur widerwillig.

Er nahm sie in die Arme und streichelte ihren Rücken, bis das Zittern sich legte. Eine Zeit lang hielten sie einander. Amalia schmiegte sich an ihn und schloss die Augen. Selten hatte sie sich so ruhig und glücklich gefühlt wie in diesem Augenblick.

„Ich muss gehen", flüsterte er.

Widerwillig ließ sie ihn aufstehen. Sie sagte nichts, als er zur Tür ging. Hielt ihn nicht zurück. Gerne hätte sie versucht, zu erklären, wie verwirrend und schön die letzten Minuten für sie gewesen waren. Aber sie hatte das untrügliche Gefühl, ihm nichts erklären zu müssen.

An der Tür drehte er sich noch einmal um, und sah durch den breiten Flur zum Hauptraum mit dem Bett hin. „Bis morgen. Schlaf gut."

Er ging hinaus. Die Tür schloss sich hinter ihm ganz leise.

Amalia ließ sich zurücksinken und blickte ermattet an die Decke.

„Bis morgen", murmelte sie und schlief erschöpft ein.

Aurelius verließ Amalias Zimmer. Warum war er überhaupt mit ihr auf ihr Zimmer gegangen?

Dumm, dumm, dumm. Er musste Abstand halten. Er konnte sich ihr nicht öffnen und sie anschließend umbringen.

Früher hatte er das gekonnt. Er hatte seinen Körper als Waffe benutzt, und eine Reihe von Frauen verführt, die er anschließend getötet hatte. Aber diese Frauen waren keine Menschen gewesen, sondern Vampirinnen. Sie gehörten jenen Vampiren um Rene an, die nach wie vor Menschenblut tranken, oder das Blut verfeindeter Klans. Sie waren für ihn im Grunde nicht einmal Frauen gewesen, sondern Kriegerinnen. Mörderinnen, die ebenso skrupellos vorgegangen waren wie er, und eigentlich ihn töten wollten. Doch er war ihnen jedes Mal zuvorgekommen.

Aber diese Sache war anders. Diese Frau – dieses Mädchen – sie war kein Feind.

Er verließ hastig das Hotel. Im Moment wollte er weder Darion noch Grace begegnen. Sein Bruder und seine Anführerin würden Amalia an ihm riechen können. Ihren süßen Blutduft, der noch immer in seine Nase stieg und ihn an orangerote Freesien erinnerte.

„Ich bin ein elender Idiot." Wütend ging er zu seinem Wagen.

Eine Weile fuhr er ziellos durch die Innenstadt, dann schlug er eine bestimmte Richtung ein.

Es dauerte nicht lange, und er hatte den Wald erreicht. Er brauchte Auslauf und Einsamkeit zugleich. Genau das hoffte er hier zu finden. Den Wagen ließ er am Waldrand stehen, auf demselben Platz wie am Nachmittag. Er tauchte in die nächtliche

Welt des Auwalds ein. Wind spielte durch die schwarzen Äste. Es knackte und raschelte in den Büschen. Überall um ihn war Leben. Jäger der Dunkelheit hatten sich auf Fährten gesetzt.

Über ihm ging der Mond auf.

Er musste einen Weg finden, ihr Leben zu retten.

Der Gedanke war einfach da. Ein Gedanke, wie er ihn seit Jahrhunderten nicht gehabt hatte. Er – Aurelius – wollte etwas für einen Menschen tun. Ihr Duft musste ihm den Verstand vernebelt haben. Dieser Wunsch war lächerlich. Er musste sie vergessen und sie endgültig aus seinem Kopf verbannen. Der Klan hatte Vorrang – immer.

Gehetzt rannte er durch den Wald, versuchte im Laufen seine Gedanken zu sortieren.

Plötzlich nahm er eine Fährte auf. Direkt hinter ihm war ein Geruch, der eine Bedrohung anzeigte. Sein Körper reagierte augenblicklich. Er fuhr gerade rechtzeitig herum.

Vor ihm schnellte eine zierliche Frauengestalt aus der Dunkelheit. Ihre Umrisse schimmerten silbern. Rote Augen glänzten feucht im Licht des Mondes.

„Aurelius!" Ihre Stimme hatte einen stark französischen Akzent.

Werwölfen fiel es nicht so leicht, sich eine neue Sprache anzueignen, wie Vampiren. Selbst nach Jahrzehnten hatten sie noch Schwierigkeiten mit der Aussprache.

„Kamira", zischte er zähnebleckend. „Was tust du hier?"

„Was denkst du denn?", höhnte sie. „Ich folge ihrer Spur. Durch dich konnte ich sie finden. Dieses Blut erkennt man unter Tausenden. Ist sie in der Nähe?"

Das bleiche Gesicht der Werwölfin schimmerte hell wie Elfenbein. Quecksilberne Haare umflossen es wie Wellen.

Aurelius erkannte erst jetzt, dass er sich in dem Waldstück nahe dem Park befand, in dem Amalia erst vor wenigen Stunden fortgelaufen war. Sie standen unweit der Stelle, an der sie hinunter in den Graben stürzte und ihr Blut die Erde berührt hatte. Es ärgerte ihn, dass er sie unwissentlich zu dieser Stelle geführt hatte, denn der Geruch des getrockneten Blutes würde ihren Jagdtrieb weiter entfachen.

„Verschwinde, oder ich breche deinen Hals." Aurelius sagte es nüchtern. Er war unter seinen Feinden dafür bekannt, dass er seine Androhungen ernst meinte. Eine besondere Betonung war nicht notwendig.

Er sah, wie Kamira einen Gegenstand unter dem weiten Mantel hervorzog. Schneller als jeder Gedanke war er bei ihr. Er packte ihren Arm. Die Werwölfin hatte eine Pistole mit giftiger Spezialmunition gezogen, die ihn von innen her töten konnte. Er hatte keinerlei Waffen dabei, aber er brauchte auch keine. Er griff beide Arme und zerrte Kamira herum. Die Waffe fiel zu Boden.

Kamiras Fuß trat heftig gegen sein Bein. Sie war schnell. Aber er war schneller. Sie lieferten sich eine harte Abfolge von Tritten und Schlägen. Aurelius achtete darauf, die Werwölfin von der Pistole am Boden fortzutreiben. Er spannte seine Sinne an. Kamira war allein. Weitere Wölfe ihres Rudels roch er nicht. Vermutlich hatte sie seinen Wagen in der Innenstadt gesehen und unmittelbar die Verfolgung aufgenommen.

„Ganz schön mutig von dir, mich anzugreifen, Wölfchen", zischte er. „Und das ohne deine Kavallerie."

„Du hast Gabriel getötet!", spie sie ihm hasserfüllt entgegen.

„Du erinnerst mich bei jeder Zusammenkunft daran", spottete er, während sie aufeinander einschlugen. „Findest du nicht, dass du ein wenig zu nachtragend bist?"

Er stieß Kamira so heftig von sich, dass sie zu Boden geschleudert wurde. Sie packte im Fallen einen großen Ast, sprang auf die Beine und stieß den Ast nach vorne wie eine Lanze.

Er konnte ausweichen, sprang Kamira an, und brachte sie zu Boden. Entschlossen packte er ihren Hals mit beiden Händen, doch ehe er ihn brechen konnte, warf sie ihn mit überraschender Kraft von sich. Sie sprang in die Büsche. Ihre Gestalt veränderte sich. Der Frauenkörper löste sich auf. Kleidung fiel mit einem leisen Klatschen zu Boden und ein lautes Heulen ertönte.

Aurelius sah ihr unschlüssig nach. Anscheinend hatte sie gehofft, ihn erschießen zu können und floh nun, nachdem sie gescheitert war. Er ging zu der Waffe am Boden und hob sie auf.

„Gabriel", flüsterte er. Er erinnerte sich gut. Er hatte den Wolf in Frankreich mit Bleikugeln erschossen, als der gerade über ein Pariser Stadtmädchen namens Marie herfallen wollte. Gabriel war einer der vielen Werwölfe gewesen, die ihre Umwandlungen irgendwann nicht mehr verkraftet hatten. Damals gab es noch keine Medikamente, die Schmerzen zu bezwingen. Viele der Werwölfe wurden schlicht wahnsinnig durch den immer wiederkehrenden Prozess. Sie blieben in ihrem Tierkörper stecken und konnten ihre ursprüngliche Gestalt nicht mehr annehmen. Kaum einer von ihnen war wie Kamira – sie konnte ihre Gestalt ganz nach Belieben wandeln und hatte die Schmerzen im Griff.

Er sah Kamira nach, die Gabriels Erschafferin gewesen war. Wenn sie hier war, kamen sicher bald andere Wölfe nach Leipzig.

Renes Lieblinge Marut und Karem. Wenn sie nicht schon vor Ort waren und an anderen Stellen herumschnüffelten und ihm auflauerten. Die Zeit drängte. Er musste Amalia so schnell wie möglich zum Orakel bringen. Nur die Seherin Hekae konnte Amalia das Geheimnis entlocken und entscheiden, was weiter geschah. Aber noch war Hekae nicht in Leipzig eingetroffen. Er seufzte.

„Wölfe. Aufträge. Es ist fast wie früher. Dabei habe ich die guten alten Zeiten wahrlich nicht vermisst."

Er packte die Pistole fester und ging zu seinem Wagen. Die Seitenscheibe war eingeschlagen. Kamira hatte auch hier nachgesehen – vermutlich hatte sie auf diese Weise auch den Duft Amalias ausmachen können, die erst vor wenigen Stunden auf dem Beifahrersitz gesessen hatte. Anhand ihres starken Geruches wusste er, wo Kamira überall ihre Nase hingesteckt hatte. Einen Peilsender oder eine Bombe konnte er nicht finden. Vermutlich war Kamira einfach nur seinem Wagen gefolgt, ohne etwas Besonderes im Schilde zu führen, und hatte auf dem Parkplatz eine gute Gelegenheit gesehen, seine Geruchsspur aufzufrischen – und dabei auch Amalias Geruch entdeckt.

Fluchend stieg er ein und wischte nachlässig Glassplitter von seinem Sitz.

Zumindest brauchte er sich im Moment keine Sorgen um Amalia zu machen. Wenn Kamira herausgefunden hätte, in welchem Hotel Amalia war, hätte sie sich nicht mit ihm aufgehalten. In dem Fall wäre sie sofort zum Hotel gefahren, um Amalia zu entführen. Noch war ihre Unterkunft geheim. Noch. Seufzend fuhr er los.

Den Wagen brachte er zu einer Werkstatt, klingelte den Besitzer des Ladens heraus und zahlte ihm viel Geld für die sofortige Reparatur. Anschließend trat er auf Umwegen den Rückweg an, sorgfältig darauf bedacht, dass ihm kein anderer Wagen folgte. Erst, als er ganz sicher war, dass Kamira nicht mehr an seinen Fersen klebte, fuhr er zum Hotel zurück und parkte seinen Wagen in der Tiefgarage, damit man ihn auf der Straße nicht entdecken konnte. Verärgert ging er zum Aufzug.

Rene und ihre Lakaien waren ihnen schneller auf die Spur gekommen, als ihm lieb war. Darion und Grace mussten von dieser neuen Entwicklung erfahren.

In der Hotelbar saß nur noch ein älteres Pärchen. Sie roch nach teurem, viel zu schwerem Parfüm, er nach Geld. Er trug einen Smoking, sie ein Abendkleid. Beide blickten unangenehm berührt zu den Dreien herüber, als die sich so weit entfernt wie möglich auf dem erhöhten Podest des Restaurants an einen Tisch setzten. Der Blick der leicht untersetzten Frau war neugierig, dennoch wandte sie sich schnell wieder ab, als gingen sie diese niveaulosen Goths in ihren befremdlichen Kleidern nichts an.

Aurelius betrachtete die dunkelrote Kerze auf dem Tisch.

Die Kellnerin kam und zündete sie an. Die Frau hatte schmale Hände und auffallend weiße Haut. Dunkle Adern zeichneten sich überdeutlich auf der Unterseite ihres Handgelenkes ab. Er glaubte, das Blut unter ihrer Haut riechen zu können. Herb und bitter. Selten war er so hungrig gewesen.

Er gab die Schuld Amalia. Sie weckte etwas Altes in ihm, und er war sich nicht sicher, ob ihm das gefiel.

Gracia sah ihn herausfordernd an, sobald die Kellnerin gegangen war. Die Anführerin des Klans wirkte ungehalten. Sie war im Klan bekannt für ihre Launen. Einige Mitglieder hatten spöttisch vorgeschlagen, den Launen eigene Namen zu geben, doch sie hatten sich gehütet, diesen Scherz zu laut zu verbreiten. Gracia verstand keinen Spaß.

„Aurelius, was ist so wichtig, dass du unsere Ruhephase störst?"

Gracia, die sich seit fünfzig Jahren Grace nannte, gehörte mit einem Alter von über achthundert Jahren zu den Vampiren, die regelmäßige Ruhepausen benötigten. Hielten sie diese nicht ein, kam es früher oder später zu einer Apathie, die in einer Jahrzehnte andauernden Regenerationsphase enden konnte.

„Kamira ist hier", sagte Aurelius ohne Umschweife. „Sie weiß vom Seelenblut. Sie sucht es."

Darion atmete scharf durch die Zähne ein. „Dann weiß Rene alles."

Gracias Augen verengten sich zornig. „Es muss eine undichte Stelle im Klanhaus geben. Wenn ich sie finde, werde ich sie eigenhändig stopfen." Sie machte eine Geste, als wolle sie einem Huhn den Hals umdrehen.

Aurelius sah in die Kerzenflamme. „Soll ich Kamira suchen und töten? Wir haben ohnehin noch eine alte Rechnung offen, sie und ich. Diese Fehde findet erst ein Ende, wenn einer von uns tot ist."

Gracia schüttelte heftig den Kopf. „Gabriel ist nicht mehr wichtig! Wichtig ist das Seelenblut. Hekae ist bereits auf dem Weg. Sie hat Athen verlassen. Ich habe Räumlichkeiten im Gohliser Schlösschen anmieten lassen, die für das Ritual ideal sind. Leider brauchen die Vorbereitungen Zeit, Hekae ist da sehr altmodisch. Du musst Amalia übermorgen zu Hekae bringen. Solange wird es dauern, alles vorzubereiten. Hekae muss sie sehen, und ihr die Erinnerungen entreißen, die Amalia in sich trägt. Nur dann werden wir den Heiligen Gral finden."

„Den Heiligen Gral", spottete Aurelius. „Lai'raa ist ein Fluch. Unser aller Untergang."

Sie schwiegen einen Augenblick. Auf der gegenüberliegenden Seite des Restaurants sah die ältere Frau in dem eleganten mintgrünen Kleid zu ihnen herüber. Aurelius blickte zurück. Für einen Augenblick bemühte er sich nicht, eine menschliche Natur zu imitieren. Seine Augen fühlten sich heiß und brennend an, der Mund öffnete sich drohend und zeigte spitze Eckzähne. Wie er erwartet hatte, sah die Frau hastig zu ihrem Mann.

„Lass uns zahlen", hörte er sie mit seinem feinen Gehör sagen.

Zufrieden lehnte er sich zurück. „Wir werden Lai'raa vernichten. Der Heilige Gral muss eine Legende bleiben."

„Das ist nur ein Weg", Gracias Augen verengten sich. „Wir können ebenso gut das Wissen auslöschen. Welchen Weg wir gehen, sehen wir, wenn du das Seelenblut zu Hekae geschafft hast. Sie ist es doch, oder?"

Aurelius nickte bedächtig. „Sie ist es. Sie erinnert sich an Frankreich. An Marie."

Darion grinste. „Gratulation. Dann hat sie ja gleich den richtigen Eindruck von dir."

Aurelius bleckte die Zähne und knurrte Darion drohend an.

„Jungs!" Gracia sah von einem zum anderen. „Bleibt bei der Sache. Aurelius, denkst du, Amalia hat uns erkannt?"

„Nein." Aurelius bemühte sich, seine Stimme kalt klingen zu lassen. „Sie hat Vermutungen, aber sie glaubt nicht an vorherige Leben und reimt sich ihre eigene Logik zusammen."

Gracia lächelte. „Gut. Amalia muss zu Hekae gebracht werden, und du, Aurelius, wirst ihr Vertrauen gewinnen und sie dahin bringen. Erzähl ihr etwas von einer Fetischparty. Mach sie neugierig. So, wie du nach ihr riechst, hast du sie ohnehin schon bestiegen."

Aurelius biss die Zähne zusammen. „Danke für Eure vornehme Ausdrucksweise, Lady Gracia Diaz Fernández."

Darion sah missmutig zur Seite. „Ich hätte sie auch gerne gehabt. Warum bekommt Aurelius immer die Aufträge, die Spaß machen?"

Gracia lächelte ihn an. „Weil er, mein werter Darion, einfach mehr Selbstbeherrschung hat als du. Du hättest das arme Ding da oben doch schon ausgeblutet, so süß, wie ihr Lebenssaft duftet."

Aurelius schaffte es nicht, einen Schauder zu unterdrücken. Der Gedanke, Amalia tot in ihrem Bett liegen zu sehen, war schmerzhaft.

Gracia sah ihn misstrauisch an. Ihre Sinne waren feiner als die von Darion. „Beunruhigt dich der Gedanke? Hast du etwa Gefallen an ihr gefunden? Die Kleine ist nur ein Auftrag. Noch wissen wir nicht, ob sie leben darf oder sterben muss. Vergiss das nicht."

Darion verschränkte die Arme vor der Brust. „Warum legen wir sie nicht gleich um?"

Gracia seufzte. „Weil die Zeiten sich geändert haben, Liebster. Wir brauchen keine Polizei, die uns eine Spezialeinheit auf den Hals hetzt. Vielleicht weiß unser armes Seelenblut ja gar nicht das, was wir wissen wollen. Vielleicht sind die Geschichten über die Priesterinnen nur düstere Legenden. In dem Fall löschen wir ihr Wissen und schenken ihr das Leben. So fein haben wir uns inzwischen an diese Zeiten angepasst." Ihre Stimme troff vor Ironie. „Wir sind für die Öffentlichkeit handzahm geworden und haben das Ding in uns entdeckt, das sich Gehirn nennt. Zumindest einige von uns."

Aurelius schluckte hart. „Wenn wir Amalias Wissen löschen, wird sie wahnsinnig werden. Sie wird nicht damit umgehen können, diese Teile ihrer Erinnerung entrissen zu bekommen."

Gracia zog ihren Fächer und klappte ihn auf. Die Flamme der Kerze flackerte durch die schnelle Bewegung. „Wir haben immer Opfer gebracht. Und dieses Opfer ist gering." Sie sah Aurelius herausfordernd an. „Siehst du das ebenso, oder muss ich deine Loyalität infrage stellen?" Sie richtete die verborgenen Metallspitzen des Fächers auf seine Kehle.

Aurelius senkte den Blick. „Ich werde Amalias Vertrauen gewinnen und tun, was der Klan von mir verlangt."

Gracia senkte den Fächer, stand auf und warf ihm einen gönnerhaften Blick zu. „Genau das wollte ich hören. Darion, du hältst Wache, falls die Wölfe sich auf unsere Spur setzen. Und du, Aurelius, beschützt das Seelenblut. Vorerst darf ihr kein Haar gekrümmt werden."

Aurelius nickte. Zumindest mit diesem Teil seiner Aufgabe war er mehr als einverstanden.

FRANKREICH, VERGANGENHEIT

Marie griff nach der Hand des Adeligen, der sich ihr als Aurelius de Dubais-Montfarcon vorgestellt hatte. Auf seinem Pferd waren sie ein gutes Stück geritten und hatten ein Anwesen mitten auf dem Land zwischen Montbéliard und Dijon erreicht.

Sie betrachtete staunend das schöne Haus mit dem weiten, weißen Garten und der traumhaften Parkanlage. Auf den Dächern glitzerte Schnee. Ihr als arme Pariserin erschien das Anwesen wie ein Schloss aus einem Märchen.

Sie gingen auf das Hauptportal zu, zu dem eine Treppe nach oben führte. Eben öffnete sich die Tür und eine Frau mit langen schwarzen Haaren trat hervor. Es war die schönste Frau, die Marie je gesehen hatte. Glutvolle schwarze Augen sahen sie an. In diesem Blick schien ein rotes Funkeln zu liegen, als brenne darin das Feuer des Teufels.

Marie schauderte.

„Hab keine Angst", sagte der braunhaarige Mann an ihrer Seite. „Wenn du tust, was man dir sagt, wirst du es gut bei uns haben."

„Ihr wart weit von Eurem Anwesen fort, als Ihr mich fandet, Herr. Habt Ihr nach mir gesucht? Oder habt Ihr den Wolf gejagt?"

Aurelius' Griff um ihre Hand wurde schmerzhaft fest. „Keine Fragen, kleine Marie. Und wenn Gracia näher kommt und dich ansieht, sinkst du vor ihr auf die Knie und bringst ihr mindestens so viel Ehrerbietung entgegen, als wäre sie Marie Antoinette persönlich."

Marie nickte. In ihre Augen traten Tränen, so fest drückte er zu.

Gracia kam näher. Sie schien über die Treppe zu schweben, ganz so, als berührten ihre Füße den Boden nicht beim Gehen. Marie sank artig auf beide Knie in den Schnee und schwieg.

Die Frau in dem reich verzierten Brokatkleid lächelte dünn. „Du hast dir also etwas zum Spielen mitgebracht?"

Aurelius trat vor. Die Augen von Marie weiteten sich, als sie sah, wie er seine Arme um Gracia schlang und ihr ganz ungebührlich einen Kuss auf den Mund gab. Marie konnte Aurelius Zunge sehen, die in den Mund der schönen Frau glitt.

Hier regiert der Teufel, dachte sie schaudernd. Sie fror nicht nur wegen der Kälte, die vom Schnee her auf sie übergriff.

„Schön, dass du zurück bist", sagte Gracia zärtlich. „Rene wird bald ankommen, wegen der Verhandlungen. Wir müssen die

Wölfe endlich ausrotten."

Aurelius wies auf den Wolfspelz, der auf seinem Pferd lag. „Gabriel", sagte er leise.

Gracia lächelte breit. „Gute Nachrichten, mein Soldat. Ich nehme an, du möchtest dich mit Darion besprechen?"

Aurelius verzog den Mund. „Wenn du es wünschst."

„Ich wünsche es. Ich kümmere mich so lange um das da." Sie wies auf die zitternde Marie.

Aurelius verneigte sich knapp und winkte einem Diener zu, der ein Stück abseits gewartet hatte. Der Diener eilte sich, das Pferd in den Stall zu führen. Aurelius ging in Richtung Haus davon.

Gracia ging vor Marie in die Hocke und packte ihr Kinn. Grob hob sie es an. „So hübsche Augen. Mondaugen. Groß und strahlend. Augen, die ich am liebsten ausstechen würde, um sie getrennt vom Kopf zu bewundern." Sie lachte, als habe sie einen guten Scherz gemacht.

Marie schluckte heftig.

Gracia zog sie auf die Beine. Die zierliche Frau hatte enorme Kräfte.

„Es wird den Dienstboteneingang benutzen. Ich zeige ihn Ihm. Und dann werden wir Es waschen und nachsehen, ob unter all dem Dreck ein menschliches Wesen steckt."

Marie ließ sich widerstandslos von Gracia zu einem Nebeneingang an einem Flügeltrakt des Gebäudes führen. Wo immer sie auf Diener stießen, sanken diese eilfertig vor Gracia auf die Knie. Marie sah zwei dünne Burschen und zwei Mägde, die ungewöhnlich hübsch waren. Diese Mägde wurden gewiss nicht nur für die Reinigung und die Küche beschäftigt.

Sie fragte sich, wozu Aurelius sie dann noch brauchte. Zugleich war sie dankbar, denn ohne seine Güte wäre sie tot. Hätte er sie mitten im Wald genommen und dem Tod überlassen – es hätte keinen gekümmert und wäre ihm niemals nachgewiesen worden.

Gracia lief schnell, und Marie hatte Mühe, ihr durch die langen Gänge zu folgen.

„Lasst ein Bad ein!", herrschte die Hausherrin eine Magd an, die hastig davoneilte.

Marie wurde von der schwarzhaarigen Schönheit in ein Badezimmer geführt, das vor Farben zu strahlen schien. Bunte Mosaikkacheln bedeckten die Wände und den Boden. Die weiße Porzellanwanne trug goldene Muster. Es war eine Pracht, wie man sie am Hofe des Königs erwartete, aber nicht hier auf dem Land. Marie stand der Mund offen.

Gracia lächelte. „Es gefällt Ihm, nicht wahr?"

„Ja, Herrin", flüsterte Marie.

„Wenn Es ein braves Mädchen ist, wird Es es hier gut haben. Es wird keinen Hunger leiden und schöne Kleider bekommen. Nicht aus billigem Leinen, wie Es sie jetzt am Körper trägt, nein. Es soll schön sein, wie eine Prinzessin."

Während sie sprach, ging Gracia um die stehende Marie herum. Im Hintergrund sah Marie eine Magd, die Wasser in die Wanne goss. An der Tür kam schon die nächste Magd mit einem Eimer hereingeeilt.

„Runter mit dem dreckigen Zeug", befahl Gracia. Selten hatte Marie eine derart gebieterische Stimme gehört.

Zögernd nahm sie ihre Kleidung Schicht um Schicht ab. Die Mägde hoben die Sachen auf und trugen sie mit spitzen Fingern naserümpfend fort, kaum dass Marie die Kleidungsstücke abgelegt hatte. Nackt stand sie vor Gracia, die sie prüfend musterte.

„Es ist viel zu dürr. Es wird mehr essen. Ich stoße mir beim Spielen nicht gerne die Haut an Hüftknochen wund."

Marie spürte, wie heiß ihre Wangen bei diesen Worten wurden. Sollte sie nun nicht nur Aurelius' Metze sein? War sie die Sklavin dieser Frau, die auf ihre herrische Weise selbst Aurelius unterwarf? Sie hatte ihn zu diesem Darion geschickt, obwohl er dorthin anscheinend nicht gehen wollte. Und dann hatte sie etwas von Rene erzählt ...

„Herrin ... wer ist dieser Rene?"

Die Ohrfeige kam so überraschend und war so heftig, dass Marie aufschreiend zu Boden fiel. Gracia war im Bruchteil einer Sekunde über ihr. Die schwarzbraunen Augen glosten.

„Anscheinend hat der gute Aurelius Es noch nicht erzogen. Es stellt keine Fragen! Es redet nicht! Nur dann, wenn Es etwas gefragt wird, und ich, Aurelius oder Darion das erlauben. Hat Es das begriffen?"

Marie zitterte so stark, dass sie nicht sprechen konnte. Sie nickte stumm.

Gracias Hand fuhr sanft über ihren Arm und die nackte Schulter. „Seine Haut ist so weich. Verletzlich. Und sie duftet wie ein Rosengarten." Die schöne Frau schloss genießerisch die Augen. Marie zuckte zusammen, als der Nagel der Frau in das weiche Fleisch ihrer Brust stach. Ein winziger blutender Kratzer zog sich über der Spitze ihrer linken Brust hinweg. Die Schwarzhaarige beugte sich hinunter, ihre Zunge fuhr vor. Keuchend spürte Marie, wie die raue Zunge über sie leckte. Eine Zunge, wie die einer Katze oder eines Kalbs. Ganz anders, als die Zunge eines Menschen. Gracia saugte an dem Schnitt, benetzte ihren Mund mit dem frischen Blut. Ihr Speichel brannte in der Wunde.

Marie wimmerte. Die Schwarzhaarige ließ von ihr ab. „Steig in die Wanne."

Schwerfällig gehorchte Marie. Das Wasser war heiß – zu heiß – doch sie wagte nicht, sich zu beklagen. Sie biss die Zähne zusammen und stieg in die dampfende Wanne. Ihre Füße und Waden brannten. Sie zögerte. Ob sie sich setzen musste? Aber Gracia hatte das nicht befohlen, also blieb sie lieber stehen.

Gracia griff nach einem großen Schwamm. „Heb die Arme über den Kopf."

Marie tat wie geheißen. Langsam begann Gracia, sie zu waschen. Sie war wirklich schmutzig und bald schon färbte sich das Wasser der Wanne dunkel.

Gracia rieb über jede Stelle ihres Körpers. Marie schluckte nervös, als der Schwamm über ihre Scham fuhr. Nie zuvor in ihrem Leben war ein anderer Mensch so offen mit ihrem Körper umgegangen wie diese Gracia und Aurelius. Die beiden schienen kein Schamgefühl zu kennen. Selbst ihr verstorbener Mann war nicht so freizügig mit ihr umgesprungen.

Gracias fuhr mit dem Schwamm zwischen ihre Pobacken. Marie hatte Mühe, auf dem nassen Untergrund stehen zu bleiben. Sie sah zu, wie Wasser auf das wertvolle Gewand ihrer Herrin tropfte. Es störte Gracia nicht. Die Schwarzhaarige fuhr unbeirrt mit ihrem Werk fort, bis sie zufrieden zurücktrat.

„Bernadette, Christelle, ihr trocknet Es ab und bringt Es auf mein Zimmer."

Die Mägde stürzten aus den Schatten neben dem Eingang zum Badezimmer und griffen nach den Handtüchern.

Gracia wandte sich ab und verließ das Badezimmer. Bernadette und Giselle halfen ihr, aus der Wanne zu steigen. Marie war seltsam erregt. Die Hände Gracias auf ihrer Haut und nun die flinken Finger der beiden Mägde über den Leinentüchern. Das alles war fremd, ein dunkler Garten, in den es sie hineinverschlagen hatte. Sie sah in die Augen der beiden Mägde.

„Schlägt sie euch oft?"

„Sprich nicht", flüsterte die blonde Magd, die ein wenig kleiner war. „Die Wände hier haben Ohren, und du bist hier noch nicht einmal eine Magd. Du bist für sie eine Sklavin."

Marie wollte empört antworten, doch die größere Magd presste ihr rasch den Handballen in den Mund und krampfte ihre Finger um Maries Gesicht.

„Ganz ruhig. Du machst es sonst nur schlimmer."

Marie wehrte sich gegen den Griff, doch gegen beide Mägde zugleich kam sie nicht an. Sie wollte niemandes Sklavin sein! Keine Dienerin. Und doch wollte sie leben. Schon lange hatte sie nicht mehr ausreichend zu essen bekommen, und die Anstrengung der Gegenwehr ließ sie schwindeln. Ihre Bewegungen wurden langsamer. Sie schwankte.

„Du wirst deine Kraft noch brauchen", flüsterte die Blonde. „Aber später können wir reden. Heute Nacht, auf der Kammer. Es sind nicht alle hier vom Teufel besessen."

Die letzten Worte waren ein raues Wispern, so leise, dass Marie es kaum verstand.

Die Mägde nahmen die Tücher fort. Die Größere legte Marie ein silbernes Halsband aus Eisen um. Es lag eng am Hals. Ein Ring lag über ihrer Wirbelsäule.

„Was tut ihr?", fragte Marie erschrocken.

„Noch ein Wort und ich knebele dich", drohte die Blonde. Sie wies auf ein langes Leinentuch, das genau die richtige Länge hatte, es einem Menschen um den Kopf zu binden. Sie schlug das Tuch um Maries Augen und knotete die Enden fest zusammen. Der Druck auf den Lidern war unangenehm.

Marie biss die Zähne aufeinander, während sie an den Handgelenken kaltes Metall fühlte. Die Handfesseln fühlten sich scharfkantig und schwer an. Sie spürte einen Zug am Hals, als die Handfesseln über eine Kette entlang der Wirbelsäule mit dem Halsband verbunden wurden.

„So spielt sie am liebsten", flüsterte die Blonde. „Keine Angst, du wirst es überstehen."

Marie fühlte ihren zitternden Körper. Nie hatte sie sich derart ausgeliefert gefühlt. Hilflos.

Die Blonde kniete zu ihren Füßen und legte ihr Fußketten an, die ebenfalls mit einer Kette verbunden waren, und gerade genug Spielraum für kleine Schritte ließen.

„Komm mit", forderte die Brünette sie auf. Sie packte Marie an der Hüfte und lief rückwärts vor ihr. Zögernd machte Marie die ersten Schritte in Ketten. Es war ungewohnt und fühlte sich falsch an. Die Fußketten waren schwer und behinderten sie beim Gehen. Dazu kam ihre Blindheit. Wenn sie nur einen zu großen Schritt machte, würde sie stürzen.

Hinter sich spürte sie die Hände der zweiten Magd, die sich auf ihre Seiten legten. Schritt für Schritt ging das Dreiergespann durch das Haus.

Marie hörte die Stimmen von zwei Burschen, die gerade aus einer Zimmerflucht kamen – vermutlich dem Zugang zur Küche, zumindest roch es nach scharfer Suppe – und plötzlich verstummten. Einer näherte sich ihnen mit lauten Schritten. Er klang nicht älter als siebzehn Jahre.

„Bringst du uns ein Geschenk, Bernadette?" Er berührte Maries Brust. Sie wich vor seinen Fingern zurück.

„Verschwinde, du Bengel! Diese hier ist zu Gracia bestellt. Willst du, dass die Herrin deinen Gestank an ihr erkennt?"

Der Junge entfernte sich ohne ein weiteres Wort.

Marie spürte, wie ihre Wangen heiß wurden. Sie wollte weinen, schreien, fortlaufen, aber sie blieb ganz ruhig. Schritt für Schritt ging sie durch dieses verrückte Haus. Diese Brutstätte des Teufels. Sie hatte Geschichten von einem Mann gehört, der in Paris gelebt hatte. Einem Marquis, der angeblich genau solche Spiele mit seinen Mägden spielen sollte, doch das hatte sie für Gerüchte gehalten, für die Übertreibungen von klatschsüchtigen Frauen, denen langweilig war. Niemand tat solche Sachen, davon war sie überzeugt gewesen. Nun erlebte sie am eigenen Leib, was es hieß, die Sklavin einer Verrückten zu sein.

Sie sind alle wahnsinnig! Die Saat des Bösen!

Die vier Hände dirigierten sie weiter, eine Treppe hinauf. Zwei Mal stürzte Marie und schlug sich das Knie an. Die Fesseln an den Füßen ließen gerade genug Spielraum, die Stufen zu bewältigen. Marie weigerte sich, weiterzugehen. Die Mägde nahmen ihr die Augenbinde wieder ab, damit sie sich nicht erneut verletzte.

„Wenn du widerspenstig bist, bekommst du Schläge", sagte die kleinere Magd mit besorgter Stimme. „Mach es dir nicht so schwer."

Zögernd ging Marie weiter.

Als sie im ersten Stock ankamen, fühlte sie Tränen, die über ihre Wangen liefen. Sie konnte kaum mehr etwas sehen. Erst als sie in einem Raum stand, der so prächtig eingerichtet war, wie das Spielzimmer einer Königin, blinzelte sie, und erkannte, was sie umgab.

Vor ihr stand Gracia an einem Fenster. Mit leichten Schritten ging sie auf Marie zu. Ihr Blick wanderte hungrig über den nackten Körper und die Brust mit dem winzigen Schnitt.

„Nicht weinen, meine Liebe", flüsterte sie und beugte sich vor. Ihr rubinroter Mund küsste die Tränen von Maries Wangen.

Marie wagte nicht, zu sprechen, oder sich zur Wehr zu setzen. Sie hatte jede Hoffnung verloren. Das hier war ihr Schicksal. Sie war dieser Frau und ihren Gespielen auf Gedeih und Verderb ausgeliefert. Warum Gott ihr das antat, verstand sie nicht, aber seine Wege waren unergründlich.

Gracia leckte mit ihrer rauen Zunge auch die letzte Träne aus ihrem Gesicht fort. „Sag mir, wie es sich anfühlt, mir ausgeliefert zu sein? Nackt und gefesselt vor mir zu stehen?"

Marie fand keine Antwort. Sie senkte den Blick und sah betreten auf den weichen Teppich zu ihren Füßen.

Um sie her standen prunkvolle Möbel, ein Tisch mit einer schweren Vase, in der Rosen standen – Rosen, mitten im Winter. Woher Gracia sie wohl bekommen hatte? Sie mussten ein Vermögen gekostet haben.

Die tiefe Stimme ihrer Herrin verlangte ihre ganze Aufmerksamkeit.

„Marie ... so heißt du doch, oder? In deinen Gedanken ist dieser Name. Und noch so vieles mehr. Ja, du hast Angst. Aber da ist auch Lust in dir. Ist es nicht so?"

Gracias Augen wurden schmal, ihr Blick stechend. Marie spürte instinktiv, dass sie dieses Mal antworten musste, wenn sie nicht wieder geschlagen werden wollte.

„Ja, Herrin", hauchte sie.

Gracia lächelte besänftigt. Sie setzte sich in einen breiten Sessel, der mit grünem Brokat bespannt war. „Schön." Ihr Blick wanderte zu den beiden Mägden, die auf Knien an der Tür warteten. Sie wedelte nachlässig mit der Hand. „Ihr könnt gehen."

Die beiden verschwanden wie Schatten.

„Sie haben es richtig gemacht", sagte Gracia leise, aber mit einer deutlichen Schärfe in der Stimme. „Sie sind in meiner Gegenwart unmittelbar auf die Knie gegangen. Das erwarte ich in Zukunft auch von dir. Du magst Aurelius' persönliches Spielzeug sein, aber ich wünsche, dass du niemals vergisst, wer die Herrin dieses Anwesens ist. Du bist in erster und letzter Instanz mein Besitz. Mein Gegenstand. Ich entscheide über Leben und Tod, deshalb solltest du aufpassen, und gut zuhören, wenn ich dir etwas sage."

Marie nickte heftig.

„Brav so, mein kleines Spielzeug. Dann tue das, was die Mägde taten. Geh auf die Knie."

Marie sank zu Boden.

„Und nun kriech hierher. Zu mir." Die Schwarzhaarige wies auf den Teppich vor ihrem Sessel.

Marie kroch auf allen Vieren näher. Ihr Herz schlug heftig. Sie spürte Scham, Furcht und Erregung. Mit jeder weiteren Bewegung war ihr, als würde die Luft heißer werden, als säße Gracia samt ihrem Sessel in den unsichtbaren Flammen der Hölle.

„Küss meine Füße, als Zeichen, dass du meine Herrschaft über dich anerkennst." Elegant streifte Gracia ihre goldenen Pantoffeln ab. Darunter kamen teure, dünne Strümpfe zum Vorschein, wie Marie sie noch nie gesehen hatte. Sie beugte ihren Kopf hinunter und küsste zaghaft Gracias Spann.

„Das weckt Lust auf mehr, nicht wahr?" Gracia beugte sich zu ihr herab. „Sieh mir in die Augen, Marie."

Marie hob den Blick.

„Du bist erregt, ich sehe es. Du sehnst dich nach Erfüllung, nach dem Überschreiten der Grenze."

Marie wollte betreten zur Seite sehen – die Scham brannte in ihr – doch Gracia hielt ihren Kopf am Kinn fest. Der Griff ihrer Finger war schmerzhaft.

„Du wirst tun, was man dir sagt. Je schneller du das begreifst, desto besser. Tust du es nicht, warten auf dich Schmerz und Tod. Unterwirfst du dich, darfst du leben, und das gut. Dir wird es an nichts mangeln außer an Freiheit. Und die, mein liebes Täubchen, hast du doch ohnehin niemals besessen. Wo auch. Bei deinem Mann etwa? Bei deiner Mutter?"

Marie zuckte zusammen. Woher wusste die Fremde von ihrer Ehe? Sie hatte ihr nichts von ihrem Mann erzählt und noch weniger von ihrer Mutter. Konnte Gracia tatsächlich Gedanken lesen?

„Nein, mein Täubchen", Gracia fuhr mit einem Finger sanft über ihren Hals. „Deine Gitterstäbe stecken fest zwischen deinen bezaubernden Ohren. Du dienst den Männern, dienst Gott, unterwirfst dich einer Ordnung, die keine ist, und nicht einmal diesen Namen verdient hat. Ich nehme dir die Freiheit, und ich schenke sie dir. Du musst nur noch mir dienen und niemandem sonst. Keine Regel gilt mehr für dich, außer der, die ich aufstelle."

Marie spürte, wie sich ihr Brustkorb hob und senkte. Längst war sie von Schweiß bedeckt. In Gracias Gegenwart schien die Luft zu brennen.

Gracia hob ihren Rock hoch und entblößte zwei lange, schön geformte Beine. Kein Bildhauer hätte eine vollkommenere Linie schaffen können. Die weißen Strümpfe saßen hauteng. Grazil hob sie einen ihrer Füße.

„Du wirst meinen Geboten folgen. Reibe dich an mir, bis dich die Lust überkommt, und du mir wahre Schreie deiner Ekstase schenken kannst. Versuche nicht, mich zu hintergehen, denn das würde ich merken, und es würde dir nicht gut bekommen."

Marie öffnete den Mund und schloss ihn rasch wieder. Sie begriff nicht. Was sollte sie reiben? Woran?

Gracia lächelte. „Du sollst deine Scham an meinem Fuß reiben, Täubchen, und an meinem Bein. Das wird anstrengend für deine hübschen Schenkel werden, weil du die Hände nicht benutzen kannst. Aber so geil, wie du jetzt schon bist, sehe ich keine Probleme."

Dieses Mal wurde Maries Gesicht so heiß, als habe sie es in eine offene Ofentür geschoben.

„Ich ...", brachte sie krächzend hervor.

„Fang besser bald an, bevor ich mir ein anderes Spiel überlege, das dir weit weniger Freude bringt."

„Ja, Herrin", flüsterte sie benommen. Auf den Knien schob sie sich über Gracias Fuß und das aufragende Bein. Es fühlte sich kalt und hart an, wie Stein. Vorsichtig schob sie ihren Schamhügel gegen die glatten Strümpfe. Sie spürte Gracias wachsamen Blick. Da saß eine Richterin über ihr, die mit kalter Distanz zusah, was zu ihren Füßen geschah. Eine Richterin, die ihr den Tod bringen konnte.

In Marie tobte ein Wechselbad der Gefühle, doch das Größte war die Lust. Sie betete zu Gott, er möge ihr einen Engel senden. Hilfe. Rettung. Doch da war kein Gott, der sie erhörte.

Sie rieb sich an Gracias Bein, langsam, und mit jeder weiteren Berührung wuchs ihre Lust. Ihre Schenkel brannten, die Knie schmerzten, die gefesselten Hände wurden taub, und doch konnte sie nicht aufhören, ging mehr und mehr auf in dem schwarzen Zauber, den die Hexe Gracia gewoben hatte. Ihr war, als fühle sie, wie sie Stück für Stück der Dunkelheit verfiel. Wie sie zu einem Instrument der Dämonen wurde.

Sie wimmerte leise auf.

„Vergiss diese törichten Gedanken, Kind", sagte Gracia mit rauer Stimme. „In diesem Raum gibt es nur *eine* Göttin, und an der darfst du dich reiben." Sie griff in Maries Haare und presste den mageren Körper noch enger an sich. Marie stöhnte auf.

Dunkle Wogen der Lust durchströmten sie, peitschen ihren Herzschlag an, ließen ihren Atem fliegen.

Ein letztes Mal dachte sie an den allmächtigen Herrn, den einzigen Gott, dann wurden ihre Gedanken ausgelöscht und sie war nur noch Lust. Haut an Haut. Brennendes Verlangen und harte Reibung auf dem glatten Strumpf. Feuchte strömte aus ihr, während ihre Bewegungen schneller wurden.

„Lass mich deine Lust hören", befahl Gracia.

Marie streifte ihre Zweifel ab wie eine alte Haut. Sie ging ganz in ihrem Sklaventum auf und stöhnte laut und lustvoll, während sie sich an ihrer Herrin rieb.

„Siehst du. So schlimm ist es doch nicht. Immer schön hoch und runter, mein Täubchen. Das wird doch."

Es war das erste Mal, dass Marie Schmerzen vor Lust hatte. Alles in ihr zog sich zusammen, pulsierte, und ließ sie noch schneller werden. Vor ihren Augen tanzten schwarze und rote Punkte.

„Oh ja, wir werden noch viel Spaß miteinander haben, meine kleine Sklavin. Du wirst Lust erleben und Schmerz. Hingabe und Wahnsinn." Gracias Worte waren ein düsteres Versprechen. „Zu jeder Tag und Nachtzeit wirst du mir dienen, und genau dann geil sein, wenn ich es von dir verlange. Freust du dich darauf, mein Täubchen?"

Marie keuchte. „Ja, Herrin", presste sie hervor. Jede andere Antwort hätte Schmerzen bedeutet.

Gracia lächelte gönnerhaft.

„Braves Hündchen. Ich erlaube dir, zu kommen."

Marie hörte die Worte kaum, noch weniger verstand sie die Bedeutung. Sie presste sich noch härter an das Bein, rieb sich an dem Spann, der ihr keinen Millimeter entgegen kam. Sie musste alle Arbeit selbst leisten, aber das war ihr gleichgültig. Hier, auf den Knien vor Gracia, kam sie heftiger, als sie je in ihrem Leben gekommen war. Ihre Lustschreie stießen spitz durch den Raum, wurden lauter und lauter, bis sie endlich erschöpft in sich zusammensank.

„So brav", flüstere Gracia dicht an ihrem Ohr. „Und jetzt werde ich trinken. Solange dein Blut noch in süßer Wallung ist."

Marie begriff nicht, was Gracia mit ihr tat. Sie spürte einen scharfen Schmerz am Hals und fühlte, wie sie noch schwächer wurde. Sie dämmerte fort, schlief ein, und zum ersten Mal seit ihrer Geburt spürte sie ein sonderbares Gefühl, das überhaupt nicht zu dem zu passen schien, was sie eben erlebt hatte: Sie fühlte sich frei.

LEIPZIG, PFINGSTEN, SAMSTAG

Als Amalia am nächsten Morgen erwachte, wusste sie noch während des Aufwachens, dass sie verschlafen hatte. Gähnend setzte sie sich auf und streckte sich. Der Blick auf ihr Handy bestätigte ihr Wissen. Bis sie geduscht und angezogen wäre, war die Frühstückszeit vorbei. Zum Glück hatte sie ohnehin keinen Hunger.

Sie ging ins Bad und dachte an Aurelius und den gestrigen Tag. Fast erschienen ihr die Vorkommnisse wie die Erinnerung an einen ihrer Träume.

Das heiße Wasser der Dusche belebte sie. Sie fühlte sich viel besser als am gestrigen Nachmittag. Vorsichtig tastete sie über die kleine Wunde auf ihrer Stirn. Sie heilte gut. Außer ein paar blauen Flecken an Armen und Beinen war ihr nichts passiert. Trotzdem wirkten der Sturz und der sonderbare Anfall noch in ihr nach.

Es brachte auch nichts, wenn sie sich zu viele Sorgen machte. Sie seufzte.

Eine gute halbe Stunde später war bereit für den Tag. Dieses Mal hatte sie hohe schwarze Lackstiefel gewählt, dazu einen weiten Rüschenrock mit mehreren Tülllagen, ein schwarzes Spitzenkorsett und lange durchsichtige Handschuhe. Ihr Spiegelbild bestätigte, dass das Make-up richtig aufgetragen war. Sie hatte sich sehr hell geschminkt, fast weiß. Das Dunkelrot der Lippen stach durch die helle Haut besonders hervor. Die Kette, die aus mehreren schwarzroten Perlenreihen bestand, saß wie angegossen. Ein Blick aus dem Fenster gab ihr Mut – sie ließ den Regenschirm in der Garderobe des Flurs stehen, nahm ihren dünnen, schwarzen Mantel und die bereits gepackte schwarze Handtasche und machte sich auf den Weg.

Unten an der Rezeption stand überraschenderweise Aurelius.

„Hast du auf mich gewartet?"

Er nickte. „Die anderen sind schon losgezogen. Du hast das Frühstück verpasst."

„Ich frühstücke in der Sixtina."

„Ich komme mit. Der Shuttlebus fährt gleich. Ich war so frei, vorsichtshalber zwei Plätze zu reservieren, falls du es noch rechtzeitig schaffst."

Sie lächelte. „Danke." Er sah wieder verdammt gut aus, dabei war er kaum anders angezogen als am Vortag. Die schwarze Gewandung ließ ihn verrucht und sexy aussehen, die teuren Materialien verliehen ihm Eleganz.

Er könnte gut und gerne in einem Draculafilm mitspielen. Und dieser Mann stand tatsächlich auf sie und hatte auf sie gewartet. Sie hatte befürchtet, dass er sich nach dem gestrigen Abend zurückzog. Doch da war er.

Er bot ihr seinen Arm an und sie hakte sich vertrauensvoll ein. Das Wochenende wurde vielleicht doch noch großartig, trotz des schlechten Anfangs durch Kims Absage und ihrem eigenen sonderbaren Verhalten am gestrigen Tag.

Im Shuttlebus legte Aurelius wie selbstverständlich seinen Arm um ihre Schulter. Sie mochte das Gefühl und kuschelte sich eng an ihn. Alle anderen mussten denken, dass sie ein Paar waren.

Waren sie ein Paar? Zumindest ein Gespann für ein paar Tage? Würde es am Montag enden?

Sie wollte nicht darüber nachgrübeln. Der Tag war viel zu schön, um sich unnötige Gedanken zu machen. Am Himmel standen nur wenige Wolken, und die Stimmung im Shuttlebus war ausgelassen. Die anderen Insassen redeten angeregt miteinander, ein Pärchen debattierte über die Umtriebigkeit einer Band, zwei Männer in Lederhosen und Rüschenhemden beugten ihre Köpfe tief über das Programm. Ihre langen Haare verdeckten die Seiten. Amalia fiel auf, dass einer der beiden dem anderen die Hand auf das Knie gelegt hatte.

Sie schmiegte sich noch enger an Aurelius. Sein Duft umhüllte sie und seine starken Armen schützten sie. Unter dem Hemd konnte sie seine Muskeln spüren, die glatte, gespannte Haut. Sein spöttisches Lächeln raubte ihr den Atem.

Es war wie ein Traum, und sie wollte nicht aufwachen.

Das Shuttle hielt am Hauptbahnhof. Aurelius half ihr hinunter auf den Gehsteig. Die Stiefel hatten fast zehn Zentimeter hohe Absätze. Nichts, womit es sich ohne Probleme laufen ließ.

Aurelius schien das auch so zu sehen, denn er umschlang ihre Hüfte. Zuerst wollte Amalia sich wehren – sie hatte die Erfahrung gemacht, dass Männer an ihrer Seite ihr das Gehen in hohen Schuhen eher schwerer als leichter machten – doch dann ließ sie sich von ihm führen. Aurelius passte sich ihr auf wundersame Weise an und unterstützte jeden ihrer Schritte.

Gemeinsam gingen sie durch die Ritterpassage in Richtung Innenstadt. Amalia bewunderte die alten und neuen Häuser.

Aurelius führte sie sicher über die oft unebenen Steine. „Wusstest du, dass der Innenstadtring noch auf den Siebenjährigen Krieg im 18. Jahrhundert zurückgeht? Damals wurde der Ring geschliffen, wie man so schön sagt. Hier war kein Stein mehr auf dem anderen. Das Elend war grenzenlos."

„Du sagst das, als hättest du es selbst erlebt."

Er hob die Schultern, ohne Amalia loszulassen. „Ich habe eine Menge Fantasie. Ich kann mich gut in vergangene Zeiten einfühlen."

„Tatsächlich."

Sie kamen an einer Bäckerei vorbei. Der Geruch nach frischem Brot ließ Amalia schnuppernd den Kopf heben. Langsam hatte sie Hunger.

Sie brauchten nicht lange, bis sie die Sixtina erreicht hatten. Da es im Innenraum brechend voll war, suchten sie sich einen Platz im Innenhof. Amalia lächelte über all die Pflanzen, die auf den Tischen standen. Der Innenhof mit den Bierzeltgarnituren und der kleinen Bühne war ein Ort, an dem sie sich ausgesprochen wohlfühlte.

Es roch nach gegrillter Bratwurst. Musik drang aus den Lautsprechern, Menschen drängten sich, trotzdem fanden sie noch zwei freie Plätze am Ende eines Tisches. Zunächst wollte der Mann am Tischende nicht wegrücken, obwohl genug Platz war, doch Aurelius sah ihn mit verengten Augen an – mit einem Blick, der Amalia einen Schauder über den Rücken jagte. Der Mann wich hastig zurück und drängte sich an seine Begleiterin.

„Du kannst wirklich beängstigend aussehen, Aurelius. So wild." Sie dachte an Löwen und Tiger.

Er schenkte ihr ein entwaffnendes Lächeln und half ihr, sich zu setzen. „Ich weiß, wie es wirkt. In der Kampfkunst sind solche Gesichtsausdrücke psychologisch wichtig."

Sie grinste. „Ich würde dich zu gerne mal bei einem Kampf erleben."

Sein Gesicht wurde ernst. „Wünsch dir das lieber nicht."

„Warum? Glaubst du, ich bin zu zartbesaitet?"

Er schüttelte den Kopf. „So, wie du dich gestern nach diesem Sturz verhalten hast, glaube ich das nicht. Eine andere hätte sicher ins Krankenhaus gewollt und wäre wesentlich verstörter gewesen."

Amalia wurde rot, aber sie brachte es immer noch nicht über sich, ihm von der Regelmäßigkeit ihrer Unfälle zu berichten. Wer seit seinem fünften Geburtstag ein Mal im Jahr in Lebensgefahr geriet, wusste einfach besser damit umzugehen.

„Ich falle um vor Hunger", lenkte sie vom Thema ab.

„Ich hole uns Bratwurst und einen Absinth."

„Jetzt schon Absinth?"

„Das muss sein. Hier gibt es den besten Absinth der Stadt."

„Vergiss das Essen nicht." Amalia öffnete ihre Handtasche, um Geld herauszuholen, doch Aurelius winkte kopfschüttelnd ab.

Kurz darauf kam er mit dem Essen und zwei schwarzgrün

schillernden Absinthgläsern wieder. Amalia sah zu, wie er den Zucker auf den Sieblöffel legte und ihn anzündete.

„Was hast du geholt?"

„Schwarze Rose."

Der Absinth in der kleinen Kneipe war vielfältig und bekannt. Es gab jede nur erdenkliche Sorte. Amalia mochte den Geschmack der grünen Fee, wie das Getränk auch genannt wurde.

Als auch ihr Absinth erfolgreich mit Zucker versüßt war, stießen sie an. Amalia nahm einen tiefen Schluck und sah Aurelius in die Augen.

„Wundervoll", sagte sie leise. Sie hatte nur Augen für ihn. Sein Gesicht war so perfekt, wie es kein Bildhauer formen konnte.

Er lächelte und ergriff über den Tisch hinweg ihre Hand. „Ich bin froh, dass ich dich getroffen habe."

„Warum hast du gestern nicht mit mir geschlafen?" Die Frage platzte aus ihr heraus. Wieder war ihr, als könne sie in seiner Gegenwart alles sagen. Sie sah sich hastig um, aber es schien ihr niemand zuzuhören. Der Mann neben ihr saß so weit von ihnen entfernt, wie der Platz es erlaubte.

Aurelius lehnte sich mit dem Absinth in der Hand zurück. „Ich hatte kein Kondom dabei."

Sie verzog das Gesicht. „Ich hatte welche. Du hast nicht einmal gefragt."

Er sah zur Seite – nur einen Augenblick – doch der reichte, um Amalia misstrauisch zu machen. Es war, als ob er Angst hatte. Aber wovor?

„Hat es dir nicht gefallen?", fragte er mit seinem unverwechselbaren Grinsen.

Sie wurde rot. „Hast du nicht gehört, dass es mir gefallen hat?"

Sie sahen einander an. Amalia konnte nicht genug von diesen braunen Augen bekommen, obwohl sie sicher war, dass er mit grünen noch ... ja was? Noch *richtiger* ausgesehen hätte? Ein sonderbarer Gedanke, und trotzdem war er da.

„Vielleicht können wir das Ganze ja heute Abend wiederholen", schlug er vor. „Nur zur Überprüfung, wie du dabei klingst."

Sie drückte seine Hand und lächelte. „Wiederholen? Ich wäre eher dafür, weiter zu gehen." Sie konnte nicht genug von ihm bekommen. Allein der Gedanke, mit ihm zu schlafen, ließ sie schwindeln.

„Na dann, auf den Abend." Sein Blick verriet nicht, was er dachte.

Sie tranken ihren Absinth und aßen schweigend. Amalia versank in Tagträumen. Sie spürte heiße Schauer, wenn sie nur an den Abend dachte, und hatte das Gefühl, schon ein Leben lang darauf zu warten.

Plötzlich sprang Aurelius auf. Er wirkte angespannt. „Lass uns einkaufen gehen. Sofort."

„Mein Glas ist noch nicht leer."

Er zog sie von der Bank, als wöge sie nichts. „Bitte ... da hinten ist eine alte Bekannte, der ich nicht über den Weg laufen will." Sein Blick war so flehend, dass Amalia folgte.

„Eine Ex?" Dafür hatte sie Verständnis. Sie hatte zwei Exfreunde, deren Weg sie auch lieber nicht kreuzte.

„Ja, komm schon." Er zog sie mit sich, hin zum Ausgang und dem Verkaufsstand mit T-Shirts und allerlei Souvenirs.

Amalia drehte sich neugierig um. Zuerst sah sie nur einen Pulk aus Menschen. Dann sah sie die Frau. Sie trug rote Kontaktlinsen. Ihre Haare waren weiß wie Schnee. Quecksilberne Strähnen glänzten darin. Amalia hielt den Atem an. Die Frau sah sich um, blickte aber nicht in ihre Richtung. Es schien fast, als würde sie die Nase zum Wittern in die Höhe strecken. Automatisch ging Amalia schneller. Aurelius hielt sie zurück.

„Nicht rennen. Das erregt ihre Aufmerksamkeit."

Wortlos passte sie sich seinem Schritt an und war froh, als sie um die Ecke bogen. „Was ist sie? Eine Psychopathin?" Sie versuchte, durch ihre Worte die Angst zu vertreiben, die in ihr aufstieg. Diese Fremde war eine Jägerin. Ein Killer.

Sie fing schon wieder an, hoffnungslos zu dramatisieren.

Ärgerlich über ihre Gedanken sah sie sich um, aber von der Weißhaarigen war nichts zu entdecken.

„Sie kann sehr unangenehm werden", wich Aurelius aus. „Und sie ist nachtragend."

Amalia wunderte sich, was Aurelius mit der Dame angestellt hatte, aber sie wagte nicht, laut zu fragen. Es erschien ihr in diesem Moment falsch.

Sie gingen gemeinsam in einem Strom von Menschen durch die Innenstadt. Bald hatten sie eines der völlig überfüllten schwarzen Kaufhäuser erreicht und tauchten in die Masse der schwarz gekleideten Menschen unter. Amalia bestaunte die fantasievollen Kostüme und Kleidungsstücke – sowohl die im Laden, als auch jene, die die Menschen um sie herum trugen.

„Faszinierend", stellte sie fest, als sie eine Frau in einem roten Lackanzug sah. Das Material saß hauteng.

Aurelius folgte ihren Blicken. „Hast du so etwas schon einmal getragen?"

Sie schüttelte den Kopf.

„Das Material ist sehr durchlässig. Berührungen werden intensiv wahrgenommen. Viele Frauen fühlen sich darin nackt." Er zeigte ihr mehrere Latexkleider und Anzüge, die in einem hinteren Bereich des Ladens hingen.

„Das würde ich nie tragen", wehrte Amalia ab.

Aurelius lächelte rätselhaft. „Ich finde, es ist immer eine Herausforderung, wenn jemand zu mir sagt, er würde etwas niemals tun."

„Vergiss es."

Er hob die Schultern. „Es gibt genug andere Sachen. Such dir etwas aus, ich bezahle es."

Amalia starrte ihn an. „Warum solltest du für mich bezahlen?" Sie hörte selbst, wie empört sie klang. Wollte er sie kaufen? Sie für die gemeinsame Zeit bezahlen, wie eine Prostituierte?

Er seufzte. „Schau mich nicht so an, als würde ich dich zu meiner Sexsklavin machen wollen. Das ist ein unverbindliches Angebot. Ich habe jede Menge Geld, und ich freue mich, dass du mit mir unterwegs bist. Außerdem bin ich altmodisch. Früher galt es als wohlerzogen, einer Frau etwas auszugeben. Heutzutage bekommt man zum Dank die Augen ausgekratzt."

„Ich ..."

„Tu mir den Gefallen, okay? Such dir was Schönes aus. Gönn dir was. Wenn du den Stand meiner Konten kennen würdest, hättest du nicht solche Skrupel."

„Woher hast du dein Geld?"

„Einen Teil erarbeitet, einen Teil geerbt. Ich bin Besitzer einer kleineren Firma, die Medikamente herstellt. Ein Familienunternehmen in der Nähe von Frankfurt. Es lässt sich gut mit meinem Studium verbinden."

„Was für Medikamente?"

„Alles Mögliche. Ich mag jetzt gar nicht an die Arbeit denken. Spiel einfach mit."

„Okay." Amalia war hin- und hergerissen. Wollte er sie vielleicht doch bezahlen? War es so, wie er es sagte?

Er war charmant, gut aussehend und reich. Die Sache musste einen Haken haben.

Sie dachte an die weißhaarige Frau mit den roten Augen. Vielleicht sollte sie die mal nach Aurelius ausfragen. Es war eine alberne Idee, aber ihre Neugierde war geweckt. Es musste einfach auch eine Schattenseite an ihm geben. Ihre Gedanken wanderten zu dem Moment zurück, als er den Mann an ihrem Tisch vertrieben hatte. Sein Blick war einschüchternd gewesen.

Doch jetzt lächelte er sie an. „Ich meine das ernst. Hör auf nachzugrübeln und schau dich um."

Zögernd ging sie durch das Geschäft, probierte Perücken aus uns zog mehrere Kleider an. Sie kaufte letztlich nicht mehr, als sie für sich selbst ausgegeben hätte. Aurelius blieb die ganze Zeit geduldig bei ihr. Zum Teil probierte er Hemden an oder setzte sich Sonnenbrillen auf. Eine der Brillen nahm er schließlich mit zur Kasse. Es war ein billiges Modell, aber an ihm sah es unglaublich gut aus.

An ihm sah einfach alles gut aus. Er hatte also eine Firma, die Medikamente herstellte, und studierte nebenbei. Ob er vielleicht auch noch modelte? Oder spielte er in Filmen mit? Einen solchen Körper sollte man der Weltöffentlichkeit nicht vorenthalten.

Er nahm ihr die Tüten ab. Als sie den Laden verließen, sah er sich suchend um, die Nase erhoben, ganz so, als würde er wittern, ob die Luft frei war. Überall gingen Menschen, allein, zu zweit oder in Gruppen. Sie alle hatten das schwarz-bunte Outfit gemein. Hier und da waren schwarze Spitzensonnenschirme aufgespannt und verliehen ihren Trägerinnen stilvolle Eleganz.

„Komm!" Aurelius fasste ihre Hand und zog sie an einer kleineren Menschengruppe vorbei.

Zügig gingen sie zur Straßenbahn und machten sich auf den Weg in die Agra. Zwar war noch eine Menge Zeit bis zum ersten Konzert, das Amalia interessierte, aber die Agra war ein Fest für sich. Sie war ein Konsumtempel der Superlative, wenn man auf ausgefallene Kleidungsstücke in Schwarz stand.

In der Straßenbahn bot sich ein ähnliches Bild wie auf den Straßen, nur war das Bild noch wesentlich komprimierter. Schwarze Stoffe, Nieten, Stachelhalsbänder, Stiefel und weiß geschminkte Gesichter, wohin man blickte. An einem der Fenster saß eine Anhängerin des Visual-Kei-Stils. Sie stach besonders aus der schwarzen Flut hervor, weil sie ganz in Rosa gehüllt war. Das knappe rosa Kleidchen wurde von weißen Plüschlackstiefeln und einer rosafarbenen Perücke mit langen künstlichen Ohren ergänzt. Amalia stellte neidlos fest, dass die großäugige Fremde die passende Figur für dieses kaum vorhandene Kleid hatte. Der Ausschnitt ermöglichte einen tiefen Einblick auf ein geschlängeltes Tattoo in weichen Farben.

„Niedlich", sagte Aurelius ausdruckslos, als er ihren Blick

bemerkte. „Aber ich bevorzuge Schwarz." Er fasste ihre Hände.

Amalia sah zu ihm auf und glaubte, Hunger in seinen Augen zu sehen.

Die Fahrt dauerte einige Zeit. Lange genug, um all die Outfits zu bewundern und Teile der ausgelassenen Gespräche zu hören. Aurelius schaffte es nach der Hälfte der Fahrt, ihnen einen Sitzplatz zu ergattern, als ein älterer Mann aufstand. Der Mann lächelte ihm freundlich zu. Von einem Unmut über die schwarze Besatzung der Stadt war ihm nichts anzumerken. Die meisten Leipziger mochten das Festival, auch die alt eingesessenen.

Amalia stieß einen überraschten Laut aus, als Aurelius sie auf seinen Schoß zog. Er hatte so viel Kraft, dass sie keine Chance hatte, sich gegen seinen Griff zu wehren. Aber das wollte sie auch gar nicht. Mit geschlossenen Augen lehnte sie an seiner Brust.

Das Gefühl war warm und vertraut. Die Fahrt war trotz der vielen Stationen viel zu früh zu Ende. Gerne wäre sie weitergefahren, irgendwohin, solange sie nur nah bei ihm sein konnte.

Amalia lächelte, als sie ausstiegen und die lange Schlange der Goths sahen, die noch auf ihr Bändchen warteten. Sie hörte die üblichen Austausche: „Geht doch zur Moritzbastei, zum Mittelaltermarkt, da ist viel weniger los." Aber kaum einer hörte auf die Ratschläge, auch wenn ihnen das viel Wartezeit erspart hätte.

Viele neidvolle Blicke trafen sie, als sie an der Schlange der Wartenden vorbeigingen und direkt in den Durchlassbereich vorstießen.

Das Gelände der Agra war riesig. Eigentlich war es eine graue, nichtssagende Fläche, aber mit all den Menschen, die unterwegs waren, gewann selbst Beton an Flair. Es roch nach Gebratenem und Frittiertem. Am Ende der langen Zufahrt standen auf der rechten Seite mehrere Fressstände auf dem Platz zwischen der Agra und dem Zeltlager.

Aurelius zog sie zu einem Stand mit Fisch und Meeresfrüchten. Sie aßen panierte Garnelen und betrachteten das Treiben.

„Eigentlich müssten dir die Füße nach dem Marsch durch die Stadt übelste Schmerzen bereiten", sagte er mit einem Blick auf ihre Stiefel.

„Es geht schon. Die Stiefel sind okay. Ich habe Schuhe, da hätte ich Blasen."

Er grinste und nickte anerkennend. „Du hast die Ausdauer einer Untoten."

Sie grinste zurück. „Du hast mich noch nicht beim Einkaufen in der Agra erlebt."

„Klingt wie eine Drohung."

Er griff nach ihrer Hand, kaum dass sie mit Essen fertig war. Amalia ließ es sich gerne gefallen. Je näher sie seinem Körper sein konnte, desto besser. Sie blickte in seine samtigen braunen Augen. Mittlerweile empfand sie es als ein verdammtes Glück, dass Kim abgesagt hatte. An ihrer Seite hätte sie Aurelius nie kennengelernt.

Vielleicht wurde das das beste Festival ihres Lebens.

Sie betraten die Agra im vorderen Bereich. In der riesigen Halle empfing sie ein Stand neben dem anderen. Amalia bestaunte die ausgestellten Waren. Perücken in allen Farben und Formen, Kleider, Kleider, Kleider, Bücher, CD's. An jeder Ecke erwartete sie eine neue Überraschung, obwohl sie die meisten Läden schon kannte. Aber nirgendwo sonst schlug ihr Herz beim Einkaufen höher.

Sie blieben an einem Stand der „Schlagzeilen" stehen und beobachteten eine Performance gegenüber. Ein Mensch – es war nicht zu erkennen ob Mann oder Frau – steckte in einem Gummianzug, das Gesicht war verschwunden. Amalia vermutete, dass es ein Mann war. Er kauerte auf allen Vieren und eine hochgewachsene Frau in Latex saß auf seinem Rücken und las ein Buch.

Amalia lief ein leichter Schauer über den Rücken. „Ganz schön mutig, sich so in der Öffentlichkeit zu präsentieren."

Aurelius wies auf ein Pärchen. Der Mann trug ein ledernes Halsband und eine dünne silberne Leine. Er wurde von seiner Herrin durch die Halle geführt. „Das da gefällt mir besser. Nur die Rollenverteilung könnte anders sein."

Amalia spürte, wie ihre Wangen heiß wurden. Sie hatte diese Spielart schon länger ausprobieren wollen, aber keinen passenden Mann und keine passende Gelegenheit gefunden. Auf dem WGT liefen gleich mehrere Paare herum, bei denen einer den anderen führte. Es fiel nicht weiter auf. Aber in einem heimischen Klub würde sie ein enormes Aufsehen erregen und darum ging es ihr nicht. Sie wollte mit der Lust spielen, mit dem Gefühl des Vertrauens und der Hingabe. Wie es wohl wäre, wenn Aurelius sie auf diese Weise führte? Wenn sie sich ihm auslieferte, ihn zum Herrn ihrer Lust machte? Ein kleiner Seufzer kam über ihre Lippen.

Der Händedruck von Aurelius wurde stärker, und als sie von dem Paar fortblickte, bemerkte sie seinen amüsierten

Gesichtsausdruck.

„Scheint dir zu gefallen. Komm mit."

„Was ... was hast du vor?" Sie wehrte sich schwach, als er sie zu einem Stand mit Spielzeugen für Erwachsene führte, doch gegen seine Kraft wäre sie auch dann nicht angekommen, wenn sie sich mit Armen und Beinen an den nächstbesten Stand geklammert hätte.

Er zog sie zielstrebig zu einer Auslage mit Halsbändern und schüttelte den Kopf. Mit einem missbilligenden Ausdruck wandte er sich an die stark geschminkte Verkäuferin.

„Haben Sie nicht etwas Dezenteres? Das Leder ist ja ganz schön, aber zu martialisch."

Die Frau lächelte freundlich. „Aber natürlich. Kommen sie doch bitte um den Tisch herum und schauen Sie sich die Auslage in der Vitrine an."

Aurelius und die hochrote Amalia folgten der Frau hinter den Tisch und die aufgebauten Ständer und Regale mit Gerten, Handfesseln und anderen Utensilien.

„Das hier ist sehr schön", erklärte die Mittvierzigerin freundlich und reichte Aurelius aus einer Vitrine ein schweres Silberhalsband. Es war eine perfekte Mischung aus edlem Schmuck und ahnungsvoller Andeutung, einem Hundehalsband nicht unähnlich, aber sündhaft teuer.

„Das ist nett." Aurelius drehte sich um und legte Amalia das kalte Metall in einer fließenden Bewegung um den Hals. „Wir brauchen es zwei Nummern kleiner."

„Wir?", keuchte Amalia auf. „Ich ... das ist viel zu teuer." Sie spürte, wie ihre Beine zitterten. Der Gedanke, dieses Halsband zu tragen, sorgte für ein Flattern in ihrem Magen. Noch schlimmer waren die Bilder, die in ihr aufstiegen. Dieses Mal spielten sie nicht in einem Anwesen in Frankreich, sondern in ihrem Hotelzimmer.

„Ich zahle", sagte Aurelius entschlossen. Obwohl er einen Ton hatte, der jede Diskussion verbat, verschränkte Amalia die Arme vor der Brust und sah ihn herausfordernd an. Die Verkäuferin wartete geduldig neben ihnen, anscheinend waren der Dame schon ganz andere Kunden untergekommen.

„Das nehme ich nicht an! Du kannst nicht so viel Geld für mich ausgeben."

„Deine Bescheidenheit ehrt dich, aber wer sagt denn, dass ich das Halsband für dich kaufe? Ich werde es behalten und meiner Sammlung hinzufügen."

Amalia klappte der Unterkiefer nach unten. „Du sammelst

Halsbänder?"

„Ich sammele noch ganz andere Dinge. Allerdings nur schöne und teure Dinge, nichts Billiges. Vielleicht zeige ich dir meine Sammlung eines Tages. Wenn du es möchtest."

Ehe Amalia eine entsprechende Antwort eingefallen war, drängte sich die Verkäuferin dazwischen. „Das Halsband ist wirklich ein sehr schönes Stück aus massivem Silber und seinen Preis wert. Ich verkaufe nicht überteuert, nur angemessen. Sie werden bei entsprechender Pflege viel Freude haben. Im Grunde können Sie das gute Stück vererben, so langlebig ist es."

Aurelius runzelte die Stirn, als habe die Frau etwas Dummes gesagt. „Das werden wir sehen. Packen Sie es ein."

„Wollen Sie die Größe nicht noch einmal an Ihrer Partnerin ausprobieren?"

Aurelius schüttelte den Kopf. „Zwei Größen kleiner als das hier. Es wird perfekt sitzen."

Die Frau ging mit kritischem Blick davon. Offensichtlich verstand sie nicht, wie jemand mehrere Hundert Euro ausgeben konnte, ohne den Sitz des Halsbandes zu überprüfen, doch Aurelius hatte einen Gesichtsausdruck, der keinen weiteren Einspruch zuließ.

Amalia sah stumm zu, wie Aurelius das in einer schwarzen Schachtel verpackte Halsband entgegennahm. Seine Worte machten sie neugierig, ängstigten sie aber auch. Was war das für eine Sammlung? War er überzeugter BDSMler? Sie hatte kein Problem mit aufgeschlossenem Sex, aber wie weit würde er gehen? Würde er versuchen, sie zu Sachen zu überreden, die sie nicht mochte? Sie schloss kurz die Augen, als ihr klar wurde, dass ihre größte Angst darin bestand, genau solche Dinge zu mögen. Natürlich liebte sie zärtlichen, einfühlsamen Sex, aber sie sehnte sich auch danach, mehr auszuprobieren.

Aurelius lächelte sie an. Sofort lösten sich ihre Ängste in Luft auf. Er griff ihre Hand. Sie schmiegte sich an ihn. Gemeinsam gingen sie von einem Stand zum nächsten. Es gab so viele faszinierende Dinge, die attraktiv drapiert darum warben, einen neuen Besitzer zu finden. Immer mehr Geld verließ ihre Tasche und gelangte in fremde Hände.

„Die bräuchten Schließfächer, um all das Zeug zu deponieren."

Aurelius legte den Arm um ihre Hüfte und streichelte im Gehen ihre Seite. „Du hast die Ausdauer einer Untoten. Aber wir sollten uns noch mal hinsetzen. In einer halben Stunde müssen wir zum Konzert. Darion und Grace warten in der Halle auf uns."

Amalia sah ihn überrascht an. „So spät ist es schon?"

Erneut gingen sie nach draußen zu den Fressständen, zu einer der Bierzeltgarnituren. Der Platz lag im hellen Licht der Nachmittagssonne.

Aurelius zog die Schachtel mit dem Halsband hervor und legte sie vor Amalia auf den Tisch.

„Möchtest du es tragen?"

Sie schluckte. „Ich ... wir kennen uns kaum. Wer sagt dir, dass ich nicht damit wegrenne und wir uns nie wiedersehen?"

Aurelius grinste. „Hast du schon mal über Männer und Vertrauen nachgedacht? Die meisten Männer verlangen von ihren männlichen Freunden Höllenqualen, bis die sich rühmen dürfen, auch nur halbwegs ihr Vertrauen zu genießen. Aber wenn es um Frauen und Sex geht, schalten sie einfach das Gehirn aus. Sie lassen sich von irgendeiner wildfremden sexwilligen Dame an die Wand ketten, und wenn das schief geht, schreiben sie es als Lebenserfahrung ab."

„Was willst du damit sagen?"

„Wenn du mit meinem Besitz abhaust, werde ich das verschmerzen und bestenfalls einen Sport darin sehen, ihn zurückzuerlangen. Aber ich werde mir auf keinen Fall die Gelegenheit entgehen lassen, mit einer wunderschönen Frau eine ganze Menge Spaß zu haben. Und dieses Halsband erregt dich schon, wenn du es ansiehst."

Amalia sah verlegen neben der Schachtel auf den Tisch. „Merkt man das so deutlich?"

Seine dunklen Augen glitzerten. „Ja." Er öffnete die Schachtel und hob das silberne Band ins Sonnenlicht. „Es ist wirklich gut gearbeitet. Massiv und schwer. Es wird dich bei jedem Schritt an seinen Besitzer erinnern. Und an die Nacht, die vor uns liegt."

Ehe Amalia etwas erwidern konnte, lag die Kette schon um ihren Hals. Kühl und schwer ruhte sie auf ihrer Haut. Aurelius hatte den Umfang ihres Halses sicher eingeschätzt, denn die Kette passte tatsächlich perfekt.

Sorgsam schloss er die Glieder zusammen. Amalia berührte das einzige breitere Kettenglied in der Mitte, an dem man eine Leine befestigen konnte. Sie brachte kein Wort hervor. Sie musste jetzt schon an die bevorstehende Nacht denken. An seinen Körper, den sie ganz haben wollte.

Aurelius drehte sie zu sich um. „Du bist wunderschön." Seine leise gesprochenen Worte klangen nicht wie ein dahergesagter Spruch, sondern bitterernst. Seine Hände legten sich auf ihre. Er zog sie zu sich. Amalia schwang ihre Beine über die Bank und stand auf. Eng umschlungen standen sie auf dem grauen Platz, mitten im bunten Treiben des Festivals. Kaum einer beachtete sie. Hier fielen sie nicht auf. Seine Hände lagen fest über ihrem Korsett. Sein leicht geneigter Kopf senkte sich ihrem entgegen und seine Lippen trafen auf ihre. Amalia schloss die Augen und ließ zu, dass die Welt um sie her bedeutungslos wurde. Es gab nur noch sie und ihn, ihre beiden Körper, die einander berührten, die Wärme und Kraft seiner Hände und diese süßen und zugleich herben Lippen, von denen sie nie wieder ablassen wollte. Seine Zunge berührte ihre. Der Kuss war zärtlich. Es war ein Versprechen, dass er auf sie achtete, dass ihr nichts geschehen würde. Sie ließ sich immer weiter fallen, genoss den Moment. Ihr Herzschlag beschleunigte sich, als sie fühlte, wie seine Hände nach oben fuhren und ihre Brüste streiften. Dann hielt er ihren Kopf und küsste sie heftiger. So intensiv, dass sie kaum Gelegenheit zum Atmen fand. Erst als ihr schwindelig war, ließ er sie los. In seinem Gesicht lag Bedauern.

„Wir müssen gehen. Aber ich würde das gerne wiederholen."

Amalia atmete schwer. „Du musst dir später ohnehin dein Halsband zurückholen."

Er lächelte flüchtig. Der Ausdruck seiner Augen sprach Bände. Lust und Belustigung mischten sich in seinem Blick. „Wir werden sehen. Vielleicht möchtest du es ja gar nicht mehr ablegen."

Sie lächelten einander an. Amalia war noch immer benommen und sie musste mehrmals ein- und ausatmen, bis es besser wurde.

Sie fühlte das Halsband tatsächlich bei jedem Schritt. Ungewohnt eng lag es um ihren Hals und erinnerte sie an die Nacht, die vor ihr lag. Ob sie dieses Mal wirklich miteinander schlafen würden? Sie wollte hören, wie er klang, wenn er kam. Wollte sein Gesicht sehen, in seine Augen blicken und seine Bewegungen in sich fühlen.

Später, mahnte sie sich. Es war so einfach, sich in Träumereien zu verlieren.

Eng umschlungen standen sie in der Schlange am Eingang der Konzerthalle. Es dauerte eine Weile, bis sie hineingelangten. Obwohl die Halle ein Teil der Agra war und mit dieser verbunden, durfte man nur von außen hineingehen. Damit wurde eine Überfüllung ausgeschlossen und es gab eine weitere Kontrolle, bei der nicht nur auf das Bändchen, sondern auch auf Glasflaschen und Waffen geachtet wurde.

Die Ordner ließen sie passieren und sie tauchten in die

Menschenmasse ein. Zum Glück war die Halle groß und höchstens zu vierzig Prozent ausgelastet. Sobald sie das Gedränge im Eingangsbereich hinter sich gelassen hatten, gab es mehr Platz.

„Grace und Darion warten hinten an den Ständen. Da schlagen sie ihr Lager auf."

„Ihr Lager?", fragte Amalia nach.

Er nickte. „Ein Deckenlager. Der Boden hier ist aus Beton und saukalt, da macht es schon was her, wenn man eine weiche Sitzgelegenheit hat."

Amalia fand die Aussicht auf einen angenehmen Sitzplatz verlockend. Obwohl ihre Stiefel bequem waren, spürte sie die Strecke, die sie an diesem Tag zurückgelegt hatte.

Vor den T-Shirt-Ständen und dem Getränkestand gab es mehrere Deckenlager am Boden, die wie kleine Inseln zwischen den locker im Raum verteilten Menschengruppen lagen.

Aurelius entdeckte Darion und Grace schon eine geraume Zeit, bevor Amalia die beiden auf die Entfernung ausmachen konnte. Sie lagen eng umschlungen am Boden und hatten die Lippen am Hals des anderen vergraben. Als Grace den Kopf hob und sich hinsetzte, sah Amalia einen roten Tropfen von ihren Lippen laufen. Einen Moment glaubte sie, es wäre Blut, doch sie musste sich getäuscht haben. Vermutlich war es irgendein Saft, den Grace getrunken hatte.

„Aurelius! Amalia! Schön, dass ihr da seid. Setzt euch doch." Grace' Lächeln war strahlend.

Auch Darion setzte sich auf. Das Lager bestand aus drei Decken, die übereinandergelegt worden waren und etwa die Größe von Amalias Doppelbett zu Hause hatten.

Aurelius zog Amalia mit sich auf die Decke.

„Schicker Schmuck", bemerkte Darion grinsend und wies auf Amalias Hals.

Sie spürte, wie heiß ihr Gesicht wurde. „Danke."

Aurelius vergrub die Hand in ihren Haaren und zog leicht daran. Es tat nicht weh, aber es gab Amalia ein Kribbeln im Bauch und überzog ihren Oberkörper mit einer Gänsehaut.

Er machte kein Geheimnis daraus, wer hier der Herr war.

Es gefiel ihr. Sie wusste aus Erfahrung, dass sie lieber der untergeordnete Part war, obwohl sie von anderen Frauen erfahren hatte, dass es oft genug passierte, dass Frauen nur am Anfang lieber die untergeordnete Rolle spielten. Waren sie erst länger dabei, und hatten sie ihre erste Scheu überwunden, machte es ihnen oft Spaß, die Rollen zu wechseln. Wichtig war, dass sie

Vertrauen fanden und den richtigen Spielgefährten.

Einen Moment ertappte sich Amalia dabei, wie sie sich Aurelius vor sich am Boden vorstellte. Gefesselt und ihr ausgeliefert. Unterworfen. Es musste ein berauschendes Gefühl von Macht sein, einen so starken und schönen Mann hilflos zu sehen.

Der Zug an ihren Haaren kam so prompt, als habe er ihre Gedanken gelesen. Wieder küsste er sie. Es war ihr peinlich, da er es vor Darion und Grace tat, doch die beiden schienen sich nicht daran zu stören. Sie hatten wohl beide schon weit obszönere Dinge beobachtet.

In der Halle herrschte ein Dämmerlicht, das Aurelius' Hand auf ihrem Bauch unschuldig wirken ließ. Kaum einer sah zu ihnen her.

Auf der Bühne erklangen die ersten Töne. Die Lautstärke veränderte sich – anscheinend wurden letzte Feinabstimmungen in den Einstellungen vorgenommen.

Amalia sprang auf. „Das Konzert fängt gleich an!" Die Band war eine ihrer Lieblingsbands, auch wenn ihre Songs noch nicht ganz ausgereift waren. Sie mochte die dunkelhaarige Sängerin mit der tiefen Stimme, die so lyrisch und zauberhaft zugleich war.

Aurelius sah zu ihr auf. „Geh ruhig schon vor, ich finde dich später."

Sie sah ihn überrascht an. Auch wenn die Halle nicht voll war, tummelte sich hier doch eine ansehnliche Anzahl von Menschen.

„Gut", sagte sie zögernd. „Ich werde irgendwo mittig in der Nähe der Bühne sein."

Er nickte und entließ sie mit einer nachlässigen Handbewegung. Amalia wandte sich ab. Vielleicht war es wirklich an der Zeit, dass sie und Aurelius zumindest für eine Weile getrennt waren. Trotzdem schmerzte es sie mehr, als sie ihm gegenüber zugegeben hätte.

Er hatte sie in seiner Hand. Der Gedanke war aufregend und beängstigend zugleich. Ihr Zeigefinger berührte das Metall an ihrem Hals. Ohne ein weiteres Wort ging sie zur Bühne davon.

Aurelius sah Amalia nach und bedauerte, so herrisch gewesen zu sein, aber er wollte vor Grace und Darion nicht zu viel von seinen Gefühlen preisgeben. Er blickte zu Grace und bemerkte, dass sie misstrauisch war. In den vergangenen Jahrhunderten hatte er ihre Blicke und Gesichtsausdrücke zu deuten gelernt. Über sein Gesicht legte er eine gleichgültige Maske.

„Wie ist der Stand? Habt ihr das Quartier der Wölfe gefunden?"

Darion schüttelte den Kopf. „Wo auch immer sie sind, sie haben ihre Spuren gut verwischt."

Aurelius verzog verärgert die Mundwinkel. „Vermutlich ist ihr Quartier in der Innenstadt. Mich hätten sie fast erwischt. Ich konnte mit Amalia gerade noch rechtzeitig verschwinden. Zwei von ihnen haben sich auf unsere Spur gesetzt, aber zum Glück gibt es da draußen so viele Menschen, die schweres Parfüm benutzen, dass wir untertauchen konnten."

„Uns bleibt keine Zeit." Grace sah durch die halbdunkle Halle, als erwarte sie, auf Feinde aufmerksam zu werden. „Morgen Abend musst du Amalia mit zu Hekae nehmen. Da das Ritual ein Fest der unseren wird, ist die Erklärung einer Fetischparty am naheliegendsten. Da musst du es nicht erklären, wenn einige übereinander herfallen."

„Ich weiß nicht ..."

Grace' Misstrauen wurde sichtlich stärker. „Was weißt du nicht?" Ihr Tonfall war gefährlich leise.

„Ich weiß nicht, ob ich Amalia überreden kann. Genau genommen habe ich noch nie einen Menschen getroffen, den ich so schwer lenken konnte."

Darion verzog gelangweilt das Gesicht. „Sie ist geil auf dich. Sag nicht, dass du das nicht riechen und sehen kannst. Nutz es aus, wie du es früher getan hast."

Aurelius zögerte mit einer Antwort. Es tat weh, wie hart Darion die Wahrheit aussprach. Je mehr Zeit er mit Amalia verbrachte, desto mehr empfand er für sie. Er sah in das Gesicht von Grace und wusste, dass sie seine Gefühle für einen Augenblick in seiner Mimik gesehen hatte.

Grace nahm sein Kinn in eine Hand und zwang ihn mit übermenschlicher Kraft, in ihre Augen zu sehen. „Du beginnst, dich in sie zu verlieben."

„Unsinn", entgegnete Aurelius barsch. „Sie ist nur ein Job."

„Schön, Krieger. Dann mach deinen Job. Bring sie morgen Abend auf das Schloss. Danach sehen wir weiter."

Sie ließ Aurelius los. Er zwang sich, den Blick nicht abzuwenden. Betont gleichgültig sah er in ihre Augen und verbot sich jeden Gedanken. Erst als Grace sich Darion zuwandte, erlaubte er sich, seinen Ängsten in Gedanken nachzugeben. Amalias Bild drängte sich ihm auf. Er wollte nicht, dass sie verletzt wurde. Noch weniger, dass sie starb. Morgen würde er sie zur Seherin bringen, aber sobald sie ihr Wissen preisgab, würde er sie beschützen. Und wenn das bedeutete, mit ihr fliehen zu müssen, würde er es tun.

Der Gedanke, es mit zwanzig oder dreißig Vampiren

aufzunehmen, war nicht halb so erschreckend wie die Vorstellung, was danach mit ihm geschehen würde. Wenn er Amalia gegen den Wunsch von Grace aus dem Anwesen brachte, würde er mit hoher Wahrscheinlichkeit verstoßen werden. Ein ausgestoßener Vampir hatte so gut wie keine Überlebenschance. Auf sich allein gestellt, war er den Angriffen der Wölfe und den Rachegelüsten verfeindeter Klans hilflos ausgeliefert.

Er wollte sie nicht sterben sehen und nicht für ihren Tod verantwortlich sein. Aber war er bereit, für sie zu sterben?

Unmerklich atmete er tief ein. Die Band hatte begonnen, zu spielen und der harte Beat durchdrang ihn wie der Schlag eines Hammers.

Er musste sich nicht entscheiden. Nicht auf diesem Konzert. Morgen. Morgen würde er weitersehen.

FRANKREICH, VERGANGENHEIT

Marie biss sich auf den Handballen, als sie den Mann bemerkte, der am hohen Fenster des Gemachs stand und hinaus in den Park blickte. Ihr Herz schlug schneller. Der Besen in ihrer Hand zitterte. Aurelius war sonst nie am Vormittag in seinen Räumlichkeiten. Üblicherweise fand sie um diese Zeit Ruhe in ihrer Arbeit und keiner der drei Teufel des Anwesens störte sie.

Sie versuchte, leise rückwärts aus dem Raum zu schleichen. Aurelius' Stimme hielt sie zurück.

„Marie. Was machst du hier?" Er drehte sich beim Sprechen nicht zu ihr um. Woher wusste er, dass sie es war?

„Ich ... ich reinige die Gemächer, Herr."

„Leg den Besen hin und komm her."

Maries Herz wollte zerspringen. Langsam legte sie den Besen ab und näherte sich dem Fenster, bis sie neben ihm stand und ebenfalls hinaus in den Park sehen konnte. Was würde er dieses Mal mit ihr tun? Vor drei Wochen hatte er sie gezwungen, nackt im Hof auf einem Pferd zu reiten. Vor der gesamten Dienerschaft.

Seine Stimme war ausdruckslos. „Du bist schwanger."

„Herr!" Marie unterdrückte den Impuls, ihre Hände schützend über ihren Bauch zu legen. „Das ist ... das ..."

„Ich kann den Herzschlag deines Kindes hören. Von wem ist es? Einem der Stallburschen?"

Die Zeit stand still. Marie nahm den leeren Park überdeutlich war. Die Büsche und Bäume, die erste Knospen trieben. Seit über einem Jahr war sie nun in diesem Gefängnis. Seit fünf Monaten war sie schwanger. Sie konnte es nicht leugnen. Was würde er tun? Sie wusste nicht, von wem das Kind war. Seit einiger Zeit traf sie sich heimlich mit Alain. Sie liebte ihn. Aber sie hatte nicht nur mit ihm geschlafen, sondern auch mit Aurelius und Darion. Die beiden Adeligen hatten sie oft zu Diensten gerufen.

„Es kann nur von Euch sein, Herr", flüsterte sie in der Hoffnung auf Gnade.

Seltsamerweise lächelte Aurelius. Nicht spöttisch wie sonst, nicht mit der üblichen Sparsamkeit. Sein Lächeln war warm und ehrlich. Er drehte sich ganz zu ihr um und sah ihr ins Gesicht.

„Nein, Marie. Weder von mir noch von Darion. Dämonen zeugen keine Kinder."

In Maries Augen traten Tränen. Jegliche Hoffnung erstarb so jäh, als habe man ihr ein Messer ins Herz gestoßen. „Dann ... dann werdet ihr mich töten? Mich und das Kind? Weil ... weil ich Euch betrogen habe?"

Sein Lächeln erlosch. Er legte beide Arme auf ihre Schultern. „Nein", flüsterte er. „Ich werde dir helfen, zu fliehen. Dein Kind soll nicht an diesem Ort aufwachsen. Ich gebe dir Geld und dann läufst du mit ihm davon, wie auch immer er heißt. Und wenn er nicht mitgehen möchte, gehst du allein. Dein Kind ist wichtiger als er. Wichtiger als unsere Gier."

Marie sank vor ihm auf die Knie und umschlang seine Beine. „Danke, Herr." Die Tränen der Erleichterung waren heiß und süß. Nie hätte sie geglaubt, dass er ihr helfen würde.

Er kniete sich zu ihr und nahm sie in die Arme. Er wiegte sie, wie man einen Säugling wiegte. „Du warst lange genug an diesem Ort. Ich weiß nicht, warum mich der Teufel ritt, als ich dich damals traf. Warum du mit mir kommen musstest. Es ist etwas Altes in mir, das auf dich reagierte. Auf dein Blut. Manchmal glaube ich fast, ich wäre ..." Er verstummte und wechselte abrupt das Thema. Sie hatte keine Ahnung, von was er sprach. „Gracia darf es nicht wissen. Aber der Moment ist günstig. Nachdem Rene das letzte Treffen abgesagt hat, wird sie noch an diesem Abend vorstellig. Sobald Gracia ganz mit ihr beschäftigt ist, nimmst du dein Bündel und gehst. Du wirst genug Vermögen in deinen Sachen finden, um eine Weile davon zu leben. Außerdem gebe ich dir das hier."

Er öffnete die Hand und hielt ihr einen schweren Silberanhänger hin, der einen Engel darstellte.

„Verkaufe ihn, wenn es nicht anders geht."

Amalia schluckte. Zögernd streckte sie die Hand aus. Warum gab er ihr diesen Anhänger? Der Engel war ein göttliches Symbol. Er glaubte nicht an Gott. Oft genug hatte er ihr gesagt, was er von der Moral des Klerus hielt. Regeln und Gesetze waren für ihn Mauern, die ihm den Blick auf das freie Land verstellten und ihn einsperrten wie ein Tier.

„Danke, Herr." Sie wagte nicht, ihn zu fragen, woher sein Sinneswandel kam.

Er stand auf und wandte sich von ihr ab. „Als ich mich wandelte, war alles anders", murmelte er. „Blut und Krieg. Ist es eine Schande, dekadent zu sein? Seine Existenz zu genießen? Nein."

Verunsichert stand Marie auf. Er sprach sonst nicht auf diese Weise mit ihr. Überhaupt war er verändert. Er wirkte nachdenklich und in sich gekehrt. Gleichzeitig ängstigten sie seine Worte. Durch sie wurden viele Befürchtungen bestätigt. Sie ließen darauf schließen, dass die Gerüchte innerhalb der Dienerschaft der Wahrheit entsprachen: Er war ein Wandelnder, einer, der niemals schlief und Blut trank.

„Ich weiß, was du denkst", sagte er leise. „Du denkst an die Dinge, die du über uns hörtest. Du fragst dich, wie alt ich wirklich bin; fragst dich, ob ich den Teufel sah, als ich meine Seele an ihn verkaufte. Doch den Teufel gibt es genauso wenig wie den einen Gott. Nein, Marie, ich bin nicht das Böse, nicht die Grausamkeit. Ich war böse und grausam zu dir, und ich bin nicht so beschaffen, dass ich dies bereuen würde."

Seine Stimme strafte seine Worte Lügen, doch Marie wollte ihn keinesfalls mit der Wahrheit konfrontieren. Sie musste klug sein und still. Scheu wie der Hase im Wald, wenn der Fuchs plötzlich abgelenkt ist und die Spur verliert.

„Geh", befahl Aurelius. „Und flieh noch in dieser Nacht."

Alles in Marie riet ihr, sofort zu verschwinden. Einfach zu gehen und das Geschenk anzunehmen, welches das Schicksal ihr vor die Füße legte. Doch sie blieb stehen, den silbernen Engel in der Hand.

„Willst du ungehorsam sein?", fragte Aurelius und drehte sich langsam zu ihr um. Seine Aufmerksamkeit war wie das Vorspiel einer Folter. Marie krampfte ihre Finger um den schweren Anhänger.

„Danke", flüsterte sie und umarmte ihn. Die Geste überraschte sie ebenso sehr wie ihn. Verlegen wich sie zurück. Er folgte ihr. Dieses Mal schloss er sie in die Arme. Zärtlich, wie ein Liebender seine Geliebte. So, wie er sie niemals zuvor gehalten hatte.

„Du riechst nach Rosen", flüsterte er an ihrem Ohr. „Du machst mich hungrig und leer, wann immer ich dich sehe."

„Vergebt mir, Herr."

„Sei still." Es klang nicht drohend, wie sonst. Sein Mund senkte sich zu ihrem. Zum ersten Mal, seit sie einander kannten, küsste er sie auf die Lippen.

Marie schloss die Augen und erbebte in seinen Armen. Seine Hände hielten sie, umfingen ihren Leib.

„Es gab einmal eine Frau, die ich liebte", flüsterte er an ihrem Ohr. „Und es wird sie wieder geben." Seine Stimme klang entrückt, als habe er eine Vision. Er legte seine Hand auf ihren Bauch. „Schütze dein Kind mit allem, was du hast. Dein Stammbaum ist alt und stark, er wird noch lange Früchte tragen."

„Das werde ich, Herr."

Er ließ sie los. „Geh jetzt."

Ohne ein weiteres Wort drehte Marie sich um und ging.

LEIPZIG

Amalia musste nicht lange auf Aurelius warten. Glücklich drängte sie sich an ihn. Er nahm sie in die Arme, als seien sie nie getrennt gewesen. Gemeinsam wiegten sie sich zur Musik. Obwohl die Besucherzahl stetig zugenommen hatte, war um sie herum Raum, ganz so, als hielten alle anderen bewusst ein wenig Abstand. Wenn doch ein anderer zu nah an sie herantrat, sah Aurelius ihn nur einmal warnend an – das genügte und er zog davon.

Amalia seufzte wohlig. Sie fühlte sich getragen und beschützt. Es gab nichts Besseres als die rauchige Stimme der Sängerin zu hören, während Aurelius' Hände auf ihrem Körper lagen. Sie schmiegte ihren Po an ihn, fühlte ihn an sich. Die Band spielte ein langsameres Lied und er wiegte sie im Takt der Melodie. Sein Mund beugte sich zu ihrem Hals. Er gab ihr kleine Küsse neben das Halsband und sie spürte die Erregung, die von ihm ausging. Mit geschlossenen Augen ließ sie sich von ihm dirigieren. Die Musik und seine Nähe ließen sie schwindeln. Als seine Hände auf ihre Brüste wanderten, hielt sie ihn nicht zurück. Sie stellte sich vor, wie die anderen Besucher sie anstarrten, aber es war ihr gleich. In dieser Halle kannte sie nur Aurelius, Grace und Darion.

Aurelius' Lippen berührten ihr Ohrläppchen. Sie hörte ihn leise zur Musik summen. Er hatte eine schöne Stimme, die die der

Sängerin wundervoll ergänzte. Sie wünschte sich, mit ihm fortzufliegen, hin in ihr ganz eigenes Reich, wie die Prinzessinnen aus Tausendundeiner Nacht auf ihren fliegenden Zauberpferden aus Elfenbein.

Sie war dankbar, als Aurelius ihr etwas zu trinken holte. Er war ganz der Gentleman und kümmerte sich um sie. Nur hin und wieder zupfte er spielerisch an dem Halsband, als wolle er sie daran erinnern, wer ihr Herr war. Amalia nahm es bereitwillig hin und konnte ihre Erregung nicht unterdrücken. Zu gerne hätte sie sich ihm hingegeben, irgendwo in einem Palastrosengarten ihrer Träume.

Der Abend verging im Flug. Es war noch nicht ganz zwölf Uhr, als Amalia es nicht länger erwarten konnte. Aurelius' Hände lagen viel zu oft und zu lange auf ihrem Körper. Sie verzehrte sich nach ihm und wollte mehr.

„Ins Hotel?", rief sie gegen den Lärm in sein Ohr.

„Wie Ihr wünscht, Prinzessin", gab er zurück, als habe er ihre Gedanken über Prinzessinnen und Zauberpferde gelesen. Er musste dabei nicht schreien. Sonderbarerweise verstand sie seine Stimme auch in nahezu normaler Lautstärke.

Sie verabschiedeten sich von Darion und Grace und brachen mit der Bahn zum Hotel auf.

Während sie auf den Bus warteten, presste er sie eng an sich. Amalia ließ die vergangenen Konzerte Revue passieren. Die Eindrücke des Tages setzten sich langsam, und in ihr entfaltete sich Raum für Neues. Raum, den sie nur für Aurelius reservierte.

Wie er wohl nackt aussah? Sie nahm sich vor, sich auf keinen Fall von ihm fesseln zu lassen. Das war einfach zu früh und deshalb keine gute Idee. Aber ein wenig härter durfte es schon sein. Aurelius war nicht der Typ, der nur auf Streicheln stehen konnte, so schätzte sie ihn nicht ein. Auch wenn er eine zärtliche und beschützende Seite hatte.

Aurelius' Hand lag unter ihrer Jacke auf ihrer Brust. Sinnlichkeit und Machtbewusstsein schienen geradezu von ihm abzustrahlen. Seine Lippen berührten flüchtig das silberne Band um ihren Hals. Allein diese Bewegung machte sie unruhig. Sie schmiegte sich an ihn.

Es war verheißungsvoll und aufregend, ihn an ihrer Seite zu haben. Sein Hunger nach mehr, war deutlich zu spüren. Seine Lust auf Experimente und vor allem – auf sie – auf ihren Körper und die Spiele, die wie in einem dunklen Garten auf sie warteten.

„Du riechst herrlich", flüsterte er. „Frisch und unberührt. Nach

Unschuld und Neugier."

„Klingt ganz, als wäre Unschuld für dich ein Fetisch."

„Sie ist nicht zu verachten", flüsterte er an ihrem Hals. „Ich mag es, wenn du rot wirst. Ich mag deine Scham, dein Zögern und deine Überraschung, wenn du dich fallen lässt und merkst, wie gut dir das tut."

Amalia erwiderte nichts. Sie liebte es, seine Stimme zu hören. Diesen tiefen, dunklen Klang, der von fremden Geheimnissen durchdrungen war. Was gab es alles zu entdecken in den Erfahrungen dieses Mannes? Und wie weit wollte sie gehen?

Der Bus hielt an ihrer Station und Aurelius führte sie zum Ausgang. Obwohl der Weg zum Hotel nicht sonderlich weit war, brannten Amalia die Füße, als sie ankamen.

Sie gingen an der Rezeption vorbei, unter der Spiegeldecke mit den dunklen Blüten entlang zum Fahrstuhl. Als Amalia auf den Knopf neben ihrer Stockwerknummer drücken wollte, hielt Aurelius ihre Hand fest.

„Wir gehen zu mir."

Sie widersprach nicht, aber sie spürte eine leichte Sorge in sich. Sorge, die sofort vom Blick seiner dunklen Augen ausgelöscht wurde. Sie musste an Aurelius' Worte denken, an das Vertrauen von Männern gegenüber sexwilligen Frauen. War sie wirklich so viel anders? Sie lief diesem Mann hinterher, nur weil er gut aussah und wusste, wie man eine Frau leckte.

Der Gedanke ließ sie den Kopf schütteln. Es ließ sich nicht leugnen, dass er sie gestern mit seiner Zunge einer Erleuchtung gleich zum Orgasmus geführt hatte. Und sie wollte mehr. Viel mehr. Ihr Inneres zog sich erwartungsfroh zusammen.

„Wirst du mir auch nichts antun, wenn ich mich ganz in deine Hände begebe?", flüsterte sie, nicht ganz sicher, ob sie es tatsächlich halb im Scherz gefragt hatte.

„Nichts, was du dir nicht wünschst", versprach er und hielt dabei ihren schlanken Hals in einer Hand, mit einer Kraft, die sie schwindeln ließ. Als könne er ihn brechen wie ein Streichholz, wenn ihm danach wäre.

„Vertrau mir."

Bevor sie etwas erwidern konnte, hielt der Fahrstuhl im obersten Stock. Aurelius führte sie am Hals zu der Tür des Penthouses. „Hier oben hört niemand deine Lustschreie."

In jeder anderen Situation hätte Amalia über seine Worte lachen müssen. Aber sie war nicht in einer anderen Situation. Die Finger an ihrem Hals ließen keinen Zweifel daran, dass er heute Abend bestimmen würde, was sie tat und was nicht. Und er wollte ihre Lustschreie hören. Er wollte sie zur Ekstase treiben.

Das Appartment war doppelt so groß wie ihr eigenes Zimmer und lag zwei Etagen höher, direkt unter dem Dach. Auch in diesem Raum lag helles Laminat am Boden, und die Bilder von Feininger gehörten zu der Ausstattung dieses Luxushotels. Auch alle anderen Einrichtungsgegenstände sahen exklusiver und edler aus, als die schlichten modernen Standardmöbel ihres Zimmers. Teure, kunstvoll bemalte Hölzer und ein dicker weißer Teppichvorleger gaben dem Raum einen noblen Anstrich. Die Deckenleuchte glitzerte und strahlte vor Steinen und blitzendem Silber. Die Lampe war ein geschmackvolles Imitat, das gut in ein Schloss gepasst hätte. Das Bett war einen ganzen Meter breiter als ihr eigenes und lud in seiner verschwenderischen Queen-Size-Größe zu Orgien ein. Am Auffallendsten war die Decke des Raumes, die zu großen Teilen verspiegelt war.

Aurelius führte sie zu einem roten Samtsessel. „Setz dich", forderte er sie auf.

Sie gehorchte mit klopfendem Herzen. Er zog ihr die Stiefel aus. Mit raschen Schritten verschwand er im Bad. Wasser rauschte.

Amalia war überrascht, als er mit einem Holzeimer voller Wasser, einem Schwamm und einem Handtuch zurückkam. Der Eimer war sehr breit und sah aus wie die Eimer in der Sauna.

„Die Strumpfhose, bitte", sagte Aurelius herausfordernd, während er den Eimer vor ihr abstellte.

Sie stemmte sich im Sessel hoch und streifte die schwarze Strumpfhose unter dem Tüllrock ab. Sie fiel neben den Eimer. Vorsichtig tauchte sie die Füße in das Wasser. Es war angenehm warm und tat nach dem langen Tag gut.

Er kniete vor dem Eimer und nahm einen ihrer Füße in beide Hände. Mit dem Schwamm wusch er zärtlich ihre Haut. Er kümmerte sich erst um ihren linken, dann um ihren rechten Fuß.

„Ziemlich verkrampft", merkte er an, während seine Finger sie kräftig massierten.

Sie spürte, wie ihre Füße warm wurden und sich die Muskeln lockerten. Ein wohliges Gefühl_breitete sich rasch im ganzen Körper aus und weckte neue Energien.

„Womit habe ich das verdient?" Sie hatte kurz den Gedanken, er sei ein Fußfetischist, musste dann aber über sich selbst schmunzeln. So oft und ausführlich, wie Aurelius' Hände auf ihren Brüsten lagen, gab es da wenig Grund zur Sorge.

„Ich möchte nur, dass du bereit bist, für das, was kommt.

Entspann dich."

Sie nickte und sah auf Aurelius hinab, der so selbstverständlich vor ihr kniete und ganz in seinem Tun aufging. Langsam entspannte sie sich tatsächlich, denn sie befand sich nicht auf einer einsamen Insel – irgendeinem Irren ausgeliefert. Sie war in einem Hotel. Andere Menschen waren in Rufreichweite und sie war mit einem Mann zusammen, der besser nicht sein konnte. Bisher hatte Aurelius viel Rücksicht und Fürsorge im Umgang mit ihr gezeigt. Er würde auch an diesem Abend Rücksicht nehmen und keinesfalls etwas tun, was sie nicht wollte.

Seine Finger kneteten ihre Füße kräftig. Sie genoss es mit geschlossenen Augen. Erst nach mehreren Minuten hörte er auf.

Seine Hände umschlossen eines ihrer Beine, glitten höher, hielten inne und dann strich er langsam und fest über ihren Oberschenkel. Stück für Stück, als wolle er wie ein Teenager das Spiel „wie mutig bist du" spielen.

Amalia hielt still.

„Bist du jetzt entspannter?"

„Spürst du das nicht?"

Seine Hände strichen höher, entfachten Glut, wo sie ihre Haut berührten. „Ich spüre es. Lass einfach los. Wir werden spielen. Du kannst mir jederzeit sagen, wenn es dir zu viel wird."

„Mir geht es ihm Moment eher zu langsam", sagte sie mit einem Blick in seine großen braunen Augen. „Ich will mehr von dir."

Überrascht schrie sie auf und klammerte sich an seine Schultern, als er sie plötzlich aus dem Sessel hob. Wie sie zum Bett gelangten, bekam sie kaum mit, es ging viel zu schnell. Plötzlich lag sie heftig atmend auf dem Rücken, er über ihr. Ihre Hände krallten sich in sein Hemd. Seine braunen Haare fielen neben ihrem Kopf wie ein Vorhang hinab.

„Du bist schnell", keuchte sie. „Und stark."

„Nicht reden." Es klang wie ein Befehl. Zu verdutzt, um sich wehren zu können, ließ sie geschehen, dass er seine Lippen auf die ihren legte.

Ihr Bauch kribbelte heftig und sie hatte das Gefühl, in seinem Kuss zu ertrinken. Er löste die Verschnürungen ihres Korsetts und streifte es über ihren Kopf. Dann kümmerte er sich um ihren Tüllrock und die dunkelrote Spitzenunterwäsche. Schnell und präzise streifte er alles ab, was ihm den Blick auf ihren nackten Körper verwehrte.

Dieses Mal wollte sie nicht, dass er angezogen blieb, während sie nackt war. Sie machte sich unbeholfen daran, die Knöpfe seines

Hemdes durch die schmalen Schlitze zu schieben. Die obersten drei Knöpfe hatte sie bereits geöffnet, als er sich von ihr löste, sich halb aufrichtete und das Hemd in einer fließenden Bewegung über seinen Kopf zog.

Sein Oberkörper war ein Anblick, der ihr die Sprache verschlug. Es waren nicht einmal die zwei Narben, die sie irritierten, nicht die ungewöhnliche Tätowierung an der Seite seines Brustkorbs, die ein ihr unbekanntes Symbol zeigte. Es war der Oberkörper an sich, diese perfekt ausmodellierten Muskeln, die nicht wie Fleisch wirkten, sondern wie in Marmor gemeißelt. Verwundert griffen ihre Finger nach der weißen Haut, betasteten ihre Fingerkuppen die Härte dieser Muskeln. Kühl und glatt fühlten sie sich an. Makellos.

„Du bist wunderschön", flüsterte sie. Ihr Finger streifte eine wulstige Narbe, die sich quer von der Rippe bis zur Hüfte erstreckte, als habe jemand ein Schwert oder eine andere Hiebwaffe darüber gezogen. Die zweite Narbe schnitt die Erste, als wolle sie ein Kreuz auf seinen Körper zeichnen. Sie war kürzer, aber nicht weniger aufgeworfen. Deutlich fühlte sie die Erhöhung der dunkleren Haut. Ein winziger Gebirgszug auf glitzernder weißer Fläche.

„Was ist dir passiert?"

„Ein Unfall."

Sie blickte in diese warmen Augen, die so viel Liebe in sich trugen. Nie war ihr bewusster als in diesem Moment, dass er etwas für sie empfand. Ihr Ängste wichen unter seinem Blick.

„Zieh dich ganz aus", verlangte sie. „Ich will dich sehen."

„Noch nicht." Er zog etwas neben dem Bett hervor, das leise klirrte. Es war lang, dünn und beweglich.

Amalia zuckte zusammen, als kaltes Metall ihre Brust berührte. „Was ... ich weiß nicht, ob ...", sie verstummte, als er die Kette an dem hervorstehenden Kettenglied ihres Halsbandes befestigte. Das Ende der Leine lag locker in seiner Hand. Es war aus dunklem Leder gefertigt.

„Es gibt Frauen, die mögen es, im Bett an die Leine genommen zu werden, und solche, die es verabscheuen. Und dann gibt es Frauen wie dich: die so tun, als würden sie es nicht wollen, obwohl die Feuchte zwischen ihren Beinen eine andere Sprache spricht."

„Wie kannst du ...", setzte Amalia an. Woher wollte er wissen, was sie mochte? Wer sagte denn, dass es die Leine war, die sie so feucht machte? Er setzte zu viel voraus. Gleichzeitig konnte sie nicht leugnen, wie richtig er lag. Es war, als könne er ihre

Gedanken lesen.

Er legte seine Hand auf ihren Mund und sie krallte die Nägel in seinen weißen Unterarm. So einfach wollte sie es ihm nicht machen. Er sollte um sie kämpfen.

„Genießen ist so einfach", erklärte er mit leuchtenden Augen. Er zog an der Leine. „Wehr dich nicht dagegen."

Amalia folgte dem Zug und setzte sich auf. Die Leine war straff gespannt.

„Du magst es, im Bett geführt zu werden", flüsterte er vor ihr. „Streite das nicht ab."

Sie mochte es tatsächlich. Aber woher wusste er das? Sah man ihr die Lust so deutlich an?

Er kniete noch immer über ihr, seine Augen strahlten wie Sterne. „Soll ich dich eine Runde durch das Hotel führen? Vor den Augen der anderen Gäste? Würde dir das gefallen?"

Seine Worte erregten sie. Sie spürte ein warmes Brennen in sich, das sich rasch ausbreitete. Trotzdem wollte sie ihm nicht den Gefallen tun, seine Worte mit ihrem Verhalten zu bestätigen. Es machte ihr zu schaffen, dass er recht hatte.

Ihre Hände ließen seinen Unterarm los. Sie fasste nach der gespannten Kette und zog daran gegen seinen Arm.

Er schüttelte langsam den Kopf. „Nimm die Hände runter."

Sie zögerte. Schließlich ließ sie die Hände sinken. Es hatte ohnehin keinen Sinn. Mit Körperkraft konnte sie ihm nicht begegnen.

Er wickelte sich das Ende der Leine mehrmals um die Faust, dass kaum noch Raum zwischen seiner Hand und ihrem Hals war.

„Fühl es, Amalia. Fühl den Zug an deinem Hals. Für die nächsten Stunden gehörst du mir und ich werde bestimmen, was du tust und lässt. Vielleicht werden wir dieses Spiel eines Tages umdrehen, aber für diese Nacht bist du meine Dienerin, und jedes Widersetzen wirst du bereuen."

Ihre Gedanken überschlugen sich. Zum einen hatte er bereits zum zweiten Mal eine Andeutung gemacht, die darauf hinwies, dass er nicht nur diese eine Nacht wollte. Er wollte mehr von ihr, und der Gedanke machte sie glücklich. Zum anderen drängten sich ihr wieder Bilder aus Frankreich auf. Bilder ihrer Fantasie, in denen eine dunkelhaarige Frau in schweren Ketten am Boden vor Aurelius' Füßen auf dem Rücken lag, und ihm ihre gespreizten Beine freien Zugang zu ihrer Blöße gaben.

Sie schüttelte den Kopf und atmete heftig aus. Diese Bilder brauchte sie nicht. Das hier war die Realität. Sie wollte nur noch bei ihm sein, nicht in irgendwelchen Gedankenwelten. Es war ihre Chance, ihre dunklen erotischen Träume wahr werden zu lassen und sie zu genießen. Sie nahm ihren Mut zusammen.

„Wie Ihr wünscht, Herr", sagte sie kaum hörbar. Wie oft hatte sie sich gewünscht, diesen Satz zu flüstern.

Sein Lächeln wurde breiter. „Jetzt verstehen wir uns." Er schob ihre Beine mit der freien Hand auseinander und begann, sie zu streicheln und zu reiben. Unvermittelt drang er mit mehreren Fingern in sie ein. Amalia stöhnte leise und spürte, wie nass sie inzwischen war. Dieser Tag hatte seine Spuren hinterlassen. Immer wieder war sie erregt gewesen, und nun genügten die Finger in ihrem Inneren, um sie aufkeuchen zu lassen. Es war, als gingen von seinen Fingerspitzen Hitzewellen aus. Impulse, die sich von ihrer Scham bis zu ihrem Bauch ausbreiteten und fast schmerzhaft intensiv waren.

Aurelius zog seine Hand zurück und strich mit den feuchten Fingern über ihre Haut, als wolle er mit ihrer Körperflüssigkeit ein Muster malen.

In seinem Blick lagen Lust und Verlangen.

Es spielte plötzlich keine Rolle mehr, ob sie gefesselt war oder nicht. Zwar waren ihre Arme und Beine frei beweglich, aber was half ihr das? Sie hatte Aurelius' Körperkraft nichts entgegenzusetzen, und alles, was zwischen ihr und ihm stand, war die vage Hoffnung auf Vertrauen. Sie wollte es aufbringen und sich ihm ganz und gar hingeben.

Sehnsüchtig streckte sie ihm ihr Schambein entgegen, wollte, dass er sie weiter streichelte und seine Handfläche an ihr rieb. Das Brennen in ihrem Inneren war quälend.

Er folgte ihrer körperlichen Aufforderung nicht, sah sie nur an, halb belustigt, halb verlangend, als würden ihm ihre Bewegungen Freude bereiten. Sie gab es auf, sank zurück und sah ihn abwartend an.

„Brav", flüsterte er. „Bleib ganz still liegen. Du bewegst dich erst, wenn ich es sage."

Seine Finger umschlossen ihre Brüste, kneteten und streichelten sie, bis Amalia es wieder nicht schaffte, stillzuliegen.

Er ließ von ihr ab. „Du kannst es also nicht mehr erwarten. Wie du willst. Dreh dich um." Es war keine Bitte, sondern ein Befehl.

Die Kette gab nach und Amalia drehte sich auf dem Bett um, bis sie auf allen Vieren quer über beide Bettseiten des Doppelbettes kniete.

Etwas Weiches berührte ihre Wange, und ehe sie sich versah, lag um ihre Augen ein breites schwarzes Tuch.

„Was tust du?"

„Halt still." Er zog das Tuch zusammen und setzte einen Knoten.

Sie hielt den Atem an, hin und hergerissen zwischen Verlangen und Vernunft.

Sie wartete. Aurelius ließ von ihr ab, das Ende der Kette lag irgendwo neben ihr auf dem Bett. Hinter sich hörte sie leise Geräusche. Er schien sich auszuziehen. Gerade, als sie meinte, das Warten nicht mehr ertragen zu können, stieß er so unvermittelt in sie, dass sie keuchte. Er nahm sie lustvoll, drang tief in sie vor. Amalia hatte Mühe, auf den Armen aufgestützt zu bleiben. Die Kette spannte sich erneut.

„Du fühlst dich so gut an", flüsterte er. „Fühlst du mich?"

„Ja." Ihre Stimme hörte sich rau an.

Mit dem Tuch über den Augen geriet sie gar nicht erst in Versuchung, die Lider zu heben. Sie spürte seine Haut in sich, das glatte pralle Glied, seine Beine, die ihre Oberschenkel berührten und sein Becken, das rhythmisch gegen ihren Po stieß. Jede seiner Bewegungen löste neue Lustwellen in ihrem Unterleib aus, die sich in ihrem Körper ausbreiteten. Sie ließ sich treiben und versuchte, ganz mit ihm eins zu werden.

Es dauerte, bis sie sich an seinen Rhythmus angepasst hatte. Sobald es ihr gelang, änderte er ihn. Sie stöhnte unter ihm. Er schien sie in den Wahnsinn treiben zu wollen. Viel schneller als gedacht stürzte sie einem Orgasmus entgegen. Sie stöhnte lauter, versuchte ihm weiter entgegenzukommen. Ehe es ihr kommen konnte, zog er sich zurück.

„Du bist ungeduldig. Der Abend hat gerade erst begonnen." Er stieß die flache Hand spielerisch gegen ihre Rippen, sodass sie keuchend auf die Seite fiel und benommen im Bett liegen blieb. Ihr Inneres pulsierte. Die Leere war quälend.

„Warum hörst du auf?", fragte sie außer Atem.

Er antwortete nicht. Seine Hände glitten über ihren nackten Körper. Er streichelte sie zärtlich und ausgiebig. Aufgrund der verbundenen Augen konnte sie seine Berührungen noch intensiver spüren. Dazu kam die Erwartung, was er als Nächstes tun würde. Wenn er die Hände von ihr löste, wusste sie nie, wo er sie erneut anfasste.

Sie sehnte ihn zurück in sich. Jedes Mal, wenn sie sich umdrehen wollte, hielt er sie davon ab. Ihre Hände griffen nach dem Tuch um ihren Kopf.

„Ich will dich sehen."

„Noch nicht."

„Was hast du vor?"

Wieder antwortete er nicht, als sei er ihr keine Antwort schuldig. Seine Hände glitten über sie, streichelten und liebkosten ihren Körper. Hin und wieder nahm er ihre Haut zwischen zwei Finger. Drückte sie zaghaft. Ließ von ihr ab. Der Druck seiner Finger wurde fast quälend.

Sie wollte sich auf ihn setzen, sein Glied wieder in sich fühlen, doch er drängte sie zurück und kam statt dessen über sie. Seinen Händen folgten seine Lippen.

„So viel Zeit", flüsterte er. „Warum so stürmisch?" Er küsste und berührte sie, zwickte in ihre Haut, wie sie es selbst manchmal tat, wenn sie sich befriedigte, strich versöhnlich über gerötete Stellen und schien überall gleichzeitig auf ihr zu sein.

Amalia nahm seinen herben Geruch tief in sich auf. Ihre Beine zitterten vor Erregung, während seine langen Haare über ihre Brust strichen. Es war befremdlich, ihn nicht sehen zu können. Nicht zu wissen, was er als Nächstes tat und wo er sie berühren würde. Seine Zunge hinterließ eine feuchte Spur auf ihrer Brust. Er ließ sich Zeit, umkreiste ihre Brustspitze, nahm sie in den Mund und stieß spielerisch mit der Zunge dagegen.

Mit einer Hand umschloss er ihre andere Brustwarze und drückte zu. Es war ein kurzer Schmerz, der schnell wieder nachließ, und Amalia erneut dazu brachte, aufzukeuchen. Der Schmerz war angenehm, nicht so heftig, wie sie im ersten Moment befürchtete. Aber er war überraschend gekommen, und beim Loslassen stärker, als beim Zudrücken.

Sie versuchte, ihn ebenfalls mit den Händen zu erkunden, ihn zu streicheln und zu sich zu ziehen. Wieder drängte er ihre Hände fort.

„Du tust gar nichts, ehe ich es nicht von dir verlange", sagte er heiser.

In seiner Stimme hörte sie seine Lust, und das gab ihr einen zusätzlichen Kick. Sie stellte sich die Szenerie von oben vor, aus der Sicht eines Fremden. Sie lag mit verbundenen Augen auf dem Rücken, ein silbernes Halsband samt Leine um ihren Hals, mit gespreizten Beinen, und lieferte sich einem Mann aus, von dem sie nicht viel mehr wusste als seine Hoteladresse und seinen Namen.

Aurelius stand auf und zog sie mit sich. Amalia versuchte, in eine sitzende Position zu kommen.

„Was hast du vor?"

„Ich glaube, du möchtest an deiner Leine doch eine Runde durch das Hotel geführt werden. Der dunkelhaarige Empfangsherr an der Rezeption hat sicher nichts dagegen." Er zog sie vom Bett und Amalia glaubte, stürzen zu müssen, doch er hatte genug Kraft, sie zu halten und auf dem weißen Teppich vor dem Bett abzusetzen. Sie landete auf allen Vieren und fühlte fast sofort einen Zug an der Leine.

„Nur eine kleine Runde durch den Raum", versprach er mit amüsierter Stimme. „Du wirst es mögen und der harte Boden holt dich vielleicht wieder ein Stück in die Realität zurück. Weg von der Erlösung deiner Gebete."

Noch nie hatte sie sich auf einen Mann eingelassen, der in der Lage war, so selbstsicher während des Spielens mit ihr zu reden. Sie fühlte sich überrumpelt und sprachlos, glaubte aber nicht ernsthaft, dass der Fußboden ihre Erregung aufhalten konnte. Sie sehnte sich nach nichts mehr als nach ihm.

Langsam bewegte sie sich vorwärts, weg von dem Teppich. Durch das Tuch vor den Augen musste sie darauf vertrauen, dass er sie nicht gegen einen Tisch oder die Wand führte.

Es war ein fremdes Gefühl, das sich mit Scham und Erregung mischte. Sie unterwarf sich ihm, gab ihm alles und behielt nichts für sich zurück.

„Komm schon", sagte er rau. „Bleib schön bei Fuß."

Nicht darüber nachdenken, schoss es ihr durch den Kopf. Sie kroch am Boden, bedächtig, um sich nicht zu verletzen. Seine Worte erregten sie mehr, als sie es jemals irgendjemandem erzählen würde, selbst Kim nicht. Schamesröte brannte auf ihrem Gesicht und sie glaubte, sein Lächeln förmlich zu spüren.

Er zog sie durch den Raum, der ihr plötzlich endlos erschien. Musste da nicht die Wand kommen? Stand dort nicht ein Schrank? Führte er sie etwa im Kreis?

Sie stoppten auf einem Teppich – war es der weiße Teppich vor dem Bett oder der zweite Vorleger, den sie beim Eintreten vor einem der breiten Sessel neben der Couch entdeckt hatte?

Aurelius zog sie nach oben und ihre Hände ertasteten die Couch. Sie hörte, wie etwas zu Boden plumpste – vermutlich ein Kissen – und wurde von Aurelius noch weiter vorgezogen. Sie kam auf seinen Beinen zum Liegen, der Zug der Kette ließ nach. Sie ruhte auf seinem Schoß, die Arme und Beine nach vorne und hinten ausgestreckt, und bot ihm ihr nacktes Gesäß an.

Aurelius griff mit beiden Händen zu, massierte ihre Pobacken und zog sie auseinander. Ein sonderbares Gefühl. Amalia wagte nicht, sich zu bewegen. Sie spürte seine Hand, die ihr einen Schlag verpasste. Mehr einen Klaps, als etwas, das schmerzte. Vermutlich tat der Schlag seinen Fingern mehr weh als ihrer Haut.

Er legte sie wörtlich über die Knie, und Amalia stellte überrascht fest, dass sie es mochte. Zudem seine zweite Hand tiefer wanderte, zwischen ihren gespreizten Beinen hindurch stieß und ihren Schamhügel berührte. Er strich über rasierte Haut, glitt zwischen ihre Schamlippen und fuhr mit dem Mittelfinger in sie hinein. Er zog den Finger heraus und nahm ihre feuchte Klitoris vorsichtig zwischen zwei Finger. Neue Lustwellen durchpulsten sie und machten es ihr schwer, zu atmen.

Sie lag ganz still. Sich zu bewegen, könnte schmerzhaft werden. Sie spürte die Hitze zwischen ihren und seinen Beinen sowie seine Lust. Sein hartes Glied stieß gegen sie. Er war bereit, sie zu nehmen, worauf wartete er noch? Wollte er die ganze Nacht mit ihr spielen? Würde sie das ertragen?

„Bleib still liegen", wies er sie an. „Sonst verleitest du mich, meine Finger zu drehen."

Ein Schauer überlief sie. „Das wagst du nicht."

Seine Finger an ihrer Klitoris griffen eine Spur fester zu. „Willst du darauf wetten?"

Mit der anderen Hand strich er über ihre empfindlichen Seiten.

Sie spürte seine Finger, wagte nach wie vor nicht, sich zu rühren und hoffte, dass er sie bald so berührte, wie sie es haben wollte. Aber noch ließ er sich Zeit – viel Zeit.

Er ließ von ihrer Klitoris ab und packte mit einer Hand ihre beiden Handgelenke. Schmerzhaft drückte er sie auf ihrem Rücken zusammen. „Auch ohne Fesseln wirst du mir nicht entkommen."

Sie wand sich in seinem Griff – halbherzig – spürte aber, dass er recht hatte. Selbst wenn sie ernsthaft gekämpft hätte, sie lag in einer aussichtslosen Position. Seine Hand umklammerte ihre Gelenke unnachgiebig wie eine Fessel.

„Willst du mich jetzt fragen, ob ich auch schön artig war?", spottete sie und versuchte ihre Arme zu bewegen – vergeblich.

„Würde es dich anmachen, das zu hören?" Seine freie Hand vergrub sich in ihrer Pobacke. „Oder möchtest du lieber gleich ein paar Schläge spüren? Keine festen Schläge versteht sich, obwohl du geil genug bist, sie auszuhalten."

„Du bist vollkommen irre."

„Und du bist vollkommen geil. Du tropfst mich voll."

Sie versuchte erneut, aus seinem Griff zu entkommen und wand sich nach links und rechts. In seiner Stimme konnte sie das spöttische Lächeln hören, das sie so liebte.

„Ich mag es, wenn du widerspenstig bist, das macht die Sache interessanter." Er schlug zu und Amalia keuchte erschrocken auf. Es dauerte, bis sie begriff, dass es nicht wirklich schmerzte. Er schaffte es, sie genau vor der Schmerzgrenze zu treffen, die er nicht zu überschreiten hatte. Seine Erfahrung beeindruckte sie. Obwohl sie ihm hilflos ausgeliefert war, fühlte sie sich irrational sicher auf seinem Schoß.

Er griff unter ihren Beinen hindurch, hin zu ihren Schamlippen und ihrer Klitoris. Wieder hielt er sie zwischen zwei Fingern. „Wie geil macht dich das?"

„Ich dachte, das wüsstest du schon."

„Ich will es von dir hören. Ich will, dass du dich traust, es mir zu sagen."

„Ich will dich."

„Wie sehr?"

„Mehr als alles andere."

Sie hörte sein leises Lachen. „Das wäre ein guter Moment, dich nach deiner Kreditkarte zu fragen."

Sie riss erneut an seinem Griff. „Als ob du die nötig hättest!"

Er ließ sie kämpfen, bis sie schweißnass und erschöpft war. Was auch immer sie tat, gegen seine Hände und Arme kam sie nicht an, zudem seine Finger noch immer auf ihrer verletzlichsten Stelle lagen und jeder weitere Druck die Lust in schmerzhaftes Feuer verwandeln würde. Aber gerade dieses Spiel reizte sie. Sie versuchte, weiter zu entkommen.

„Du magst es, zu kämpfen", stellte er fest. „Aber du bist schon besiegt." Er drückte zu. Nicht gewaltvoll, aber stark genug, dass sie leise aufschrie.

„Lass das!"

„Dann unterwirf dich. Bitte mich, dich zu nehmen."

„Niemals!"

„Bist du sicher? Du bist schon schweißnass."

„Ich werde nicht ..."

Sein Druck um ihre Klitoris wurde stärker. Amalia zitterte.

„Das tust du nicht."

„Sag bitte."

Sie schluckte. Wenn ihr Körper nicht so verdammt geil wäre – wenn sie nicht in Flammen stehen würde, hätte sie es vielleicht geschafft, standhaft zu sein. Aber was nutzte ihr der Stolz? Sie wollte ihn, und sie würde ihn nur bekommen, wenn sie sein Spiel mitmachte. Ein Spiel, das sie über alles genoss.

„Bitte", brachte sie hervor. „Bitte lass es uns endlich tun."

„Was tun?"

„Nimm mich. Bitte. Nimm mich ganz."

„Das klingt schon besser." Er ließ sie los, gab ihre Arme frei und zog sie auf den Boden vor der Couch. In einer fließenden Bewegung brachte er sie in die richtige Position, drehte sie auf den Rücken und drang erneut in sie ein. Obwohl das Kondom trocken geworden war, rieb es nicht an ihr. Sie war inzwischen so nass, dass ihre Schenkel nicht nur vom Schweiß klebten. Mühelos drang er in sie ein und drückte sie hart auf den Teppich.

Amalia klammerte sich an seinen Schultern fest und stöhnte laut auf. Nie hatte sie ihren Körper so intensiv gespürt wie in diesem Moment. Sie war ganz fleischgewordene Lust, heißes Verlangen, das von ihm entfacht worden war. Er brauchte nur wenige Stöße, sie wieder vollends an den Rand zu bringen. Sie versuchte, sich dagegen zu wehren, versuchte, es hinauszuzögern, aber es gelang ihr nicht. Ihre Lust ließ sich nicht zügeln. Es war, als gehorche ihr Körper nicht mehr ihr, sondern ihm und dem unstillbaren Verlangen in ihr, mit dem er sie erfüllt hatte. Sie keuchte, ihr Atem ging schneller. Ihre Brust hob und senkte sich hektisch. Mit harten Stößen trieb er sie über die Grenze. Ihr Stöhnen wurde noch lauter, hallte in dem großen Zimmer, während sie ihn immer wieder tief in sich aufnahm.

Aurelius Stöhnen war leise, aber seine Bewegungen waren leidenschaftlich. Amalia griff nach dem Tuch und zog es sich vom Kopf. Sie wollte ihn sehen, wollte in seine Augen sehen. Er ging auf die Knie, hob ihr Becken an und ließ sie gewähren.

In den Spiegelkacheln über sich konnte Amalia sie beide sehen. Sich selbst, wild und verschwitzt, heftig zuckend, und Aurelius, der wieder und wieder in sie drang. Nur mit Mühe wandte sie den Blick ab und sah in sein Gesicht.

Sein Blick bohrte sich in ihren, während sie halb erstaunt, halb benommen von ihrem Höhepunkt überwältigt wurde. Ihr Stöhnen war lauter, als sie es von sich kannte. Entfesselt. Ihm schien es zu gefallen. Sie sah blinzelnd, wie seine Augen auffunkelten, so unnatürlich, als ob er ein inneres Licht besäße. Etwas an seiner Ausstrahlung veränderte sich, wurde noch wilder und animalischer. Sie ließ sich treiben, nichts konnte sie in diesem Augenblick erschrecken. Wieder und wieder fühlte sie seine Bewegung, bis er mit einem Aufkeuchen über ihr zusammensank und sich auf die Ellbogen stützte.

„Aurelius", murmelte sie und strich durch seine braune Haarflut.

Er sagte nichts, atmete nur heiß gegen ihre Brust, während sein Körper zitterte.

Amalia schloss die Augen und nahm das warme Gefühl zwischen ihren Schenkeln wahr.

Es dauerte, bis er sie freigab und sich aus ihr zurückzog. Seine kräftigen Hände streichelten sie, als wolle er sie nach der Aufregung beruhigen.

Amalia hob den Kopf und er senkte sich ihr entgegen. Sie küssten sich ausgiebig, ehe er sich von ihr löste. Seine Hand streichelte ihren schweißnassen Bauch.

„Ich brauche eine Dusche. Bist du dabei?"

Sie lächelte. „Gerne."

Sie duschten lange und wuschen sich gegenseitig. Amalia liebte die Nähe und Zärtlichkeit, die er ihr bot. Von seinem herrischen Verhalten war nichts mehr übrig. Immer wieder küsste er sie sanft auf den Nacken, die Schultern und ins Gesicht.

Eine gute halbe Stunde später lag sie eng an ihn gekuschelt in seinem Bett. Sie trug einen schwarzen Seidenschlafanzug, der ihr viel zu groß war. Gehen wollte sie nicht. Für eine Nacht wollte sie träumen. Von sich und ihm. Und einer gemeinsamen Zukunft.

Grace streckte sich auf dem kühlen Waldboden. Sie spürte die Kälte nicht. Die Jahrhunderte hatten ihre Haut abgestumpft, was Kälte und Wärme betraf. Aber sie spürte den Druck von Darions Fingern auf ihrem nackten Schenkel.

„Sollen wir nicht lieber die Wölfe suchen?" Darion hielt eines ihrer Beine in beiden Händen. Seine spitzen Zähne ritzten spielerisch die Haut, gerade so stark, dass kein Blut hervortrat. Grace schloss die Augen, um das zarte Kratzen auf ihrer Haut noch besser wahrzunehmen.

„Sie haben sich gut versteckt und ihre Spuren verwischt. Ich frage mich, ob sie wirklich wissen, wie wichtig das Seelenblut ist."

„Sie kennen die Legende der Priesterinnen. Jeder in den Klans kennt sie." Darions Stimme klang leise. Er hielt beim Sprechen nicht inne und ließ seine Zähne weiter über ihre nackte Haut wandern.

Grace blickte neben sich auf das bauschige Kleid, das wie ein dunkelroter Hügel auf dem mondbeschienen Gras lag. Ein Kleid, das mehrere Jahrhunderte alt war. Ein Überbleibsel aus einer anderen Zeit.

„Ich mache mir Sorgen um deinen Bruder", wechselte die

Klananführerin abrupt das Thema. „Er empfindet zu viel für Amalia. Wir werden ihn während der Zeremonie im Auge behalten müssen. Es kann gut sein, dass er versuchen wird, mit Amalia zu fliehen."

Darions Kopf wanderte höher. Seine Zähne glitten über ihre Oberschenkel. Unschlüssig verharrte er über ihrer Scham. „Das glaube ich nicht. Aurelius weiß, wo sein Platz ist. Vielleicht wird es ihm wehtun, Amalia leiden zu sehen, aber er wird das tun, was für den Klan am besten ist."

„Dieses Mal nicht", sagte Grace kühl. „Und wenn ich recht habe, werden wir ihn vielleicht sogar töten müssen."

Darion richtete sich auf. Seine dunklen Augen sprühten Funken. Seine Stimme klang angespannt. „Er ist mein Bruder! Wir haben zusammen den Dreißigjährigen Krieg durchgemacht, und was immer uns trennt, ich werde ihn niemals töten!"

Grace sah ihn ruhig an. „Auf welcher Seite stehst du?"

Darion ließ sich auf die Knie sinken. Sein nackter Körper schimmerte im Mondlicht. Die Haut über den harten Muskeln seines Körpers lockte mit einem fluoreszierenden Schimmern. „Ich werde Aurelius ächten, sollte er den Klan jemals verraten. Aber das wird nicht geschehen. Ich vertraue ihm."

„Du weißt, dass ich Gedanken lesen kann."

„Nicht seine."

Das stimmte. Grace konnte Aurelius' Gedanken tatsächlich nicht lesen. Sie erinnerte sich gut an ihr erstes Zusammentreffen mit ihm. An ihre Überraschung, als sie begriffen hatte, dass auch er ein Gewandelter war – so hatten sie einander genannt, ehe sie zu Wissenschaftlern wurden und den Virus studiert hatten – und sie seine Gedanken dennoch nicht lesen konnte. In Aurelius' Denken befand sich ein Schutz, gegen den sie machtlos war. Damals hatte sie Tatjena aufgesucht, die Erschafferin der beiden Brüder. Beide waren im Kampf schwer verletzt worden und lagen im Sterben, als Tatjena ihnen ihr Blut und ihren Speichel gab. Anders als bei anderen Viren ist für eine Übertragung beides vonnöten.

Tatjena hatte eine natürliche Begabung. Sie konnte riechen, ob einer das nötige Blut hatte, um die Umwandlung zu überleben.

Über neunzig Prozent der Menschen starben bei der Umwandlung. Inzwischen konnten sie durch Untersuchungen herausfinden, welcher Mensch ein möglicher Überlebender war. Früher mussten sie allein auf ihre Sinne vertrauen – oder auf den Zufall.

Darion kniete reglos zwischen ihren gespreizten Beinen und sah auf sie herab. „Woran denkst du?"

„An Tatjena. Zu schade, dass die Wölfe sie erwischt haben."

Darions Gesichtsausdruck verdüsterte sich. Grace wusste, er hatte Tatjena geliebt. Mehr als er sie liebte. Mehr als den Klan.

„Percival hätte sie nicht allein lassen dürfen."

Grace verdrehte die Augen. „Geht das schon wieder los? Wenn du nicht eines Tages wahnsinnig werden willst, musst du die Vergangenheit loslassen. Unsere Art kann sich ein Verharren nicht leisten. Wenn wir nicht mit dem Strom treiben, ertrinken wir."

Darion schwieg.

Vermutlich dachte er jetzt an Tatjena. An ihre goldblonden Haare und die strahlendsten blauen Augen, die je ein Wesen gehabt hatte.

„Komm her", befahl sie zärtlich. Er kam auf allen Vieren über sie und roch an ihrer Haut. „So ist es brav. Vergiss Tatjena. Ich hätte dich nicht an sie erinnern sollen. Wichtig ist nur der Moment."

Darion nickte. „Und ich weiß auch schon, wie wir ihn nutzen werden."

„Guten Morgen".

Amalia blinzelte und sah in Aurelius' hellbraune Augen. Auf seinem Gesicht lag ein breites Lächeln.

„Was ... wo ..." Amalia richtete sich halb auf und sank in die weichen Kissen zurück. Sonnenlicht durchflutete den Raum und brachte den polierten Laminatboden zum Schimmern. Sie war in Aurelius' Zimmer eingeschlafen. In seinen Armen. Ihre Hand berührte das schwarze Seidenpyjamaoberteil, das er ihr gegeben hatte. Sie versuchte erneut, sich ganz aufzusetzen und zuckte schmerzerfüllt zusammen.

Verdammt, hatte sie einen Muskelkater. Dieser Mann machte aus Sex Sport. Ihr wurde heiß, als sie an die letzte Nacht zurückdachte. Ein Abend, den sie so schnell nicht vergessen würde. Wieder sah sie sich über den Fußboden kriechen, glaubte, ihn in sich zu fühlen. Sie schüttelte den Kopf, um sich auf die Gegenwart zu konzentrieren.

„Wie spät ist es?"

„Zeit für ein Frühstück." Aurelius wies auf ein hölzernes Tablett neben Amalia auf dem Nachttisch. „Ich habe es eben kommen lassen."

Das Tablett war mit belegten Brötchen, einem Buttercroissant, einem Ei, Tee und Kaffee beladen. Eine Flasche Sekt stand neben dem Tablett in einem Kühlhalter.

„Ich wusste nicht genau, was du willst, deshalb habe ich mehr bestellt."

„Großartig." Amalias Magen knurrte leise. Sie strich sich mit der Hand über den Bauch. „Ich habe riesigen Hunger."

Mit schmerzverzerrtem Gesicht setzte sie sich auf und griff nach einer Tasse mit Kaffee. Aurelius beugte sich auf seiner Seite zum Nachttisch und holte sich ebenfalls eine Tasse. Nachdem er einen Schluck genommen hatte, ließ er dank einer Fernbedienung leise mittelalterlich klingende Instrumentalmusik durch den Raum fluten.

„So lässt es sich leben", murmelte Amalia, während sie nach einem Teller mit einem Frischkäse-Lachsbrötchen griff. Dabei bemerkte sie, dass sie noch immer das Halsband trug, das Aurelius ihr am Abend umgelegt hatte. Sie versuchte, es zu ignorieren.

Aurelius nahm sich ein Brötchen mit Tomaten und Mozzarella und biss eine winzige Ecke ab.

Amalia streckte ihren Rücken durch. „Was machen wir heute?"

„Heute Abend ist eine Party, ich glaube, ich habe sie gestern schon erwähnt."

„Eine Party?" Sie konnte sich nicht erinnern, aber nach dieser Nacht durfte sie wohl froh sein, ihren eigenen Namen noch zu wissen. Sie grinste und verschluckte sich an einem Krümel.

Als ihr Husten nachließ, meinte Aurelius: „Ja, eine Fetischparty. Ich hätte dich gerne dabei."

„Ich war noch nie auf einer Fetischparty. Ich weiß nicht, ob ich mich da wohlfühle. Außerdem habe ich gar keine Klamotten, die ich zu so einem Anlass spazieren tragen könnte."

„Grace hat sicher etwas für dich." Er gab ihr einen Kuss auf das Schlüsselbein neben dem silbernen Halsband. Die winzige Berührung ließ ihre Brustwarzen hart werden.

Amalia schloss die Augen und atmete tief ein. Es war schön, ihn so nah bei sich zu wissen und in einem Bett mit ihm zu liegen. Sie hatte das Gefühl, an seiner Seite alles schaffen zu können. Warum eigentlich nicht? Warum sollte sie nicht auch diesen Abend mit ihm verbringen? Wenn ihr die Party nicht gefiel, konnte sie jederzeit verschwinden.

„Okay, ich werde darüber nachdenken. Wenn Grace tatsächlich passende Klamotten für mich hat, komme ich vermutlich mit."

„Ganz bestimmt." Seine Stimme war dicht an ihrem Ohr. „Ich kann nämlich nicht mehr ohne dich leben."

Seine Worte machten sie glücklich.

Sie schmiegte sich an ihn, genoss das Gefühl seiner Hände auf ihrem Körper. Er knöpfte das schwarze Oberteil auf. Stück um Stück zog er die Stoffhälften auseinander und brachte ihre schimmernden Brüste mit den zusammengezogenen Knospen zum Vorschein.

Sie ließ ihn gewähren. „Und was machen wir bis zu dieser Party?"

„Den ganzen Tag im Bett verbringen", murmelte er zwischen ihren Brüsten. Seine Lippen gaben ihr kleine Küsse auf den Busen. „Wir ernähren uns von Sekt, Brötchen und den Früchten der Liebe."

„Abgelehnt." Sie glaubte selbst nicht, was sie da sagte. War sie verrückt? Er bot sich ihr als williges Lustspielzeug für den ganzen Tag an, und sie schmetterte das Angebot ab, kaum, dass es über seine perfekt geformten Lippen gekommen war? „Ich meine ...", begann sie zögernd. „Das hier ist das WGT. Ist ja schön, wir haben schon einiges gesehen, aber ... ich würde gerne noch ein paar mehr Orte besuchen und vor allem noch ein paar Konzerte. Am Nachmittag spielt eine großartige Band auf der Parkbühne, und im heidnischen Dorf und auf der Moritzbastei waren wir auch noch nicht."

Aurelius' Lippen berührten neckend die harten Spitzen ihrer Brüste. „Du willst es also lieber im heidnischen Dorf oder in der Moritzbastei treiben als gemütlich im Bett?" Seine melodische Stimme klang nicht so, als würde er scherzen.

Ihr wurde heiß. „Du bist unersättlich, weißt du das?"

„Ich?" Er packte ihre Hüfte und zog sie auf sich. Die Bettdecke glitt bis zu ihren Oberschenkeln zurück. „Ich denke, du bist nicht so abgeneigt, wie du gerade tust. In deinen Augen sehe ich deine Lust."

Wieder lag er richtig. Sie ertrug seine Nähe kaum und wollte mehr von ihm.

Sie beugte sich zu ihm und küsste ihn zärtlich auf die Lippen. Es war ein Kuss, der rasch leidenschaftlicher wurde.

Er hielt ihre Hüften. Amalia streckte den Rücken durch, als seine Hand ihre Wirbelsäule hinauf strich. Ein Schauer rieselte über ihre Haut. Trotz des gewaltigen Muskelkaters spürte sie Lust in sich. Seine Nähe war betörend, sein Körper ein Geschenk der Götter und seine Lippen versprachen ihr die aufregendste Zeit ihres Lebens. Aber sie konnte nicht den ganzen Tag in diesem Zimmer verbringen, so gern sie es auch wollte.

„Ich würde gerne noch ein wenig von diesem wundervollen

Festival mitbekommen."

„Das lässt sich verbinden", murmelte er, und drückte sie eng an sich. Er war nackt und sie fühlte sein hartes Glied unter sich. Durch das helle Sonnenlicht konnte sie ihn endlich in seiner ganzen Herrlichkeit bestaunen. Seine Haut war noch bleicher als ihre. Nur die beiden Narben hoben sich dunkel und geheimnisvoll ab. Seine Beine waren lang und kräftig. Trotzdem sah man ihm nicht die Kraft an, die er tatsächlich hatte. Ihre Hand wanderte über seine nackte Brust, hin zu den Narben auf seiner Seite.

„Hast du mich deshalb geweckt? Damit wir noch Zeit für uns haben, ehe wir losziehen?"

„Vielleicht", entgegnete er mit unschuldiger Stimme.

Amalia sah zu ihren Kleidern und seufzte leise. Dort drüben hatte sie noch Kondome. Unerreichbar fern.

„Lass uns erst duschen", schlug sie vor.

„Wir haben letzte Nacht noch geduscht", erinnerte er sie. Er griff neben sich und hob etwas vom Frühstückstablett. „Brauchst du vielleicht das hier?" Er hielt ihr ein schwarzes Kondom entgegen.

Sie musste grinsen. „Direkt unheimlich, wie gut du mich schon kennst." Sie griff nach der Verpackung und riss sie auf. Ihre Hände griffen nach ihm, berührten die glatte, gespannte Haut. Vorsichtig rollte sie das Kondom ab. Sie ließ sich Zeit, sah ihm tief in die Augen. „Aber vielleicht habe ich ja auch einfach keine Lust auf dich", flötete sie gut gelaunt.

Er sah sie einen Augenblick fassungslos an, dann lachte er. Es war das erste Mal, dass sie ihn lachen hörte, und es war ein schönes Gefühl. Seine volle Stimme klang gelöst.

„Du bist unglaublich, weißt du das? Setz dich sofort auf mich und reite mich, sonst werde ich nie wieder mit dir reden."

„Eine schwache Drohung." Ihre Hand umschloss sein Glied. „Im Reden bist du lange nicht so gut wie in anderen Sachen. Besonders mit Lippen und Zunge."

„Haben wir heute Morgen zu viel Kraftbrötchen gegessen?" Er wollte nach ihrem Halsband greifen, doch Amalia stieß seine Hand fort.

„Wenn du möchtest, dass ich mich auf dich setze, solltest du ein wenig netter zu mir sein."

„Was soll ich tun? Dich Göttin nennen und dir die Füße küssen?"

Ihre Hand bewegte sich aufreizend langsam um sein Glied. Sie schob die Vorhaut vorsichtig über die Eichel und sah in seinem

Gesicht, wie die Bewegungen ihn beschäftigten.

Statt einer Antwort setzte sie sich auf ihn und ließ ihn tief in sich gleiten. Es war ein herrlich erfüllendes Gefühl, das sie daran zweifeln ließ, diesen Raum jemals wieder zu verlassen, egal wie gut die Konzerte waren. Sie stöhnte leise. Wie machte er das nur? Sie war schon wieder unglaublich erregt und feucht.

Wie kam es nur, dass sie sich auf ihn stürzte, noch ehe sie zwei Bissen von ihrem Brötchen gegessen hatte? Sie hielt verwirrt inne.

„Nicht aufhören", flüsterte er. „Mach weiter." Seine Hände drückten sie tiefer. Sie fühlte ihn in sich, spürte das lustvolle Gefühl, ganz mit ihm vereint zu sein. Seine Augen sahen sie unverwandt an, während seine Hände den Takt bestimmten, in dem sie ineinander glitten. Sie hatte das Gefühl, selbst dann nicht aufhören zu können, wenn sie es gewollt hätte. Obwohl sie auf ihm saß, war ihr, als habe sie nichts weiter getan, als seinem Willen zu gehorchen. Als habe er einen Zauber auf sie gewirkt, um sie dazu zu bringen, ihn zu reiten.

„Was machst du nur mit mir?"

Aurelius setze sich auf, ohne sich von ihr zu lösen. Er hielt sie fest und berührte mit den Lippen ihre Schulter. Sein warmer Atem ließ ihre Brust beben. „Du riechst so süß. Nach einer Speise, die es nicht gibt. Nach einer Blüte, die zu schön ist, um erdacht zu werden."

Seine Decke war zu Boden gefallen. In Mitte des Bettes sitzend hatte Amalia ihre Beine um seinen Körper geschlungen.

Immer wieder tauchten sie ineinander, verbanden sich noch inniger. Aurelius küsste dünne Schweißtropfen von ihrer Brust. Seine Augen waren halb geschlossen, sein Gesicht wirkte ätherisch. Ganz wie das eines dunklen Engels, der auf die Erde gekommen war, um die Freuden menschlicher Lust zu genießen.

Aber wer verdirbt hier wen, dachte Amalia, und fühlte das Halsband auf ihrer Haut überdeutlich. Verdarb sie ihn, oder er sie? Sie wusste es nicht. Alles, was sie wusste, war, dass er ihr unglaublich gut tat. Sie wollte nie wieder von ihm getrennt sein.

Seine Hände berührten sie zärtlich. Hielten sie fest, wie man einen Schatz festhielt, der niemals den Boden berühren durfte. In seinen Bewegungen lagen Lust und Vorsicht. Er fügte ihr keinen Schmerz zu, und doch hatte sie das Gefühl, zu spüren, wie er immer tiefer in sie glitt, so tief, wie kein anderer zuvor. Das Gefühl entfachte ihre Lust vollends. Er war ganz in ihr, füllte sie aus und trieb sie mit seinen langsamen Bewegungen in den Wahnsinn. Sie konnte ein lautes Stöhnen nicht unterdrücken.

Nichts erinnerte mehr an den wilden Sex, den sie am Abend zuvor gehabt hatten. Das hier war anders. Nicht besser, nicht schlechter, aber anders. Sie glaubte zu spüren, wie sehr er sie schätzte und respektierte. Er würde ihr nicht wehtun, würde sie beschützen und achten.

„Leg dich wieder hin", bat sie ihn, als sie die Lust kaum noch ertragen konnte.

Er tat ihr den Gefallen und sie kniete wieder auf ihm, richtete sich auf und ließ ihre Hüfte nach unten sinken. Nun bestimmte sie den Takt, während sich seine Hände um ihre Brüste schlossen, sie massierten und kneteten. Sie liebte das Gefühl seiner Fingerkuppen auf ihrer Haut. Jedes Mal, wenn er ihre harten Brustspitzen drückte, schossen heiße Blitze durch ihren Körper. Es fühlte sich an, als würde seine Lust über seine Berührungen in sie strömen, als würden sie mit jeder Minute intensiver verbunden sein.

Sie sahen sich unverwandt an, es gab keine Grenze zwischen ihnen, keine Mauern. Ihr war, als könne sie genau in seine Seele sehen. Als sei er ein offenes Buch, nur für sie geschrieben. Ob er dasselbe in ihr sah?

Mit dem innigen Gefühl wuchs ihre Erregung. Gleichzeitig verlor sie jegliche Scheu. Ihr Stöhnen wurde lauter. Es kümmerte sie nicht, was irgendjemand auf dem Flur denken würde, der sie vielleicht hörte. Das war ihr Moment, ihre Lust, und sie ließ sie fließen.

Er griff wieder nach ihren Hüften, zog sie heftiger hinunter. Tief drang er in sie. Das Gefühl drohte sie zu zerreißen. Es war schmerzhaft schön. Er bäumte sich ihr entgegen, sah sie unverwandt an, als sie über ihm kam. Lauter und lauter wurde ihr Stöhnen, bis es mehr einem Schreien glich. Er ließ sie gewähren, sah sie nur unverwandt an, bis auch er stöhnte und das Gesicht verzog.

Einen Moment lang hatte sein makelloses Gesicht den wilden Ausdruck eines Raubtiers. Seine braunen Augen wirkten rötlich im Licht der Sonne. Als sei er ein Dämon. Obwohl es erschreckend aussah, spürte sie keine Furcht. Der Anblick peitschte sie an, forderte sie zu noch heftigeren Bewegungen heraus. Sie bewegten sich eine Weile weiter. Er wirkte, als könne er noch Stunden weitermachen. Vielleicht konnte er dieses wundervolle Spiel tatsächlich viel länger spielen als sie.

Sie kam zur Ruhe und glitt von ihm hinunter. Seine Arme schlossen sich beschützend um sie. Er lächelte glücklich. Von der

Wildheit seiner Gesichtszüge war nichts mehr zu sehen. Seine Augen glänzten dunkelbraun.

„So könnte jeder Tag beginnen", murmelte er in ihr langes Haar.

„Ja", flüsterte sie. „Das wäre schön."

Zwei Stunden später standen sie endlich geduscht und angezogen im heidnischen Dorf. Neben ihnen ragte ein Stand mit historischen Trinkgefäßen auf. Das meiste davon war Plunder, aber einige Becher aus Ton gefielen Amalia und sie sah sie interessiert an.

Auf ihrer anderen Seite stand eine Bude mit Klamotten, Mützen und Tüchern, die sie später auch noch näher betrachten wollte. Es roch nach gegrilltem Fleisch und gebackenem Knoblauchbrot.

Aurelius hatte seinen Arm um ihre Hüfte gelegt, und während sie die Auslagen der Stände betrachtete, besah er sich die Menschen, die an ihnen vorbeigingen.

Das heidnische Dorf war brechend voll. Bei dem guten Wetter war das kein Wunder. Viele Besucher gingen schwarz gewandet, aber ein großer Prozentteil trug auch mittelalterliche Gewandungen, wobei auf diese dasselbe zutraf, wie auf die Becher im Regal – das meiste davon war ganz klar fantastisch und keineswegs historisch korrekt. Weite Röcke und Ärmel aus allen nur erdenklichen Stoffen waren darunter. Vieles sah schön aus, manches umwerfend, und einiges unmöglich.

Sie ging näher an die Auslage heran und griff nach einem der Tonbecher. Er hatte vier Trinkkanten und schimmerte in einem hellen Grau. Sie wog ihn unter den wachsamen Blicken des Verkäufers in der Hand und stellte ihn vorsichtig wieder ab.

Gemütlich schlenderten sie weiter. Es gab hier alles, was es auf anderen Mittelaltermärkten auch gab – Fressbuden, Stände mit Kleidern und Fruchtweinen, ein orientalisches Zelt, in das man sich auf bunte Kissen an niedrige Tische setzen konnte. Es war mit einem Stand für orientalische Süßigkeiten verbunden und duftete nach Honig und Jasmin-Tee.

Der gesamte Platz war umgeben vom Grün der wogenden Bäume.

„Ein schöner Ort", stellte Amalia fest.

„Und sehr abgeschieden, wenn man nur ein paar Schritte geht."

Amalia öffnete den Mund. „Du meinst doch nicht ... wir haben erst ..." Konnte er tatsächlich schon wieder Lust auf sie haben? Sie betrachtete sein Profil ungläubig von der Seite. Er war so beeindruckend in seinen Bewegungen. Sein Gesicht schien im

Licht des Tages noch weißer und strahlender. Sie musste sich eingestehen, dass auch sie einem weiteren Mal nicht abgeneigt war.

Er zog sie näher an sich. „Ich weiß. Es ist erst zwei Stunden her, aber du bist wie eine Droge. Der Suchtfaktor ist nicht zu unterschätzen."

Amalia schwieg. Sie hatte plötzlich das ungute Gefühl, er machte das alles mit Absicht. Er war einfach viel zu nett zu ihr. Er bezahlte ihr Kleider, brachte Frühstück an ihr Bett und war viel zu offensichtlich verrückt nach ihr. Als ob er mit ihr schlafen wollte, um etwas Bestimmtes zu erreichen. Aber das war verrückt. Es ergab keinen Sinn. Was sollte er erreichen wollen? Falls das Ziel gewesen war, mit ihr zu schlafen, hatte er es erreicht, und es war ein Ziel, das sich mit ihren Wünschen deckte. Vermutlich stand sie sich nur selbst im Weg.

„Ich brauche eine Pause, tut mir leid. In einer halben Stunde spielt eine der Bands. Wir sollten uns das anhören."

„Wie du möchtest." Seine Stimme klang verständnisvoll.

Amalias Hand wanderte an ihren Hals. Sie hatte das schwere Halsband abgelegt und es in seinem Hotelzimmer zurückgelassen. Danach war sie sich umziehen gegangen. Da sie keine historischen oder fantastischen Kleider hatte, trug sie eine ihrer Lieblingslackhosen, dazu hohe Schuhe, ebenfalls aus Lack, und ein eng anliegendes Oberteil aus schwarzer Spitze, unter dem man den schwarzen BH erkennen konnte. Darüber trug sie eine eng anliegende schwarze Jacke aus glänzendem Stoff. Ihre Haare hatte sie kunstvoll zu mehreren Zöpfen geflochten und es zufrieden hingenommen, dass einige Haarsträhnen sich bereits wieder lösten. Das gab der Frisur genau die Spontaneität, die sie trotz allem Styling mochte.

Immer wieder begegnete sie im Weitergehen den Blicken von Männern. Oft waren diese zuerst auf ihre Brust gerichtet, und fanden ihre Augen erst anschließend. Ihr Outfit schien ebenfalls aufzufallen, wenn es auch nicht schreiend pink war, wie das einer Frau in einem Neon-Reifkleid.

„Du bist ein Blickmagnet", murmelte Aurelius neben ihr, als wieder ein junger Mann zu ihr starrte. „Vielleicht sollte ich den Kerlen Manieren beibringen."

„Untersteh dich. Wenn ich mich schon so anziehe, dann tue ich es auch, damit man mich betrachtet. Ich hasse Frauen, die ihre Brust zur Schau stellen und dann beleidigt sind, weil Männer ihre Brüste ansehen."

„Du hast auch ein schönes Gesicht."

Charmeur. „Ja. Trotzdem verrät es doch eine ganze Menge über einen Kerl, wie dezent oder indezent er eine Frau anstarrt. Meinst du nicht?"

Er machte einen Laut, der einem Grunzen nicht unähnlich war, und sah tatsächlich ein klein wenig eifersüchtig aus. Sie hoffte, dass dies nicht wirklich zutraf. Schließlich hatten sie sich nicht fest gebunden, und außerdem konnte sie mit besitzergreifenden Männern wenig anfangen. Sie war nicht das Eigentum von irgendwem. In einem Spiel vielleicht, aber nicht in der Realität.

Sie seufzte leise, als ihr auffiel, was sie gerade tat: Sie suchte nach schlechten Seiten an ihm. Er war einfach zu gut, um wahr zu sein, und ihr Instinkt warnte sie, dass da doch etwas sein musste, was sie übersehen hatte.

Vor einem dunkelgrünen Kleid mit weitem Reifrock, das über einen hölzernen Ständer gezogen war, blieb sie stehen. Während sie das Kleid betrachtete, fasste sie einen Entschluss.

Das viele Grübeln nahm ihr die Freude an diesem Tag und machte nur verrückt. Aurelius war ein wundervoller Mann. Also Schluss mit Bedenken und Zweifeln. Das hier war ihr Tag und er würde so gut werden, wie sie es zuließ.

Aurelius stellte sich neben sie. „Probier das Kleid doch mal an. Es sieht sicher umwerfend an dir aus."

Lächelnd und mit einem warmen Gefühl im Bauch sah sie ihn an. „Gern." Minuten später stand sie mit einer Verkäuferin in der Umkleidekabine – die aus einem langen, quadratisch aufgehängten Stück Stoff an einer Wäscheleine auf vier Pfosten bestand – und zwängte sich in das grün schimmernde Kleid. Der Stoff lag angenehm auf der Haut. Sie fühlte sich wie eine Dame, ganz anders als in der schwarzen Lackhose.

Aurelius sah sie mit großen Augen an, als sie vor ihn trat. In seinem Blick lag Bewunderung.

„Kann ich das auf der Fetischparty heute Abend tragen?"

Aurelius neigte leicht den Kopf. „Warum nicht. Ist besser als ein Hawaiihemd", er grinste. „Und Samt ist für manche Menschen auch ein Fetisch. Wenn Grace dir noch ein paar Accessoires verpasst ..."

Erst in diesem Moment fiel ihr auf, dass das grüne Kleid vom Schnitt her dem roten Satinkleid von Grace nicht unähnlich war.

Es gefiel ihr gut und sie musste zugeben, dass es ihr sehr gut stand.

Zufrieden sah in den hohen Spiegel, den man einfach an einen Baum neben dem Stand gelehnt hatte.

„Sie müssen das Kleid nehmen", mischte sich die Verkäuferin ein. „Der grüne Farbton passt hervorragend zu ihren dunkelroten Haaren und zu ihren Augen. Ich habe noch keine Kundin gesehen, an der dieses Modell so gut aussah."

Ein wenig selbstverliebt drehte Amalia sich vor dem Spiegel nach links und rechts. „In Ordnung, ich nehme es."

Sie zog sich wieder um. Vergnügt bezahlte sie das Kleid und hängte sich anschließend bei Aurelius ein. Er wollte ihr die Tüte abnehmen, aber sie gab sie nicht aus der Hand.

Auf der Bühne begann die Band zu spielen. Gemeinsam gingen sie auf den Platz vor der Bühne. Auch hier gab es mehrere Fressstände mit Gegrilltem und einen Wagenstand mit Bioware und vegetarischem Essen.

Auf dem Platz standen und saßen viele Menschen, aber er war noch nicht voll. Die Band war eine der unbekannteren, und es war erst früher Nachmittag. Gegen Abend würde hier wesentlich mehr los sein.

Eng aneinandergelehnt hörten sie der Musik zu. Amalia schloss die Augen und konzentrierte sich auf die Texte über Liebe und Verlust, Seelenschmerz und das ewige Spiel zwischen Mann und Frau. Es waren fröhliche und nachdenkliche Lieder, alle in deutscher Sprache vorgetragen, von einem Sänger mit einer erstaunlich hohen Stimme, die eine sonderbare Faszination auf Amalia ausübte. Ihr schien, als würde der Sänger nur für sie und Aurelius singen.

Aurelius holte ihnen Wein und gegrilltes Steak. Es war rührend, wie er sich um sie kümmerte.

Sie kam sich vor wie die beneidenswerteste Frau auf diesem ganzen Platz, während sie auf seinen Hintern starrte und sich darauf freute, wieder von ihm in den Arm genommen zu werden.

Die Stunde verging schnell, und als das Konzert vorbei war, flanierten sie erneut über den Markt. Amalia bemerkte dabei, wie Aurelius' Blick immer wieder sehnsuchtsvoll zwischen die Büsche wanderte. Entschlossen packte sie seine Hand fester.

Als sie auf der anderen Seite des heidnischen Dorfes am Waldrand angekommen waren, zog sie ihn weiter mit sich.

Er sah sie überrascht an, ließ sich aber von ihr in den Wald führen. Die lauten Stimmen hinter ihnen klangen nur noch gedämpft zwischen den Bäumen hervor. Die Sonne war weitergewandert und stand tief am Himmel. Es war angenehm warm für die Jahreszeit.

Amalia fand einen ausgetrampelten Pfad, der so aussah, als wäre er noch nicht lange da. Sie folgte ihm ein Stück und kam auf eine Lichtung, die von hohen Bäumen umgeben war. Am Rand der Lichtung stand ein Paar, das offensichtlich ganz ähnliche Gedanken hatte, wie sie auch. Die dunkelblonde Frau hatte eine schwarze Satinbluse an, die aufgeknöpft war und kleine, gebräunte Brüste zeigte. Sie trug eine schwarze Lederhose. Der Mann stand hinter ihr und drückte sich an sie – er schien sich an ihr zu reiben. Die Frau blickte auf und sah Amalia mit schwarzbraunen Augen herausfordernd an.

Amalia wollte zurückweichen, doch Aurelius hielt sie fest.

„Gehen wir lieber", sagte sie heiser.

„Warum? Wir stören sie nicht." Aurelius zog sie an sich und küsste sie.

Amalia versteifte sich. „Ich ... ich kann das nicht. Nicht vor anderen." Wenn sie allein gewesen wären, hätte sie sich vielleicht getraut, aber mit dieser Situation hatte sie nicht gerechnet.

„Klar kannst du das." Aurelius drehte sie um, sodass sie die Frau und den Mann sehen konnte. Beide blickten interessiert zu ihnen, ohne voneinander abzulassen. Aurelius Hände glitten unter das schwarze, durchsichtige Spitzenoberteil und schoben den glanzenden BH-Stoff zur Seite. Die kleine blonde Frau sah aufmerksam zu, wie ihre vollen Brüste entblößt wurden.

Gefangen zwischen dem Wunsch, sofort zu verschwinden und der Faszination der Situation, war es ihr nicht möglich, sich zu bewegen. Aurelius präsentierte sie. Er führte sie vor und machte sie zu einem Lustobjekt. Besonders der Blick des fremden Mannes brannte auf ihrer Haut. Sie spürte Scham und gleichzeitig Lust. Es war eine Lust, wegen der sie sich schlecht fühlte, obwohl sie wusste, dass sie es nicht musste. Das Paar gegenüber schien zu genießen, was Aurelius mit ihr tat.

„Aurelius ..." Sie war überrascht, dass ihre Stimme überhaupt nicht ablehnend, sondern eher wie die Bitte klang, weiterzugehen. Und Aurelius ging weiter. Er öffnete den Reißverschluss ihrer Hose und glitt mit seinen Fingern direkt auf ihre Klitoris. Ihre Wangen glühten.

Das Gefühl, bloßgestellt zu sein, ließ sie erschaudern und Aurelius' Finger in ihrer Hose weckten eine neue, bislang ungekannte Gier. Das fremde Paar stand keine fünf Meter von ihnen entfernt. Aurelius hatte dieselbe Position eingenommen wie der andere Mann. Während die Finger seiner rechten Hand begannen, sie zu massieren, glitt seine Linke über ihren Bauch zu ihren Brüsten. Amalia spürte, wie ihr Widerstand mit seinen

Berührungen schmolz. Sehnsüchtig schmiegte sie sich an ihn.

„Wie würde es dir gefallen, wenn ich dich an den Typen da drüben ausleihe?", flüsterte er in ihr Ohr. „Wenn ich dich ganz zu meiner Lustsklavin machen würde, um dir zu befehlen, mit wem du schläfst und mit wem nicht?"

„Du bist verrückt", entgegnete sie heiser. Gleichzeitig spürte sie, wie sehr der Gedanke – wie unmöglich er auch war – das Pochen in ihrem Schoß verstärkte. Sie stellte sich vor, hinüberzugehen und vor Aurelius' Augen mit diesem anderen Kerl zu schlafen. Er sah lange nicht so gut aus wie Aurelius, war ein wenig untersetzt und hatte ein weit ausdrucksloseres Gesicht. Aber es war ja auch nicht sein Körper, der sie reizte. Es war das Wissen, dass Aurelius sie geschickt hatte und ihr zusehen würde. Dass er ihr vielleicht sogar sagen würde, was sie zu tun hatte.

„Das würde ich nie tun. Niemals."

„Er könnte den Preis für dich ohnehin nicht bezahlen", murmelte er, während seine Lippen über ihr Schulterblatt strichen und ihre Brust beben ließen. „Nach Geld sieht er nicht aus. Trotzdem macht dich der Gedanke an, oder?"

Amalia sah fasziniert zu, wie die fremde Frau zu zucken begann. Sie stöhnte leise und drohte zu stürzen. Der Mann hielt sie fest, während sie vor den Augen von Amalia und Aurelius zu ihrem Höhepunkt kam. Ihr Gesicht verzerrte sich, wirkte wie eine sonderbare Grimasse, kaum noch attraktiv. Trotzdem war es ein faszinierender Anblick.

Aurelius Finger glitten tiefer, stießen zwischen ihre feuchten Schamlippen und penetrierten sie schamlos. „Du würdest zu den beiden gehen, wenn ich es wünschen würde. Du würdest dich ihnen hingeben, auf einen einzigen Wink meiner Hand."

Amalia entzog sich seiner Hand und drehte sich mit heißem Gesicht zu ihm um. „Jetzt gehst du zu weit."

„Es ist nur ein Gedankenspiel. Entspann dich."

„Trotzdem. Auch wenn es nur ein Gedankenspiel ist: Du glaubst, dass du Macht über mich hast?"

„Ich weiß es."

„Du weißt überhaupt nichts!" Wütend wandte sie sich von ihm ab. „Bleib ruhig weiter hier stehen und beobachte andere beim Ficken!" Sie wollte fortlaufen, fort von dieser Lichtung und fort von ihm, der ihr geordnetes Leben durcheinanderbrachte und ihr eine Seite an ihr zeigte, vor der sie sich fürchtete.

Er packte ihre Hand und riss sie zu sich. Seine Lippen drückten sich hart auf ihren Mund. Amalia konnte nichts anderes tun, als den Kuss zu erwidern. Ihre Lust brannte. Ihre Schenkel standen in Flammen. Sie wusste nicht, was sie tat, begriff nicht, dass sie sich von ihm hochheben ließ, dass ihr Becken sich heftig an seines presste, und sie versuchte, jeden Millimeter von ihm noch intensiver zu fühlen.

Ihr Rücken stieß gegen etwas Hartes. Einen Baumstamm. Das dünne Spitzenhemd riss, ein scharfer Schmerz zog über ihre Haut, der nicht richtig war. Er gehörte zu einer anderen. Amalias Zunge umspielte seine, ihr Atem ging immer schneller.

„Du machst mich wahnsinnig", keuchte er an ihrem Ohr. „Zieh endlich diese Hose aus."

Sie begriff kaum, was geschah, als er sie am Boden absetzte, sie losließ und auf die Knie sank, um ihr die Schuhe auszuziehen. Ihr Blick streifte das Paar auf der anderen Seite der Lichtung, das nach wie vor zu ihnen herüberstarrte. Der Mund des Mannes stand leicht offen. Schon waren die Schuhe ausgezogen, der Reißverschluss ratschte leise, als Aurelius ihn aufzog.

Was tat sie überhaupt? War sie verrückt geworden?

Amalia versuchte sich zu sammeln, aber ehe sie einen klaren Gedanken fassen konnte, spürte sie schon einen kühlen Luftzug, der über ihre nackten Beine strich.

Wieder fühlte sie den Baum in ihrem Rücken. Aurelius hob sie hoch, als wöge sie nichts. Spielerisch drang er in sie ein, entlockte ihr einen erstaunten Laut, als er in ihre Scheide glitt, die von den beiden Malen, die sie einander inzwischen geliebt hatten, noch wund war. Aber der Schmerz war nicht so groß wie ihre Lust.

Was tat er bloß mit ihr? Wie schaffte er es, sie so weit zu bringen?

Amalia konnte sich plötzlich gut vorstellen, tatsächlich mit einem anderen Mann zu schlafen, wenn Aurelius es wünschte.

Vermutlich würde sie sich selbst dem hässlichsten, bierbäuchigsten, kahlköpfigsten Greis hingeben, wenn er es mit Nachdruck verlangen würde.

Der Gedanke erschreckte sie. Gleichzeitig schaffte selbst er es nicht, sie auch nur ein Stück weit herunterzuholen. Ihre Feuchte lief bereits ihre Schenkel hinunter und sie sah flimmernde Punkte vor Augen.

Schon am Morgen war sie heftig gekommen, aber dieser Orgasmus würde intensiver werden, als alles, was sie zuvor erlebt hatte. Gerade weil es bereits der Zweite an diesem Tag war und die vergangene Nacht nicht lange zurücklag. Schon, wenn sie sich selbst befriedigte, waren ihre späteren Orgasmen heftiger. Wie würde es erst mit ihm sein?

„Bitte", sie schluchzte, krallte sich an seinen Rücken. Spürte ihn in sich und sah noch immer das Pärchen. Beide standen sie da wie Rehe, die von einem Fernlicht geblendet wurden. Amalia spürte ihre Wut. Wut auf sich, weil sie sich in diese Situation hineinmanövriert hatte, und jetzt nicht mehr zurück wollte und konnte. Ihr Zorn half ihr, dem fremden Mann in die Augen zu sehen. Sollte er sie doch beobachten wie ein verdammter Voyeur. Sollten die beiden teilhaben. Sie selbst hatte die andere Frau noch vor wenigen Minuten beim Orgasmus bewundert. Allerdings hatte die Fremde dabei zumindest eine Hose getragen ...

„Nicht nachdenken", flüsterte Aurelius. „Denk einfach nicht nach. Entspann dich. Dir geschieht nichts."

Ihre Augen fielen zu. Sie war da und zugleich weit fort. An einem Ort, der Aurelius und ihr ganz allein gehörte. Ihre Lust ließ sie stöhnen. Sie wollte nicht mehr aufhören. Sie war zu weit gegangen, es gab kein zurück. Nur den Weg nach vorne. Ihr Körper flehte nach mehr.

Seine Zähne bissen zärtlich unterhalb des Kinns in ihre Haut. Es schien ihm einen zusätzlichen Kick zu geben, ließ ihn noch schneller werden.

Der Baum in ihrem Rücken schmerzte, aber es war ihr gleich. Seine Stöße kamen immer heftiger, ließen sie zittern vor Sehnsucht und Lust auf mehr. Sein Phallus fühlte sich dick und pulsierend an. Immer wieder drang er in sie vor und weckte ungeahnte Sehnsüchte.

„Tiefer", brachte sie atemlos hervor.

Aurelius drang noch tiefer in sie ein, erfüllte sie ganz. Sie warf den Kopf mit geschlossenen Augen zurück. Ihre langen Haare klebten an ihrem Gesicht. Zwei der Zöpfe hatten sich gelöst. Sie glaubte, den Blick des fremden Mannes noch immer auf ihrer Haut zu spüren. In Gedanken sah sie, wie sie sich ihm hingab, während Aurelius und die fremde Frau spöttisch lächelnd über ihr standen. Aurelius' Stiefel ragten vor ihrem Gesicht auf, während sie in ihrer Fantasie gefangen am Boden lag und zu ihm aufsah.

Ihr war unerträglich heiß.

Sie wünschte sich Ruhe, eine Pause, gleichzeitig hätte sie niemals darum gebeten. Aurelius in ihr erfüllte sie so vollkommen, dass sie ihn nie wieder gehen lassen wollte. Dieser eine Augenblick sollte ewig dauern.

Er war unnachgiebig, ganz in seiner Ekstase gefangen. Seine Hände hielten sie mit erschreckender Kraft fest. Wieder war sie sich bewusst, wie leicht er sich alles, was er von ihr haben wollte, nehmen konnte. Sie fühlte ihn in sich, spürte, wie er heftiger wurde. Sie kamen gleichzeitig. Er verströmte sich in ihr.

Amalia unterdrückte einen Schrei, wusste nicht, wohin mit sich und biss ihm in die Schulter. Es war kein sanfter Biss, aber Aurelius störte sich nicht daran. Er presste sie an sich, als wolle er sie nie wieder loslassen.

Aber er ließ sie los. Nur wenige Augenblicke später. Sein Körper war angespannt. Amalia glitt auf den Boden, während er einen Schritt nach vorne machte.

Langsam öffnete sie die Augen. Das Pärchen auf der anderen Seite der Lichtung war verschwunden. Stattdessen stand da ein Mann, der sich in diesem Augenblick zu ihr umdrehte. Er wirkte sonderbar. Alles an ihm war Grau. Graue lange Haare, ein dunkelgrauer Mantel, grauschwarze Stiefel. Die Haare waren ungepflegt, fielen in wirren Strähnen über ein Gesicht, in dem weiße Linien aufgemalt waren. Sie bildeten ein ornamentales Muster.

Amalia zog scharf die Luft ein.

Narben. Das mussten Narben sein. Wer sie ihm wohl zugefügt hatte? Oder hatte er sich das selbst angetan?

Ein Blick aus grauen Augen begegnete ihr. Amalia begriff, dass dieser Mann in der Menge untergehen konnte. Selbst auf dem WGT fiel er nicht auf, obwohl seine Kleidung weder streng historisch noch schwarz war. Aber wer ihm erst einmal in die Augen gesehen hatte, der würde ihn nie wieder vergessen. Diese schiefergrauen Augen, leicht schräg gestellt, die sie nun gesehen und als Ziel erkannt hatten. Der Fremde setzte zum Sprung an.

Plötzlich geschah alles gleichzeitig. Sie schrie auf, während sie herumgewirbelt wurde.

„Versteck dich!", herrschte Aurelius sie an.

Amalia griff nach ihrer Kleidung und der Tüte und robbte rückwärts, zurück Richtung Lager, als Aurelius und der Grauhaarige aufeinanderprallten. Ihre Körper krachten so laut zusammen, dass Amalia im Robben innehielt.

Das gab es nicht. Das konnte nicht sein.

Aurelius hatte den Grauhaarigen mit beiden Armen an der Schulter gepackt, und der hielt ihn ebenso. Sie sahen aus wie zwei Ringer, die ihre Kräfte maßen, doch keiner gewann einen Vorteil. Das Erstaunliche aber war, dass sie beide noch standen. Nach der Wucht, mit der sie eben aufeinandergesprungen waren, hätten ihre Knochen brechen müssen.

Amalia wollte fliehen, aber die Faszination hielt sie ab. Mit angehaltenem Atem starrte sie auf das Paar. Gewaltige Kräfte schienen zu wirken, als beide versuchten, die Position zu ändern, es aber keinem gelang. Immer verhinderte der andere einen Angriff, blockierte ihn schon in der Entstehung.

„Aurelius", knurrte der Grauhaarige. „Dieses Mal bekommen wir dich!" Seine Stimme war rau, erinnerte an eine irdene Höhle tief unter der Erde, kalt und tot. Ein osteuropäischer Akzent lag darin.

„Marut", sagte Aurelius. Seine Stimme klang kultiviert, die Betonung präzise. Auch sie war dunkel, schwarzer Samt, der nackte Haut umschmeichelte, selbst jetzt, wo er wütend klang. Seine Worte waren eine Verwünschung, keine Begrüßung.

Sie kannten einander. Amalia atmete langsam ein und aus. Und was hatte dieser Marut da eben gesagt? Wir? War er nicht allein?

Auch Aurelius schien das zu vermuten, denn er sah sich kurz um – eine Unaufmerksamkeit, die ihm einen Nachteil brachte. Marut drängte ihn zurück und überrannte ihn. Er kam über ihn auf den Boden. Beide Männer überschlugen sich. Graues und braunes Haar wirbelten über Gras und Moos.

Amalia sah sich ebenfalls auf der Lichtung um, und erblickte eine weißhaarige Frau mit rot glitzernden Augen. Diese trat eben an den Rand der Lichtung und war ganz auf Aurelius und seinen Gegner fixiert. Es war die Frau, die sie bereits in der Sixtina gesehen hatte.

Kreatürliche Angst fuhr bei ihrem Anblick durch Amalias Körper. Sie wusste plötzlich, dass sie sterben würde, wenn sie sich nicht sofort in Sicherheit brachte.

Ohne einen Laut zu machen, kroch sie tiefer in den Busch, der sie ohnehin halb verbarg. Sie robbte hindurch und zog hastig ihre Hose und das eingerissene Oberteil an. Immer noch hörte sie wütende Schreie und Kampflärm. Der Kampf würde bei dieser Lautstärke nicht lange unentdeckt bleiben.

Sie kam eben hinter dem Zelt für orientalische Spezialitäten auf die Beine, als ein harter Arm ihre Hüfte umschlang. Sie schrie auf und packte den Arm mit beiden Händen. Eine Hand legte sich auf ihren Mund, der Schrei erstickte. Sie wurde quer durch das Zelt gerissen, an erstaunten, aufspringenden Menschen vorbei, die auf Kissen am Boden gesessen hatten. Die Tüte fiel zu Boden. Porzellan klirrte brechend. Es roch nach Jasmin-Tee, schwerem Kaffee und Gebackenem mit Honig.

Ehe sie recht begriff, was mit ihr geschah, wurde sie aus dem Zelt getragen, hinter zwei Kleiderständen entlang und dann – mit einem weiten Sprung, den ein anscheinend zugekiffter Mann lachend und scherzend beklatschte – hinter eine hüfthohe Wand gebracht.

Amalia landete hart auf dem Boden, aber lange nicht so schlimm, wie sie gefürchtet hatte. Eine Hand presste sich in ihr Gesicht. Sie blickte in besorgte braune Augen.

„Aurelius", flüsterte sie in seine Handfläche. Das Wort wurde erstickt. Sie sah sich um. Aurelius war mit ihr hinter die Wand eines Brotstandes gesprungen. In ihrer Nähe stand die Verkäuferin, eine junge Frau mit dunkelblonden Haaren, und starrte sie mit offenem Mund an. Sie wollte eben zu schreien beginnen, als Aurelius Blick sie traf, und sie verstummen ließ.

Amalia war viel zu durcheinander, um länger über die Frau nachzudenken. Ihre Gedanken überschlugen sich. Warum diese Flucht? Wer waren die beiden Angreifer? Die Frau war angeblich Aurelius' Ex-Freundin. Aber der Mann? Etwa ihr neuer Freund? Der Kampf zwischen ihnen hatte todernst gewirkt, nicht wie ein Spiel.

Sie versuchte, sich aufzurichten, doch Aurelius hielt sie hart auf den Boden gepresst. Er sah sie nicht mehr an, sondern blickte der Verkäuferin vom Brotstand in die Augen. Lautlos sank sie auf die Knie und erwiderte den Blick. Sie schien hypnotisiert zu sein. In ihren Zügen spiegelte sich Verwunderung. Ihre Hände wanderten zu der Schnürung ihres Kleides. Langsam öffnete sie die Nestelschnüre.

Aurelius schüttelte energisch den Kopf, ohne sie aus den Augen zu lassen, doch die Frau war wie weggetreten. Sie streifte die Ärmel ab, schlüpfte aus dem Oberteil des Kleides und legte den Kopf schief. Es wirkte, als wolle sie Aurelius ihren Hals und ihre Brust anbieten.

Amalia verstand überhaupt nichts mehr. Sie spürte, wie sich Aurelius' Griff um ihren Mund lockerte.

„Was machst du mit ...?"

Aurelius' Griff wurde wieder fester. Er presste sie eng an die Wand des Standes.

„Still. Sie sind noch hier", zischte er kaum hörbar. Eine Weile verharrten sie wie ein Standbild für einen verrückten Maler: Amalia, unter Aurelius liegend, auf den harten Holzbrettern des Standes, die kniende Standfrau vor ihnen, die Aurelius noch immer ihren Hals und ihre Brüste anbot, und Aurelius, dessen Muskeln über ihr sich anfühlten wie Stein.

Obwohl Amalia das alles mehr als sonderbar vorkam, wagte sie nicht, zu protestieren. In ihr war noch immer ein Teil der Angst, den die Weißhaarige ausgelöst hatte. Angst um ihr Leben.

Sie warteten. Inzwischen beschwerten sich die Kunden vor dem Stand.

„Wo ist die denn so lange? Treibt die es etwa mit dem verrückten Kerl?" Ein Käufer trat ganz nah an die Theke und versuchte, darüber zu sehen. Amalia beobachtete, wie er in Aurelius' Augen sah und zurückfuhr, als habe man ihn geschlagen.

„Das dauert wohl noch einen Moment", erklärte er dem Pärchen hinter ihm in der Schlange. Seine Stimme war versöhnlich. „Da muss man Geduld haben."

Aurelius ließ Amalias Mund los. „Sie sind weg."

„Woher weißt du das so genau?" Amalia sah ihn misstrauisch an. „Das klingt, als ob du es spüren könntest."

Aurelius lächelte dünn. „Meinst du, ich hätte übernatürliche Fähigkeiten?"

Amalia starrte auf die halb nackte Brotverkäuferin, die mit glasigen Augen neben ihnen am Boden kniete. „Und was hast du mit der da gemacht?"

„Gar nichts. Vielleicht nimmt sie Drogen."

„Sie wirkt nicht zugedröhnt. Sie ist erst so, seitdem du sie angesehen hast. Hast du sie hypnotisiert?"

„Hypnose ist ein Mythos."

Amalia suchte in seinem Gesicht nach der Wahrheit. Er wirkte überzeugt von dem, was er sagte, aber ihre Zweifel wichen nicht. Sie betrachtete die blonde Frau mit den großen blauen Augen. „Sie erinnert dich an jemanden. Du würdest sie am liebsten hier und jetzt nehmen."

Aurelius hob abwehrend die Hände. „Entschuldige, aber es kommt nicht alle Tage vor, dass sich eine Frau vor mir entblößt und sich mir anbietet."

„Nicht?"

Aurelius setzte zu einer Antwort an, doch eine ungeduldige Stimme schräg über ihnen kam ihm zuvor. Dieses Mal kam sie von einer Frau.

„Was ist denn jetzt? Verkauft ihr hier Brot oder seid ihr noch am Vögeln?"

Aurelius stand auf. „Wir sollten gehen." Er packte Amalias Hand.

„Ich muss mich erst richtig anziehen." Zumindest hatte sie es geschafft, den BH und die Stiefel festzuhalten und irgendwie an ihren Körper zu pressen. Die Tüte mit dem teuren Kleid hatte sie auf der Flucht verloren. „Ich hätte gerne mein Kleid zurück", murmelte sie, während sie den Reißverschluss der Stiefel schloss.

„Wir holen es später."

Amalia sah zögernd auf das halb nackte Mädchen. „Was ist mit ihr?"

In dem Moment blinzelte die Fremde, griff sich verwundert an die nackte Brust und wurde scharlachrot. Ein lautloses „Oh" entfuhr ihrem geöffneten Mund. Hastig zog sie ihr mittelalterliches Kleid nach oben.

„Geht gleich weiter", sagte sie benommen in Richtung Kundschaft.

„Siehst du." Aurelius zog sie in die Höhe. „Sie ist in Ordnung. Gehen wir."

Während Aurelius sie über die Wege zog, hin zum weiten Platz vor der Bühne, überschlugen sich Amalias Gedanken. Sie hatte versucht, die Erlebnisse im Auwald zu verdrängen. Ihre Träume von Aurelius. Aber was war, wenn sie nicht verrückt war? Wenn er ein übernatürliches Wesen war? Vielleicht war sie nicht wiedergeboren. Vielleicht löste er etwas in ihr aus. Was, wenn sie eine Art Medium war? Ihre Mutter hatte immer behauptet, sie sei besonders sensibel für die andere Welt. Für die verborgene Welt.

Aber ihre Mutter war auch zwei Mal in Therapie gewesen.

Trotzdem blieb der Gedanke.

Aurelius zog sie zu einem liegenden Baumstamm am Wegrand, der als Sitzgelegenheit diente. „Ich hole dir was zu trinken. Du siehst blass aus." Er wollte ihre Hand loslassen, aber Amalia hielt ihn fest.

„Wer war dieser Mann? Der Grauhaarige?"

„Der Bruder von Kamira. Meiner Ex-Freundin."

„Bruder?"

„Kamira ist türkischer Abstammung und ich bin Deutscher. Verständlicherweise gibt sie mir die gesamte Schuld an unserer Affäre, damit sie die unschuldige Tochter und Schwester bleiben kann. Ich habe sie verführt, ich bin der Böse. Ihr Bruder würde mich dafür am liebsten umlegen und sie wissen beide, dass ich jedes Jahr zum WGT fahre. Sie werden mir aufgelauert haben."

Es war eine schlüssige Antwort, aber sie blieb misstrauisch. Sie glaubte ihm nicht. Sie wollte ihm gerne glauben, weil die Erklärung gut war, aber dennoch blieb ein Zweifel. Kamira wirkte exotisch. Ihr Gesicht hatte östliche Züge, und wenn man sie sich mit schwarzer Haarfarbe vorstellte, konnte sie durchaus türkischer Abstammung sein. Trotzdem gab es da dieses Gefühl in ihrem

Magen, das sie warnte. Sie hatte den Kampf beobachtet. Die Gewalt und die Schnelligkeit der Bewegungen. Aurelius belog sie. Er war nicht das, was er zu sein vorgab. So irrsinnig es auch klingen mochte, er schien kein normaler Mensch zu sein. Die schnellen Reflexe, die weiße Haut. Dazu war er extrem verführerisch und manipulierend. Und dann seine Freunde. Grace und Darion. Amalia dachte an den roten Fleck auf Grace' Lippen, gestern in der Agra. Er hatte ausgesehen wie Blut. Konnte es sein? War Aurelius anders? War er vielleicht etwas, das sie zumindest aus Büchern und Filmen kannte?

Ein Vampir.

Drehte sie völlig durch? Nur weil die Frau am Brotstand ihm ihren Hals angeboten hatte, und er gut kämpfen konnte, musste er nicht gleich ein übernatürliches Wesen sein, das gerne Blut trank. Es musste eine Erklärung geben. Eine rationale Erklärung. Er hatte erzählt, sich auf Kampfkunst spezialisiert zu haben. Dennoch. Eine Frage brannte in ihr, die sie stellen musste. Sie beschäftigte sie schon lange, gerade im Bezug auf ihre Träume aus Frankreich.

„Wie alt bist du?", fragte sie mit leicht zitternder Stimme.

„Was?"

„Wie alt du bist. Das ist eine ganz simple Frage, nicht?"

„Zweiunddreißig."

„Lügner." Sie spürte, dass er log. Er war älter. Ihre Erinnerungen mit ihm in einem historischen Frankreich hatten eine Bedeutung. Er war ein Wesen, das schon lange existierte. Ein Wesen, das Menschen beeinflussen und das mit der Wucht eines LKW auf einen anderen prallen konnte, ohne sichtliche Spuren davonzutragen. Seine Kraft war nicht normal. Vielleicht war er ein Mensch. Vielleicht gab es eine Krankheit oder Veranlagung, die dafür sorgte, dass er stärker war und sich sein Gewebe regenerierte. Die für ein sehr langes Leben sorgte. Vielleicht war das die Wahrheit hinter dem Vampirmythos. Aber wenn es so war, musste diese Krankheit erhebliche Nebenwirkungen haben, oder aus einem anderen Grund unter Verschluss gehalten werden. Zumindest hatte sie nie von Menschen wie ihm gehört, obwohl Aurelius eine medientaugliche Sensation darstellte, falls sie recht hatte.

Vampire.

Sie schloss für einen Moment die Augen. Es konnte nicht sein.

Als sie wieder aufsah und Aurelius betrachtete, sah er regungslos zurück. Er wirkte angespannt. Wie ein Jäger, der Angst hatte, sein

Wild könne ihm entkommen, weil es ihn witterte.

„Was bist du?", flüsterte Amalia. „Und was hast du eben mit dieser Frau gemacht?"

Aurelius seufzte. „Ich ... ich weiß es nicht. Zumindest nicht, was ich mit der Frau gemacht habe. Es stimmt, ich habe einen Einfluss auf Menschen, und hin und wieder nutze ich ihn. Es ist eine Art Hypnose. Vielleicht hast du im Fernsehen schon Berichte von Zahnärzten gesehen, die Wurzelbehandlungen ganz ohne Betäubung durchführen. So etwas gibt es tatsächlich. Wenn ein Mensch mir entgegenkommt, kann ich ihn ein Stück weit mit Gesten und Blicken beeinflussen. Das ist eine seltene Gabe, aber es gibt sie."

Sie blieb skeptisch, aber ein Teil von ihr wollte ihm glauben. Er konnte nicht mehrere Jahrhunderte alt sein. Das war unmöglich. „Wenn es so ist, warum hast du dann eben noch behauptet, das mit der Hypnose sei Unsinn?"

Er setzte sich neben sie und nahm ihre Hände in seine. „Überleg doch mal: Du könntest mir vorwerfen, dass ich das auch mit dir tue. Dass ich dich beeinflusse, damit du bei mir bleibst und ..." Er verstummte.

Mit mir schläfst, beendete Amalia den Satz gedanklich.

Sie runzelte die Stirn. Fast wäre es ihr lieber gewesen, Aurelius hätte ihr nicht ehrlich geantwortet. War sie deshalb eben auf der Lichtung so weit gegangen? Hatte er sie beeinflusst? Konnte es sein? Konnte ein Mensch einen anderen Menschen hypnotisieren? Und wie hing das mit ihren Träumen zusammen, ihren vermeintlichen Erinnerungen aus Frankreich? Kamen sie nur daher, dass Aurelius eine stark hypnotische Wirkung auf sie hatte, die ihr Gehirn zu verarbeiten suchte?

Die Fragen überschlugen sich, wiederholten sich, forderten Antworten.

Verwirrt wandte sie den Blick von seinem ab und starrte auf die vorübergehenden Besucher in ihren schwarzen und mittelalterlichen Gewandungen. Sie dachte an die vergangene Nacht zurück.

Nein, da war keine Beeinflussung. Sie war ganz klar gewesen. Alles, was sie taten, hatte sie freiwillig getan. Und es hatte Spaß gemacht.

Als könne Aurelius ihre Gedanken lesen, rückte er näher an sie heran und legte seinen Arm um sie. „Sei bitte nicht wütend auf mich. Was ich tue, tue ich nicht absichtlich. Hin und wieder geschieht es einfach, dass Menschen stärker auf mich reagieren."

Sie sah in sein ebenmäßiges Gesicht mit den funkelnden braunen Augen, die in so vielen Facetten den Braunton wechselten, je nachdem, wie das Licht der Nachmittagssonne in sie fiel. Seine langen Haare rahmten sein Gesicht wie flüssiger Bernstein, durchtränkt von dunklem Gold. Seine Gesichtskonturen glichen einer der Engelsstatuen auf dem Friedhof in Halle.

„Du bist schön", stellte sie fest. „Übermenschlich schön. Natürlich hat das eine Wirkung auf andere. Und auf dich sicher auch."

„Du findest mich arrogant?"

„Du bist ungemein von dir selbst überzeugt. Denkst du nicht, da gibt es einen Zusammenhang? Vielleicht ist das die Basis, um andere Menschen zu beeindrucken oder zu verunsichern. Vielleicht wirkst du deshalb so intensiv auf mich."

Er schwieg. Sein Arm lag um ihren Rücken. Eine Weile beobachteten sie die Besucher, als gebe es sonst nichts zu sagen. Amalia wollte ihm Zeit lassen. Sie hoffte auf eine Antwort. Hoffte auf eine logische Erklärung, die sie den Unsinn von Vampiren und vorherigen Leben endgültig vergessen ließ. Das Warten fiel ihr schwer.

„Vielleicht. Die meisten haben Angst vor mir", stellte er irgendwann fest. „Aber du nicht."

„Mir ist, als würde ich dich schon eine Ewigkeit kennen."

„Die Sache mit dem vorherigen Leben?"

Amalia seufzte. „Ich weiß es nicht. Das, was du in mir auslöst, ist sonderbar. Vielleicht liegt es an deiner Begabung, andere zu beeinflussen. Vielleicht löst sie eine Art Gegenreaktion in mir aus."

„Gut möglich."

Sagte er das, weil sie es hören wollte?

Sie schüttelte den Kopf. Hypnose, Gegenreaktionen – in Ordnung – aber Vampire: Das war lächerlich.

„Du bringst mein Leben durcheinander."

„Das bedaure ich. Was hast du vor? Willst du davonlaufen?"

Amalia zögerte. „Was empfindet du für mich? Ist das ein Spiel?"

„Nein. Ich möchte dich bei mir haben."

„Deshalb soll ich heute Abend mit auf diese Party kommen?"

„Ja."

„Werde ich dort sicher sein?"

Sein Gesichtsausdruck war irritiert. „Warum denn solltest du das nicht sein?"

„Es ist nur ein Gefühl." Sie konnte es nicht begründen, aber sie hatte ein flaues Gefühl im Magen, wenn sie an seine Einladung dachte. Als ob er sie in eine Falle locken wollte. Doch er zog sie näher an sich und seine Nähe beruhigte sie.

„Ich passe auf dich auf", raunte er in ihr Ohr.

„Ist das ein Versprechen?"

Aurelius nickte. „Ja. Das ist ein Versprechen."

FRANKREICH, VERGANGENHEIT

Marie ging zu dem breiten, mit Brokat bezogenen Sessel, hinter dem sie ihr Bündel versteckt hatte. Es war so weit. Das laute Schlagen ihres Herzens dröhnte in ihren Ohren. Sie musste schnell sein. Vor wenigen Minuten hatte sie die Kutsche von Rene ankommen sehen. Eine schwarzes Gefährt, dessen Kutscher ein hagerer Mann war, bleich wie der Tod.

Rene und Gracia würden abgelenkt sein. Dennoch drohte ihre Angst, von ihnen entlarvt zu werden, sie zu überwältigen.

Sie nahm sich vor, ganz langsam bis drei zu zählen, um dann ihre Sachen zu nehmen und zu fliehen. Doch bereits bei „zwei" wurde die Flügeltür des blauen Salons aufgerissen. Die Magd Bernadette stand auf der Schwelle.

„Marie! Du sollst sofort zu Gracia kommen!"

Eisiger Schrecken durchfuhr sie.

Sie wusste es! Gracia wusste es.

Betäubt setzte sie sich in Bewegung. Hatte Alain sie verraten? Oder war er entdeckt worden, während er die Flucht vorbereitete? Gemeinsam wollten sie ein Pferd stehlen und dann reiten, ganz weit fortreiten in andere Länder, nach Osten.

„Ich komme", sagte sie beherrscht, aber es war nur ihre Stimme, die sie gelernt hatte zu kontrollieren. Ihre Brust begann zu schmerzen. Der Raum schien ihr entgegenzustürzen.

Schritt für Schritt ging sie durch die mit teurem Holz und goldbemaltem Stuck verzierten Flure. Es war der Gang zum Henker. Der Gang zur Guillotine.

Selbst wenn Gracia es nicht wusste und es nur ein unglücklicher Zufall war, dass die Hexe sie jetzt zu sich bestellte – sie würde es erraten. Der Teufel gab ihr die Kraft, Gedanken zu lesen, und die würde sie nutzen.

Sie wünschte sich, sie könnte das Zittern beherrschen, das über ihre Glieder fiel. Die Kälte des Winters brannte in ihrer Brust und in ihrem Magen. Zögernd betrat sie das große Gemach, in dem

Gracia residierte. Es war mit zwei weiteren Räumen zu einer Zimmerflucht verbunden. Marie befand sich beim Eintreten im Prunkraum, der Gracia sowohl zum Ausleben ihrer verdorbenen Lüste als auch zum Repräsentieren diente, falls adeliger Besuch im Haus war. Dieser Rene musste sehr einflussreich und wichtig sein.

Marie sank auf einem der schweren roten Teppiche auf den Boden, die quer über das Parkett verteilt lagen. Sie senkte den Kopf und sah Gracia – in ihrem Lieblingssessel, der eher einem Thronstuhl glich – und einen jungen Mönch in einfacher brauner Gewandung, der in einem schlichteren Sessel saß. Der Mönch war schlank, sein Gesicht wirkte zeitlos und asketisch. Er hatte die Kapuze zurückgenommen und Marie erhaschte einen Blick in seine Augen. Hellblaue Augen, Aquamarinen gleich, die strahlten wie die Augen eines Engels. Seine Haare waren so kurz, dass man ihre Farbe kaum ausmachen konnte. Kleine helle Stoppeln bedeckten den Kopf.

„Eine Vorspeise. Wie aufmerksam", sagte der Mönch mit glockenheller Stimme. Er war eine Frau.

Marie unterdrückte den Impuls, überrascht aufzusehen.

„Rene, wie unhöflich. Noch habe ich Es gar nicht hypnotisiert. Es hört jedes Wort, das du sagst."

Rene stand auf. „Ich mag ihre Angst. Ich mag es, wenn ihr Herzschlag sich zu überschlagen droht." Sie ging auf Marie zu und blieb dicht vor ihr stehen. Marie konnte den bitteren Geruch nach Mandeln und Weihrauch, der Rene umgab, riechen. Sie wagte es nicht, aufzusehen und versuchte verzweifelt, nicht an ihre Flucht zu denken. Sie musste sich auf etwas anderes konzentrieren, damit sie sich nicht verriet. So schwer war das nicht. In ihren Gedanken stiegen Bilder auf – die Vergangenheit. Bilder, die immer wieder Gracia zeigten und ihre perversen Spiele. Gracia, die lachend über ihr stand, die sie an Leinen im Park spazieren führte, sie an der Wand gefesselt auspeitschte, sie wieder und wieder demütigte und züchtigte.

Rene ging vor ihr in die Hocke. „Wie brav dieses Geschöpf seinen Blick gesenkt hält. Du leistest wirklich gute Arbeit, Gracia."

„Du kannst mit ihr machen, was du möchtest. Sie ist nicht wichtig. Betrachte sie als Geschenk einer Vertrauten."

Marie hielt vor Schreck den Atem an.

Renes Hand fuhr vor – schneller, als es einem Menschen möglich war – und riss mit einer einzigen Bewegung des Zeigefingers das lange Kleid auf. Marie fühlte den kalten Luftzug der schnellen Bewegung, sah die flackernden Kerzen in den hohen Ständern vor den dunkelroten Vorhängen.

Rene betrachtete ihre nackten Brüste. „So wenig Schnitte und Bisse. Ist ihr Blut nicht gut?"

„Ich bevorzuge andere Spiele."

„Du verachtest, was unsere Natur ist." Rene beugte sich vor. Zwei scharfe Zähne durchbohrten Maries Haut und sie konnte einen Aufschrei nicht unterdrücken. Sie schlug mit den Fäusten auf Renes Brust ein. Die Dämonin zuckte nicht einmal zusammen. Sie zog heftig an der Wunde, trank das hervorquellende Blut. Schluck um Schluck wurde Marie schwächer. Ihre Gegenwehr erstarb.

Rene labte sich an ihr, bis sie plötzlich den Kopf hob. Marie sah das Blut auf ihrem asketischen Gesicht. Ihr wurde übel und schwindelig. „Ein so süßes Blut habe ich nicht mehr getrunken, seit ich diesen Mönch in Avignon getötet habe. Ein so sturer, gottesfürchtiger Mann. Er wollte gerade eine Frau verbrennen, die er geschändet hatte, um sie zu läutern. Angeblich eine Hexe. Da sein göttlicher Samen versagt hat, sie zu reinigen, wollte er sie dem Feuer schenken."

„Du hast eine gute Tat vollbracht?" Gracias Stimme war spöttisch. „Wirst du auf deine alten Tage so sentimental wie unser feinfühliger Aurelius?"

Rene zog ein einfaches Taschentuch aus dem Ärmel der Kutte und wischte sich mit dem Stoff das Blut aus dem Gesicht. „Ich habe sie beide getötet. Zuerst ihn, damit sie zusehen und Hoffnung schöpfen konnte. Dann sie. Es war herrlich."

Obwohl Marie benommen war, entging ihr nicht das kurze Zucken auf Gracias Gesicht. Sie kannte dieses Zucken. Gracia war angewidert von dem, was sie hörte. Auch Rene war das kleine Anzeichen der Verachtung nicht entgangen.

„Kommen wir endlich zum geschäftlichen Teil dieser Audienz, Prinzessin Gracia", spottete die hagere Frau. Ihre blauen Augen schimmerten unnatürlich. Sie wirkten wie zwei Flammen in der Nacht.

„Bitte schön." Gracia stand auf. „Aber zuerst kümmere ich mich um Das da." Würdevoll schritt sie auf Marie zu und zog sie mit einer Hand in die Höhe. Ihre dunklen Augen richteten den Blick auf sie. Marie war zu schwach, Gegenwehr zu leisten. Sie spürte, wie Gracia nach ihrem Geist griff. Wie sie tiefer und tiefer in ihr Wissen drang. Sie hatte Glück im Unglück. Müde und erschöpft dachte sie nur an den Schmerz.

„Du wirst nichts hören von dem, was wir sagen. Jedes Wort

sollst du vergessen von jetzt an, bis zu deinem Tod."

Sie ließ Marie fallen, als habe sie sich verbrannt.

Rene lächelte. „Sehr freundlich von dir, uns den guten Schluck dazulassen. Vielleicht nehme ich mir später noch davon."

„Kommen wir endlich zur Sache."

Sie sagte noch mehr, doch die Worte schlangen sich ineinander, wurden ein mäanderndes Rauschen, ein unverständlicher Fluss.

Marie gab es auf, sie verstehen zu wollen.

Müde schloss sie die Augen. Sie wollte nur fort, ganz weit fort.

Als Gracia sie Stunden später entließ, torkelte sie fahl und kraftlos in den Stall.

Alain sagte nichts. Er schloss sie kurz in die Arme und hob sie auf das Pferd, ehe er selbst aufstieg.

Marie wusste, warum er schwieg. Die Wände des Anwesens hatten Ohren, und jedes Wort konnte zum Verräter werden. Erst als sie einige Hundert Meter vom Anwesen entfernt waren, flüsterte er: „Wir schaffen das. Du wirst sehen." Er legte seine Hand beschützend auf ihren Bauch.

Marie schmiegte sich an ihn. Sie wollte daran glauben. An ihre Flucht. An ein gemeinsames Leben mit ihm und mit ihrem Kind.

Im Wald jaulte irgendwo ein Wolf, als sie die Zeit der Schrecken hinter sich zurückließen und Richtung Osten ritten.

LEIPZIG, SONNTAG

Kamira sah hinunter auf die Innenstadt von Leipzig. Überall waren Schwarzgewandete, viele von ihnen rochen jung und süß, nicht alt und bitter, wie ihr Wunsch nach Rache schmeckte, der sie in jedem Augenblick begleitete. Die Werwölfin strich ihr weißes Haar zurück, während ihre Blicke auf einem jungen Mann lagen, der auf einem Regiestuhl saß und sich in aller Öffentlichkeit von einem gut angezogenen, offensichtlich homosexuellen Mann schminken und frisieren ließ. Der Friseur – oder Visagist – hatte lange manikürte Nägel und bewegte sich tänzelnd wie ein junges Reh im ersten Schnee des Winters.

Kamira stellte ihn sich als Reh vor, sah in Gedanken die rote Blutspur, die er über das Weiß ziehen würde, wenn sie seinen zappelnden Körper mit sich schleifte. Sie war noch immer wütend, weil Aurelius ihr mit dem Seelenblut entkommen war. Ihr Arm lag in einer Schlinge. Er war gebrochen – eine Folge des Kampfes im heidnischen Dorf – würde aber bis zum Abend wieder geheilt sein. Der Regenerierungsschmerz war grausam, aber lange nicht so schlimm wie der einer tödlichen Verletzung, die inneren Organe betraf. Trotzdem ärgerte sie sich, dass Aurelius sie ausgeschaltet hatte und geflohen war, kaum dass sie in den Kampf eingeschritten war. Sie knurrte leise.

„Wie lange wollen wir noch hier herumsitzen?"

Marut klappte hinter ihr das Netbook zu. „Ich habe sie."

Kamira fuhr herum. „Du weißt, wo sie sind?" Wie lange träumte sie schon von ihrer Rache. Sie wollte Aurelius' Kopf! Wie Salome einst auf Wunsch ihrer Mutter den Herrscher bat, wünschte auch sie sich einen Kopf auf einem goldenen Tablett. Seit Jahrhunderten war sie einsam. Es gab niemanden, der die Lücke füllen konnte, die Gabriels Tod in ihr hinterlassen hatte. Würde nun endlich die Gelegenheit kommen, auf die sie so lange wartete? Ein Hinterhalt, der ihre körperliche Unterlegenheit gegenüber Aurelius ausglich?

„Nein." Marut sah auf und strich sich über das vernarbte Gesicht. „Nein, Schwester, aber ich weiß, wo sie sein werden."

„Wo?"

„Im Gohliser Schlösschen. Ein Neureicher hat einen Teil des Schlosses für den Abend gemietet. Angeblich, um dort eine Fetischparty im Rahmen des WGT abzuhalten. Die Ausstattung, die angeliefert wird, deutet auf ein Ritual hin."

Kamira winkte ungeduldig mit der Hand ab. „Wie viele Personen?"

„An die dreißig. Viele sind aus Frankfurt angereist."

„Dreißig Vampire ..." Kamiras Augen strahlten. „Wunderbar. Wir brauchen Sprengstoff. Und jede Menge Waffen."

„Ich werde alles arrangieren."

Kamira spürte die heiße Aufregung, die sie so liebte. Wieder einmal würde sie dem Tod begegnen. Würden sie einander nur grüßen, oder würden sie das Feld gemeinsam verlassen?

„Wir brauchen das Rudel."

„Ich rede mir Rene."

„Tu das."

Kamira zweifelte daran, dass Rene das Rudel wirklich geschlossen nach Leipzig schicken würde. Zwar war es ein guter Moment, aber offiziell befanden sie sich nicht im Krieg. Es gab einen alten Pakt zwischen Renes Klan und dem von Gracia. Beide Frauen kannten einander lange und hatten in Frankreich ein Bündnis geschlossen, das den Vampiren die gegenseitige Tötung verbot, selbst wenn es um Rache ging. Zwar waren die Werwölfe ausgenommen, aber es hatte sich inzwischen herumgesprochen, dass die überlebenden Wölfe Frankreichs unter dem Kommando von Rene standen.

Sie ließen sich von ihr beschützen und machten dafür die Drecksarbeit.

Sie sah zu Marut, der das Handy in der Hand hielt, aber noch nicht gewählt hatte. Seine langen grauen Haare verbargen die Hälfte seines zerklüfteten Gesichts.

„Was denkst du? Was wird geschehen, wenn es Rene tatsächlich gelingt, das Wissen zu erlangen und Lai'raa zu erwecken?"

Marut grinste böse. „Es werden einige Vampire dabei draufgehen."

Während er wählte, wandte Kamira sich ab und starrte wieder hinunter auf den Platz. Auf dem schwarzen Stuhl saß nun eine junge Frau, ein dürres, pubertierendes Ding voller Pickel und Selbstzweifel, das den Friseur zutraulich anlächelte. Wahrscheinlich hoffte sie, von ihm in eine Dame verwandelt zu werden.

Menschen. Werwölfe. Vampire. Sie alle waren so unglaublich dumm und widerten sie an.

Maruts Worte hallten in ihr nach. Ja, es würden Vampire sterben. Aber das war nicht alles. Lai'raa war der Ursprung. Die Älteste. Wenn sie erweckt wurde, und sich nicht erinnerte, dann würde sie auf der Erde wüten und nicht nur Vampire vernichten, sondern auch Menschen töten. Es würde niemanden geben, der ihr Einhalt gebieten konnte. Es sei denn, sie war so verdummt, dass es mit Waffengewalt gelang. Mit Panzerfäusten und Düsenjets vielleicht, sofern Lai'raa mit ihnen nichts anfangen konnte, weil ihre Jahrtausende andauernde Starre sie einige interessante Entwicklungen hatte verpassen lassen.

Aber was war, wenn Lai'raa nicht verdummt war? Wenn sie die Macht der Ersten hatte, die Geheimnisse ihrer Zeit bewahrte und zurückkehrte? Damals war die Welt dunkler gewesen, die Zauber stärker. Rituale hatten tatsächlich Macht besessen. Man konnte Tore öffnen und Dämonen rufen oder Menschen in Bestien verwandeln. So hieß es zumindest in den Legenden. Sie fragte sich, ob die Mythen einen wahren Kern hatten. Keiner von ihnen konnte sich die Ankunft von Lai'raa wirklich vorstellen, selbst Rene nicht. Sie war genauso eitel und verblendet wie Marut und all die anderen. Sie spekulierte darauf, Lai'raa als Waffe nutzen zu können, um ihre unglaubliche Machtgier zu stillen.

Aber was bekümmerte es sie? Im Grunde konnte es ihr egal sein.

Vielleicht war es sogar interessant, zu beobachten, wie die Vampire einander an die Gurgel gingen und dabei in das Kreuzfeuer der Menschen gerieten.

Marut tauschte am Telefon ein paar Worte und legte auf.

„Sie verweigert uns das Rudel. Wir sollen zu viert vorgehen."

Kamira fauchte. „Was will sie?"

„Hekaes Tod. Die Seherin muss weg. Außerdem sollen wir ihr das Seelenblut nach Berlin bringen. Unversehrt."

„Das wird schwierig."

Marut ließ sich auf das Sofa fallen und sah sie herausfordernd an.

„Schwierig, ja. Aber nicht unmöglich. Gehen wir das Problem an."

Es klopfte an der Zimmertür. Amalia öffnete, und sah Grace vor sich stehen. Die Dunkelhaarige lächelte und zeigte auf eine schwarze Tasche in ihrer Hand.

„Aurelius meinte, du bräuchtest vielleicht noch Hilfe beim Schminken und mit den Accessoires."

„Klar, warum nicht." Amalia versuchte, das offene Lächeln zu erwidern und scheiterte kläglich. Grace sah umwerfend gut aus. Gegen ihre Schönheit konnte kein irdisches Wesen konkurrieren. Umso besser, dass diese Frau ihr helfen wollte. Hastig trat sie zurück und öffnete die Tür.

Grace trat mit der ihr eigenen Würde ein und ließ sich in den breiten Sessel sinken.

„Ein nettes Kleid", bemerkte sie, als sie Amalias Schatz entdeckte, den sie auf dem Mittelaltermarkt gekauft hatte. Aurelius hatte die Tüte aus dem orientalischen Zelt geholt. Zum Glück hatte der Standinhaber sie gefunden und zur Seite gelegt.

Grace' Stimme klang abfällig. „Nicht unbedingt authentisch, aber ein netter Versuch."

„Ein echtes Kleid wäre natürlich schöner, aber ungleich teurer." Sie hatte das Gefühl, ihren Kauf verteidigen zu müssen und ärgerte sich gleichzeitig darüber.

Etwas an dieser Frau regte sie auf. Warum rechtfertige sie sich ihr gegenüber überhaupt?

Im Grunde war das kein Wunder, dafür musste sie Grace nur ansehen. Wenn ihre Freundin Kim stilsicher war, dann war Grace ein Lifestyle-Gourmet. Das, was sie am Körper trug, konnte eine ganze Familie für mehrere Wochen ernähren. Das lange rote Samtkleid, der Schmuck samt der teuren Steine, die funkelten wie echte Granatsteine – vermutlich waren sie das auch, Amalia wollte lieber nicht nachfragen. Plötzlich hatte sie Hemmungen, sich vor Grace auszuziehen und ihr die Zehn-Euro-Unterwäsche zu präsentieren, die sie trug.

Das war lächerlich. Seit wann machte sie sich so viel aus der Meinung von anderen Leuten? Wenn Grace ihre Unterwäsche nicht passte, konnte sie ja gehen.

Sie zog ihr Oberteil aus.

„Interessante Hämatome", merkte Grace an.

Amalia spürte, wie heiß ihr Gesicht war. Sie hatte tatsächlich ein paar blaue Flecken am Arm, die von ihrem Sturz und Aurelius' Griff am Nachmittag stammten. Auch an ihrem Rücken waren Schrammen von dem Baumstamm, gegen den Aurelius sie gepresst hatte.

„Ich bin gestürzt."

„Auf Aurelius?"

„Stört dich das? Ich dachte, du seist mit Darion zusammen."

„Zusammen ... nun ... das ist eine Frage der Gesinnung oder Interpretation." Grace stand auf und trat an Amalia heran. Plötzlich hielt sie inne, als habe sie einen Schlag ins Gesicht erhalten. Ihre Stimme klang gepresst. „Was hast du da an?" Sie wies auf die silberne Kette um Amalias Hals. Ein Familienerbstück, soweit Amalia wusste, sie trug sie sehr oft, sie mochte den schweren Anhänger, der einen Engel darstellte.

„Mein Vater hat sie mir gegeben. Er hat seinen Vater niemals kennengelernt, weil er ein uneheliches Kind war, und sein Vater sich nie zu ihm bekannte. Aber diese Kette hat er von seiner Mutter im Andenken an meinen Großvater geschenkt bekommen."

Grace' Augen waren schmale Schlitze. „Ist das so? Nun ja." Ihr Gesichtsausdruck entspannte sich. „Ich hatte einmal eine ganz ähnliche Kette und warf sie fort. Aber das ist lange her."

Amalia runzelte die Stirn. „Du hast eine Kette aus echtem Silber weggeworfen?"

Grace machte eine wegwerfende Bewegung mit der Hand. „Nur ein Scherz. Vergiss es einfach. Widmen wir uns der Gegenwart." Sie trat auf Amalia zu.

Amalia wusste nicht, wie ihr geschah. Vielleicht waren es diese Augen, die in allen nur erdenklichen dunklen Braun- und Schwarztönen schimmerten, wenn das Licht auf sie fiel. Vielleicht war es auch der Geruch nach Kirschblüten und Schneesturm. Sie rührte sich nicht, während Grace wie in Zeitlupe auf sie zukam und ihre schlanken Finger auf ihre Brust presste.

„Warm und voll Leben. Süß und naiv. Alles Eigenschaften, die ich mag." Ihre Finger streiften die silberne Kette um Amalias Hals und berührten den schweren Engel mit den ausgebreiteten Flügeln.

„Was hast du vor?" Amalia erschrak darüber, wie dünn ihre Stimme klang.

Grace beugte sich herab. Ihre roten Lippen streiften Amalias Schlüsselbein. Sie zuckte zusammen. Grace' Haut war kalt wie Eis. Trotzdem bewegte sie sich nicht vom Fleck. Ob Grace sie hypnotisierte? Hatte sie ähnliche Fähigkeiten wie Aurelius?

„Hypnotisierst du mich?", fragte sie kurzatmig.

„Müsste ich das?" Grace' Lippen wanderten tiefer, eine raue Zunge leckte über ihre Haut, so vertraut, dass Amalia erneut zusammenfuhr. Sie kannte dieses Gefühl. Kannte diese Zunge, die über sie leckte und sich anfühlte wie die Zunge eines Tiers.

„Ich ... das will ich nicht", brachte sie kläglich hervor.

„Du wirst es vergessen", sagte Grace beschwichtigend. „Alles, was in der nächsten Stunde geschieht, wirst du vergessen. Du wirst dich nur daran erinnern, wie nett wir uns unterhalten haben."

„Du benutzt mich."

„Du glaubst nicht, was Darion mir zahlen würde, wenn ich dich ihm anbieten würde."

„Verschwinde!" Noch immer regte sie sich nicht. Sie wollte Grace zurückstoßen, aber ihr Körper gehorchte nicht. Grace war eine Gefahr. Sie war nicht das, was sie zu sein vorgab.

„Langsam verstehe ich Aurelius. Du bist tatsächlich willensstark. Aber gegen mich kommst du nicht an. Niemand tut das. Und warum auch." Ihre dunkeln Augen sahen in Amalias. „Bin ich dir etwa zuwider? Nein. Du sehnst dich nach mir. Willst mich schon, seit du mich das erste Mal gesehen hast. Aber die Gitter in deinem Kopf verbieten dir, dich mir hinzugeben. Wie albern ist es, mit nur einem anderen Geschöpf seinen Körper zu teilen? Du verpasst eine ganze Welt. Tausend Welten."

Grace trat zurück und öffnete ihr Kleid. Sie tat es schnell und geschickt. Amalia bemerkte den dünnen eingenähten Reißverschluss erst, als er sich öffnete. Grace streifte das Kleid ab und stand nahezu nackt vor ihr. Sie trug nichts weiter als hohe weiße Strümpfe und rote, hochhackige Schuhe mit silbernen Schnallen. Weder eine Unterhose noch ein Oberteil verdeckten ihre Haut. Amalia konnte nicht anders als sie anzustarren. Ihr

Körper war wunderschön, die Brüste weder zu groß noch zu klein und perfekt geformt. Die glutvollen Augen machten sie zu einer Göttin. Ein etwas überhebliches Lächeln lag auf ihren Lippen.

„Verabscheut haben mich viele. Aber sie haben immer auch genossen."

Sie näherte sich Amalia erneut und leckte über ihre Wange. Amalia wollte das Gesicht zur Seite drehen. Sie bewegte sich keinen Zentimeter.

„Heb die Arme", flüsterte Grace.

Wie eine Marionette hob sie ihre Arme in die Höhe, über ihren Kopf, als hinge sie gefesselt an einem unsichtbaren Seil.

„Und nun spreiz deine Beine."

Auch das tat Amalia, halb verwirrt, halb benommen. Sie sah zu, wie Grace die Träger ihres BHs mit einem spitzen Fingernagel durchtrennte. Danach zerfetzte sie ihren String.

„Vielleicht hätte ich dich selbst erobern sollen, statt dich Aurelius zu überlassen. Dein Geruch ist einmalig und deine Haut weich und sahnig."

Wieder spürte sie Grace' Zunge, die Zunge eines Tiers, die über sie fuhr.

„Bitte", brachte Amalia hervor.

Grace lachte leise auf. „Ums Betteln habe ich noch gar nicht gebeten. Du erinnerst mich an Marie, weißt du. Ich hatte so viel Spaß mit ihr. Zu Schade, dass sie mit diesem Stallknecht durchgebrannt ist. Wenn es nach mir gegangen wäre, hätte ich sie mindestens zehn weitere Jahre behalten."

„Du bist verrückt."

„Das höre ich nicht zum ersten Mal. Und vielleicht stimmt es. Macht führt immer in Versuchung, sie zu missbrauchen. Es ist so einfach. Ich befehle, du gehorchst. Und es macht mir Spaß, dich so zu sehen."

Grace' Hände glitten über ihre Haut, berührten sie überall, drückten und rieben ihre Brustwarzen.

„Nur erfüllen", murmelte sie, „erfüllen, kannst du mich leider nicht. Du verschaffst mir einen Orgasmus im Gehirn, meine Süße, aber du füllst nicht die Leere, die in mir ist. Zu schade, dass Darion mit Aurelius unterwegs ist. Ich hätte dich gerne mit Darion zusammen genommen, aber das hätte unseren guten Aurelius wütend gemacht. Er ist noch immer zu anständig." Sie kicherte. „Wenn er wüsste, was ich mit dir tue, würde er mir vermutlich den Hintern aufreißen, deshalb werden wir es ihm nie verraten, du verstehst? Das bleibt unser kleines Geheimnis."

Amalia verstand, und verstand es zugleich doch nicht. Sie fühlte sich, als hätte sie mehrere Drinks hintereinander gekippt. Ihre Gedanken krochen vor sich hin, Schnecken, die es nicht eilig hatten. Ihr Widerstand ließ nach. Sie konnte ein albernes Kichern nicht unterdrücken, als Grace sie mit ihrem ausgeklappten Fächer kitzelte. Sie war wie betrunken.

„Siehst du: Du entspannst dich. So ist es schön." Grace spazierte um sie herum, wie um ein Ausstellungsstück in einem Museum.

Amalia war unfähig, ihre Arme zu senken und ihre Schenkel zu schließen.

Grace strich mit dem Fächer über ihren Schamhügel.

„Ich kann dir Lust verschaffen, ganz ohne dich anzufassen, Seelenblut. Wenn ich bei Marie schon gewusst hätte, was ich jetzt weiß ..." Sie verstummte und zog sich zurück. Sie ließ sich auf das weiße Bett fallen und stützte sich auf den Armen ab. Ihr Fächer lag neben ihr.

„Denk an die früheren Zeiten. An Marie. An all die Male, die es ihr kam. Auch dir wird es gleich kommen, meine Süße. Ganz, ohne dass ich dich berühre. Ich werde daran denken, und du wirst daran denken. Mehr wird nicht geschehen."

„Mehr wird nicht geschehen", wiederholte Amalia die Worte. Sie fühlte sich betäubt, gleichzeitig spürte sie die Lust, die in ihr wuchs. Sie sah in Grace' Augen und fühlte den übermächtigen Drang, ihre Finger auf ihre Klitoris zu legen, um sich Lust zu bereiten, aber sie konnte sich nicht rühren. Wie gerne hätte sie sich an etwas gerieben, oder – noch besser – Aurelius in sich gefühlt.

Plötzlich verschwand Grace' Gesicht und sie sah Aurelius auf dem Bett sitzen. Aurelius, der sie mit seinen falschen braunen Augen ansah.

Er hatte grüne Augen, keine braunen. Grüne.

Sie hörte einen frustrierten Aufschrei. Grace war plötzlich neben ihr. „Was soll das? Warum denkst du an ihn? Ich habe dir befohlen, an die Vergangenheit zu denken!"

„Ich ... ich will aber nicht ...", brachte Amalia unter Aufbietung ihrer gesamten Kraft hervor.

Grace starrte sie an. „Wenn du dich widersetzt, wirst du leiden. Du weißt nicht, was ..."

In dem Augenblick klopfte es an der Tür. Amalias Kopf sank nach vorne. Ihre geistige Auflehnung gegen Grace war anstrengend, wie ein Marathonlauf. Wie viel einfacher war es, aufzugeben. Zu schlafen. Sie schloss die Augen. Was auch immer

Grace mit ihr vorhatte – sie war zu schwach, sich länger zu wehren.

„Jetzt nicht", knurrte Grace ungeduldig. „Sie können später putzen."

Die Tür flog auf. Amalia blinzelte schlaftrunken und sah Aurelius im Türrahmen stehen. Dann schlossen sich ihre Augen wieder. Ihr war, als würde sie einschlafen.

Aurelius öffnete die Tür und hatte Mühe, nicht zurückzuschrecken. Er sah Grace, die ihn lauernd ansah. Hatte sie ihn mit Absicht zu sich bestellt, sobald er und Darion von ihrer Suche nach den Wölfen zurück waren? War das eine Prüfung?

Vor Grace stand Amalia mitten im Raum. Sie war nackt, ihre Beine waren leicht gespreizt, die Arme hielt sie nach oben. Er konnte das Zittern der Muskeln sehen – eigentlich ließ Amalias Kraft es nicht zu, die Arme so lange nach oben zu halten, doch ihr Körper kam trotz aller Ermüdung nicht gegen den Befehl von Grace an.

Um Amalias Hals lag eine Kette, die er erkannte. Eine Kette mit dem schweren, silbernen Anhänger eines Engels. Er hatte sie zuletzt vor vielen Jahren in der Hand einer anderen Frau gesehen.

„Schön, dass du da bist", schnurrte Grace. „Ich dachte, wir gönnen uns etwas. Lass sie uns gemeinsam nehmen, das wird sicher unvergesslich."

Aurelius zwang sich zu einem Lächeln. „Wie du wünschst, meine Teure." Sorgsam darauf bedacht, sich seine Schwäche nicht anmerken zu lassen, trat er neben Grace. Wenn Grace herausfand, was er wirklich für Amalia fühlte, war es vorbei. Dann würde sie Amalia jemand anderem anvertrauen und er würde nicht mehr eingreifen können, um sie zu beschützen.

Was auch immer er mit Grace jetzt tat, Amalia würde es überleben. Und sie musste leben.

Der Gedanke, sie zu verlieren, war schmerzhaft.

Grace' Augen blitzten freudig auf. „Ah, und ich dachte schon, du würdest zögern."

Aurelius fasste Amalias Kinn und den Entschluss, Grace weiter in ihrem Glauben zu lassen, er wäre ihr gegenüber loyal. Er legte Amalias Kopf zur Seite. „Sie macht mich wahnsinnig, Grace. Ihr Geruch macht mich wahnsinnig. Die Priesterinnen haben ganz eigenes Blut. Es muss an ihrem Erbe liegen."

„Trink von ihr", forderte Grace ihn auf. „Nicht genug, sie zu verwandeln oder sie zu töten. Trink, mein schöner Krieger." Sie trat neben ihn, legte ihre Hand wie ein Nachtfalter auf seine Schulter. „Es wird dich stärken."

Aurelius zögerte nicht – jedes Zögern hätte ihn verraten – und im Grunde hatte er es die ganze Zeit schon gewollt. Er musste Grace also nichts vorspielen. Er beugte sich vor und stieß die Spitzen seiner Eckzähne in Amalias Hals. Sie wimmerte. Ihr Blut schmeckte süß und vollmundig, schwerer Wein, berauschend wie eine Droge. Kraft durchfloss ihn. Es gab keinen anderen Weg, sich mehr Lebensenergie von einem anderen Menschen zu holen als diesen. Er fühlte, wie Amalias Kraft zusammen mit ihrem Blut in ihn überging und ihn stärkte.

So lange hatte er nur abgestandenes Blut getrunken. Freiwillig gegebenes Blut, dessen Kraft schwach war. Aber das hier war anders. Der Geschmack auf seiner Zunge war unvergleichlich. Die Kraft, die ihn durchfloss, wie die Wirkung einer Droge.

Grace packte seinen Kopf und zog ihn zurück. Ihre Stimme klang ärgerlich, aber auch verunsichert.

„Du bringst sie noch um! Und ich dachte, du seist beherrschter als Darion."

Aurelius betrachtete Amalias weißes Gesicht. Ihre Augen waren geschlossen, die Lider zuckten.

Nein, so schnell starb sie nicht. Sie hatte mehr Kraft als andere Menschen. Und mehr Blut, als man erwarten würde. Ihre Stärke brannte in ihm. Er konnte verschwommene Bilder vor seinem geistigen Auge sehen. Bilder von Grace und Rene. Erinnerungen aus dem Leben Maries.

Grace' Hand fuhr über die winzigen Löcher, die geschickt gesetzt worden waren, ohne Amalia lebensgefährlich zu verletzen.

„Ich habe mich in dir getäuscht." Sie sah in sein Gesicht. Ihre dunklen Augen waren nachdenklich. „Du wolltest wirklich nur ihr Blut. Das beruhigt mich. Ich hatte schon befürchtet, du würdest mehr für die Kleine empfinden als gut für dich ist."

„Der Klan steht weit über dem Seelenblut."

Grace nickte. „Du hast dir eine Belohnung verdient. Nimm sie. Lass es uns gemeinsam tun, so wie früher in Frankreich, mit Gisette."

Aurelius lächelte, doch sein Lächeln erreichte sein Inneres nicht. Nur zu gut erinnerte er sich, wie sie Gisette über Stunden hinweg gefoltert hatten. Wie sie das arme Ding gezwungen hatten, um einen Orgasmus zu betteln, den sie ihr verweigerten. Sie hatten sie rasend vor Lust gemacht und ihr doch jedes Mal die Erfüllung verwehrt. Wann immer Gisette fast gekommen war, hatten sie ihr

Blut genommen und ihr Schmerzen zugefügt.

Er beugte sich vor und küsste Amalia die Bluttropfen vom Hals. Nicht nur, weil er das Blut nicht vergeuden wollte, sondern auch, damit er Grace nicht ansehen musste. Vielleicht hätte sie in seinem Gesicht einen winzigen Hauch des Ekels entdeckt, den er für sein damaliges Handeln empfand.

Seine Hände legten sich auf Amalias zitternden Körper. Sie war eiskalt. Er rieb kräftig über die frierende Haut und spürte gleichzeitig, dass er sie nicht berühren konnte, ohne erregt zu sein.

Ihr Blut schmeckte honigsüß und schwer, benetzte seine Lippen und wärmte ihn.

Grace trat zu ihm, umrundete Amalia und presste sich von hinten an sie. „Sie duftet herrlich. Welche Verschwendung, sie vielleicht bald töten zu müssen."

Aurelius zeigte auf ihre Worte keine Reaktion. Er wusste, dass sie nur darauf lauerte, und er wusste auch, dass Amalia zu weggetreten war, um die Worte zu hören.

Sie würde sich an nichts erinnern können, dafür sorgte Grace' Beeinflussung.

Grace legte ihre Hände auf Amalias Brüste, streichelte sie und hob sie leicht an. Aurelius beugte sich hinab, umschloss die Brustwarzen mit dem Mund, leckte über diese weiße, duftende Haut. Seine Hände glitten tiefer, sie berührten Amalias Taille. Er versuchte, nicht daran zu denken, was er Amalia gerade antat. Jedes Zögern konnte auf lange Sicht ihren Tod bedeuten.

„Beweg dich für uns", flüsterte Grace dicht an Amalias Ohr.

In Amalias Glieder kam Leben. Sie begann, sich Aurelius' Händen entgegenzustrecken. Noch immer waren ihre Arme ausgebreitet wie die einer Tänzerin. Sie schmiegte ihr Becken an Grace.

Aurelius beugte sich zwischen ihre Brüste. Es war besser, wenn er seine Bedenken vergaß. Grace prüfte ihn noch immer. Er kannte sie lange genug.

Er richtete sich auf und legte seine Wange an die Amalias. „Nimm deine Arme runter", flüsterte er. „Und dann geh auf den Boden, auf alle Viere, wie es sich für dich gehört."

Er sah die Lust in Grace Gesicht. Ja, sie liebte diese Spiele noch immer. Sie würdigte andere nur zu gerne herab, um sich an ihrer Hilflosigkeit und ihrer Unterwerfung zu berauschen.

Amalia sank auf die Knie auf kam auf ihre Hände.

„Leck meine Brüste", befahl Grace, die gemeinsam mit Aurelius ebenfalls auf den Boden sank. „Und dann sag uns, dass der gute

Aurelius dich nehmen soll. Das wünschst du dir doch, oder?"

Amalia blinzelte, öffnete ihre Augen halb und begann folgsam, die Brüste von Grace abzulecken.

Trotzdem sagte Amalia die geforderten Worte nicht.

Grace packten ihre Haare und riss ihren Kopf zurück. „Ich habe dir einen ganz einfachen Befehl gegeben, Täubchen, erinnerst du dich?"

„Ja, Herrin", flüsterte Amalia reumütig.

„Dann sag, was ich von dir hören will!"

„Ich will, dass Aurelius mich nimmt", hauchte Amalia.

Aurelius schmerzte die Sehnsucht in ihren Worten. Dieses Spiel sah nicht vor, dass Amalia Lust empfand. Es degradierte sie zu einer Puppe, einem Gegenstand. Dennoch bebte ihr Körper. Sie hob ihr Gesäß an und streckte Aurelius ihren Hintern entgegen.

„So ist es brav mein kleines Täubchen", flüsterte Grace. „Und dabei schön weiterlecken." Sie stand auf, hielt Amalias Kopf und zog ihn zu ihrem Venushügel. Amalias Lippen lagen auf ihrer Scham. Aurelius sah, wie ihre Zunge die Schamlippen teilte und fleißig vor und zurückschnellte. Er packte ihre Hüfte. Noch war er angezogen und konnte sie nicht nehmen. Er wollte es auch nicht. Obwohl allein ihr nackter Körper ihn erregte, wollte er ihr das nicht antun. Nicht so.

Wenn sie sich eines Tages erinnerte ... Würde sie ihm das verzeihen können?

Er verbat sich den Gedanken. Er hatte keine Wahl, wenn er sie weiterhin schützen wollte. Langsam zog er das Hemd aus. Während er auf Grace und Amalia starrte, fragte er sich, ob er überhaupt aufgehört hätte, wenn Grace ihm die Wahl gelassen hätte. Amalias schlanker Körper auf dem Boden, ihre schmalen Schultern und ihre traumwandlerischen Bewegungen – er wollte sie mehr denn je, konnte nie genug von ihr bekommen. Sie so mit Grace zu sehen, weckte eine Lust, tief und alt. Als wäre er im alten Rom dabei gewesen, bei den Gelagen der Römer mit ihren Sklavinnen. Als habe er die nubischen Gefangenen in den Kerkern Ägyptens selbst gesehen und sich unter ihnen die schönsten Frauen erwählt.

Er ließ das Hemd fallen, sank auf die Knie, um die Schnallen seiner Schuhe zu öffnen. Er ließ die beiden Frauen nicht aus dem Blick. Grace hatte den Kopf zurückgelegt, während Amalia sie so leidenschaftlich leckte, dass Aurelius sie am liebsten mit dem Mund auf seinen Schoß gezogen hätte.

„Du machst das gut", flüsterte Grace. „Gib dir ruhig Mühe.

Vielleicht darfst du dann auch Spaß haben."

Aurelius zog seine Hose aus. Er kniete sich hinter Amalia und zog mit den Fingern ihre Schamlippen auseinander. Ungestüm drang er in sie ein, nicht auf Vorsicht bedacht. Er tat es nicht nur, weil Grace es von ihm erwartete – er konnte in diesem Augenblick nicht anders. Die nackten Körper der beiden Frauen machten ihn rasend. Am liebsten hätte er sie beide genommen, doch er wusste, dass er Grace nicht haben durfte. Es war ein Deal, eine Vereinbarung mit Darion. Es war eine Abmachung, die ihn nie gestört hatte, und die ihn im Grunde auch jetzt nicht störte. Trotzdem kam er nicht umhin, zuzugeben, dass Grace eine Schönheit war. Ein verdorbener Engel. Eine Hexe, so anmutig wie eine Göttin.

Immer wieder drang er tief in Amalia ein, die ihm entgegen kam.

„Gut so, Kleines", flüsterte er. „Beweg dich."

Grace lächelte ihn verzückt an. Ihre Hände hatten sich in Amalias rotem Haar vergraben und Aurelius hoffte inständig, dass seine Anführerin nicht die Kontrolle verlor und Amalia das Genick brach. Genug Kraft hatte sie dazu.

„Stöhn für uns", befahl Grace, während sie Amalia an sich presste.

Amalia machte einige zaghafte Laute.

Grace' Lächeln wurde breiter. „Durch den Mund, Täubchen, und lauter." Sie hielt Amalia die Nase zu, dass diese lecken und zugleich um Atem ringen musste. Schnell keuchte sie und versuchte, sich gegen Grace' Griff zu wehren.

„Lauter", befahl Grace, ohne sie loszulassen. „Du genießt es, wie ich sehe."

Tatsächlich drängte sich Amalia Aurelius mehr entgegen, als er es verlangte. Sie schien ihn noch tiefer in sich fühlen zu wollen.

Grace ließ ihre Nase los. Amalia stöhnte inzwischen so laut, dass sie mit Sicherheit auf dem Flur zu hören war.

Die Vampirin lächelte zufrieden. „Und dabei nicht vergessen, weiterzulecken", ermahnte sie und gab Amalia einen Klaps auf den Hinterkopf.

Aurelius begann, ebenfalls zu stöhnen. Leise und verhalten, aber genug, um Grace zufriedenzustellen, die breitbeinig über ihm und Amalia stand.

Er und Grace sahen sich an. Es war ein Machtkampf, wie sie ihn lange nicht mehr ausgefochten hatten. Grace war die Ältere von ihnen und Aurelius wusste, dass er diesen Kampf wie jedes Mal verlieren würde. Und doch war da ein Wissen in ihm, das dafür sorgte, sich nicht unterlegen zu fühlen. Als sei eigentlich er der Stärkere und als verzichte er auf seinen Triumph.

Aurelius stieß in Amalia, die noch lauter wurde und nun fast schrie. Auch das war ungewöhnlich. Es schien ihr zu kommen, ohne dass einer der Vampire es ihr erlaubt hatte. Normalerweise würde Grace sie dafür züchtigen, doch die Vampirin war ganz in Aurelius vertieft. Ihr Atem wurde schneller. Sie zeigte ihr wahres Gesicht, spitze Eckzähne und dämonische Züge. Ihre Augen funkelten rötlich.

Aurelius wandte den Blick ab. Er musste nicht in Grace' Gesicht sehen, um zu wissen, dass sie lächelte.

„Sie ist so geil zu nehmen", presste Grace hervor, als habe sie in seine Gedanken gesehen. „Langsam verstehe ich dich. Vielleicht sollten wir sie nach dem Ritual nach Frankfurt mitnehmen. Als Lustsklavin. Wäre das nicht wie in alten Zeiten? Eine Sklavin nur für dich, mich und Darion?"

„Das wäre großartig", brachte Aurelius hervor. Er spürte, wie es ihm kam und zum ersten Mal seit Jahrzehnten fühlte er sich dabei schmutzig.

Grace lachte und stöhnte, presste Amalias Gesicht noch fester gegen sich. Auch Amalia kam. Sie keuchte seinen Namen und verdrehte ihre Augen, bis nur noch das Weiße zu sehen war.

Kaum dass Grace ihren Höhepunkt erreicht hatte, trat sie einen Schritt zurück. Sie ließ Amalias Kopf los wie ein unbrauchbares Spielzeug.

„Nett. Leider war unser Spiel ein wenig kurz, aber die Zeit drängt. Wir sehen uns später."

Aurelius ließ sie gehen. Langsam zog er sich aus Amalia zurück. Wie immer fand er kaum Spuren von Samen. Diese biologische Funktion seines Körpers war schon vor langer Zeit reduziert worden.

Er packte Amalia, drehte sie zu sich um und schloss ihre unnatürlich verdrehten Augen mit der Hand.

„Es wird alles gut", flüsterte er so leise, dass Grace es selbst dann nicht hören konnte, falls sie noch hinter der Zimmertür lauschte. Seine Zunge fuhr über die Wunde an Amalias Hals. Der Speichel schloss die winzigen Einschnitte und linderte die Schwellung.

Amalia zuckte in seinen Armen als würde sie träumen.

„Aurelius …", flüsterte sie. Die Augen ließ sie geschlossen.

„Ich bin da." Er zog sie an sich und verbarg sein Gesicht an ihrem. Seine Hand umschloss den silbernen Anhänger, den sie an einer Kette um den Hals trug. Den Anhänger, den er Marie einst geschenkt hatte, als er ihr nahe legte, zu fliehen.

Eine einzige Träne rann über seine Wange. Er würde niemals wieder gut machen können, was er eben getan hatte.

Amalia berührte den blauen Fleck an ihrem Hals und wunderte sich darüber. Aurelius hatte sie zu fest geküsst. Eigentlich albern, in ihrem Alter noch einen Knutschfleck zu haben, wie ein Teenager. Sogar seine Zahnabdrücke konnte sie schwach in der Verletzung fühlen.

„Was hast du dir dabei gedacht?", fragte sie kopfschüttelnd und betrachtete ihn. Er trug eine historische Soldatenuniform aus der Zeit der Französischen Revolution. Seine Hand lag um ihre Hüfte, während sie auf das gut erhaltene Rokoko-Schloss zugingen. Die eindrucksvolle Fassade mit den vielen hohen Fenstern und dem schlanken Turm versetzte sie in eine andere Zeit. Warmes Licht strömte aus dem Inneren. „Nur weil das Thema dieser Fetischparty Historie und Monster ist, musst du keine Bissspuren auf mir hinterlassen."

„Du bist einfach unwiderstehlich", sagte er mit einem Lächeln. „Und die Accessoires von Grace stehen dir hervorragend. Besonders die grünen Ohrringe."

Amalia schmiegte sich an ihn. Sie fühlte sich seltsam schwach, dabei hatte sie am Nachmittag eine volle Stunde geschlafen, ehe Grace zu ihr gekommen war, um ihr beim Anziehen zu helfen. Außerdem plagte sie das Gefühl, nicht richtig denken zu können. Als wäre da ein Rätsel, dessen Lösung offensichtlich vor ihr lag, aber irgendein böser Zauber verhinderte, dass sie die Lösung fand. Vermutlich war sie unterzuckert.

„Gibt es da drin auch Essen?"

„Sicher. Das Bankett ist erlesen."

Hinter ihnen gingen Grace und Darion. Grace trug ein Kleid, das sie aussehen ließ wie eine spanische Königin. Sie hatte einen Fächer bei sich, der mit schwarzer Spitze verziert war. Ihre Frisur war ebenso kunstvoll wie die von Amalia, aber ihre Haare waren pompöser zurechtgemacht. Es fehlte nur noch, dass sie sich Schiffsminiaturen oder einen anderen Tand einflechten ließ, wie man es Marie Antoinette, der französischen Königin, nachgesagt hatte.

Amalia konnte es nicht genau begründen, aber seit sie Grace an diesem Abend gesehen hatte, war ihr die Frau zuwider. Dabei hatte Grace ihr nichts getan.

An Aurelius' Seite lief sie durch das hohe geöffnete Tor, hin zum Seiteneingang, der in den Gebäudeteil führte, der für die Party angemietet worden war. Es war ein seltsames Gefühl, den geschichtsträchtigen Weg zu gehen. Bereits 1755 war das Schlösschen als Sommersitz des Rats- und Kaufherrn Caspar Richter am Rande des Rosentals erbaut worden. Der Festsaal zeigte ein Deckengemälde von Adam Friedrich Oeser und war weit über Leipzig hinaus bekannt.

In der Vorhalle war eine Garderobe aufgebaut und Amalia gab ihre Jacke ab, die nicht zu dem Rest ihrer Gewandung passte. Aurelius, Darion und Grace trugen keine Jacken. Sie schienen trotz der kühlen Temperatur nicht zu frieren.

Sie steckte das Nummernkärtchen für ihren Bügel ein und sah sich in dem historischen Bauwerk um. Nicht nur die Bilder an den Wänden und die Ausstattung des Schlosses waren imposant, auch die Besucher taten ihr Übriges, dem Schloss ein Flair von Aristokratie und Glanz zu geben. Alle Menschen um sie herum waren auf düstere Weise schön und trugen eindrucksvolle Gewänder aus teuren Stoffen. Schmucksteine blitzten im Licht der Deckenleuchter.

Verstohlen musterte sie eine Gruppe von drei Frauen – sie alle trugen weiße Perücken und waren weiß geschminkt. Ihre Gesichter wirkten perfekt, die Augen schimmerten, wie Augen nicht schimmern durften. Vermutlich trugen sie reflektierende Kontaktlinsen. In ihren Händen wedelten Spitzenfächer. Sie waren einander zugewandt und unterhielten sich geziert mit hohen Stimmen. Ihre Körpersprache war arrogant, die Blicke überheblich.

„Ich fühle mich underdressed", sagte sie leise zu Aurelius. „Selbst das Personal trägt barocke Livree."

„Du bist der Star des Abends", entgegnete Grace hinter ihr freundlich.

Amalia ärgerte sich, überhaupt von Grace gehört worden zu sein.

Einer der Kellner kam mit einem silbernen Tablett vorbei, auf dem mehrere Champagnergläser standen. Aurelius lehnte kopfschüttelnd ab, doch sie griff nach einem Glas und leerte den Sekt viel zu schnell, dabei ärgerte sie sich über sich selbst. Sie machte sich nichts aus den Veranstaltungen Neureicher, die sich für etwas Besseres hielten. Das Gefühl, fehl am Platz zu sein, wurde beinahe übermächtig. Sie fühlte sich wie ein Lamm unter Wölfen.

Sie stellte das leere Glas auf das Tablett einer Kellnerin.

„Ich mag solche Veranstaltungen nicht, Aurelius. Leider musste ich oft genug die Erfahrung machen, dass hinter diesem aristokratischen Getue nichts bleibt."

Aurelius legte tröstend seinen Arm um ihre Hüfte. „Es sind nicht alle so. Warum gibst du der Sache nicht einfach eine Chance?"

„Vielleicht geht es mir besser, wenn ich etwas gegessen habe." Sie spürte den Sekt, der ihr zu Kopf stieg.

„Dann komm mit. Kümmern wir uns zuerst um deinen Hunger." Aurelius zog sie von Grace und Darion fort in einen großen Saal, an dessen linker Seite ein langes Bankett aufgebaut war. Die Speisen sahen in der Tat erlesen aus. Hauptsächlich waren es Vorspeisen wie Röllchen aus Frischkäse mit Gewürzen und Kräutern, Käsehäppchen und kleine Fleischbällchen. Sie waren kunstvoll auf silbernen Platten und Ständern drapiert. Frische Rosen und stilvolle Obstkörbchen rundeten das Bild ab.

„Das ist so wenig." Amalia wies auf die kleinen Portionen. „Wenn die Gäste hier alle Hunger haben, dann ..." Sie verstummte. Vor ihr stand eine Frau in der weißen Gewandung einer Priesterin, die sie aus schwarzen Augen unverwandt anstarrte. Goldene Bänder zierten ihre Arme. Der weiße Stoff war so dünn, dass sie darunter die dunkelbraunen Brustspitzen der Fremden erahnen konnte.

Verblüfft starrte Amalia die Frau an. Ihr Aufzug unterschied sich fundamental von dem der anderen Besucher und doch wirkte sie authentisch. Sie hatte volle Lippen und hohe, hauchdünn gezupfte Augenbrauen. Die Nase war lang und gerade. Etwas an diesem Gesicht wirkte griechisch.

„Willkommen." Die Fremde nickte ihr zu und schloss Aurelius in die Arme, als würde sie ihn ewig kennen.

Aurelius erwiderte die Umarmung und Amalia spürte einen leisen Stich. Ob er gut mit ihr befreundet war? Sie schüttelte den Kopf und musste lächeln. Sie verlangte von einem Mann, keine Eifersucht zu kennen und fühlte sich bedroht, kaum dass Aurelius ihr eine Freundin vorstellte. Es musste an ihm liegen. Sie war nie einem Mann begegnet, den sie so sehr haben wollte wie ihn. Sie dachte daran, wie es wäre, den Rest ihres Lebens mit ihm zu verbringen.

Aurelius drückte die Frau herzlich an sich. „Hekae. Schön, dich zu sehen."

Hekae wandte sich von ihm ab und sah erneut in Amalias Gesicht. Der Blick ihrer Augen war nicht stechend wie der von

Grace. Trotzdem vermittelte sie Amalia das Gefühl, sie würde in die Tiefen ihrer Seele sehen.

„Tatjena wusste, was sie tat", flüsterte sie mit einer rauen Stimme, die Amalia an das Krächzen von Krähen erinnerte.

„Tatjena?", hakte Amalia nach.

Aurelius machte eine Geste in ihre Richtung. „Das hier ist Amalia. Sei nett zu ihr."

Die schwarzen Augen von Hekae waren unverwandt auf ihr Gesicht gerichtet.

„Wir stehen an einem Wendepunkt", sprach sie feierlich. „Und bald wird keiner der Alten mehr da sein, außer einem." Sie lächelte. Der Ausdruck veränderte ihr Gesicht vollkommen. Es war, als würde die Sonne aufgehen. „Du bist sicher hungrig, meine Liebe. Du siehst bleich aus."

Amalia war verwirrt nach dieser merkwürdigen Ansprache, und da sie nicht wusste, wie sie damit umgehen sollte, nickte sie nur. Hekae zog sie zum Bankett und belud ihr einen Teller. Sie nahm nur die Dinge, die Amalia gerne aß. Als ob sie genau wüsste, was ihr schmeckte und was nicht.

„Bitte, meine Liebe. Genieß den Abend. Wir sehen uns später." Mit diesen Worten ließ sie die verdutzte Amalia neben Aurelius stehen.

Amalia sah Hekae interessiert nach.

„Für was hält sie sich? Ein Orakel oder eine moderne Hexe? Und wie passt sie in diese Gesellschaft?"

Sie starrte auf Krabben in heller Soße, rosa gebratenes Roastbeef und Antipasti neben kunstvoll verzierten Frischkäseröllchen.

„Tja, der Begriff Fetisch ist wohl dehnbar", sagte Aurelius ausweichend. „Für manche ist Unschuld ein Fetisch. Jungfräulichkeit. Und Hekae ist noch immer Jungfrau. Sie glaubt daran, dass sie auf diese Weise den Göttern näher ist."

„Sie wirkt sehr überzeugend. Besser als die Wahrsagerinnen im Fernsehen, die einem die Karten legen."

Aurelius lächelte, als habe sie einen schlechten Vergleich herangezogen.

„Hekae ist etwas Besonderes."

Amalia lächelte zurück und verkniff sich die Frage, wie lange Aurelius Hekae schon kannte. Er schien sehr viele interessante Freunde zu haben und das mochte sie an ihm. Außerdem war es bei diesem Lächeln schwer, vernünftig zu denken.

Sie zogen sich zusammen an einen der geschmückten Tische

zwischen Grünpflanzen zurück. Auf schwarzen Samttischdecken lagen rote und weiße Rosengestecke. Hohe rote Kerzen brannten. Zwischen den Tischen ragten filigrane Kerzenständer auf, die dickere Kerzen trugen.

Amalia aß die Speisen auf ihrem Teller und beobachtete die Menschen in dem barocken Saal, die sich unter den Kristalllüstern bewegten. Viele sahen zu ihr hin, als könnten sie ihre Blicke spüren. Es waren Blicke, die ihr unangenehm waren, und das Gefühl verstärkten, am falschen Ort zu sein.

„Sie starren mich an. Wahrscheinlich, weil mein Kleid furchtbar aussieht. Sind das alles Millionäre?"

„Die meisten sind nicht gerade arm. Und wenn sie dich anstarren, dann nur, weil du bezaubernd aussiehst, Amalia. Du scheinst nicht zu wissen, wie beeindruckend du auf andere wirkst."

„Charmeur."

„Ich meine, was ich sage."

Sie lächelte. Seine Bestätigung tat ihr gut.

Nicht weit entfernt setzte sich ein Mann in einem Frack an einen Flügel und begann, ein melodisches Klavierstück zu spielen. Sie hörte aufmerksam zu, erkannte es aber nicht.

„Es ist von Mussorgsky", sagte Aurelius leise.

Sie schüttelte den Kopf und lächelte ungläubig. „Du liest meine Gedanken."

„Ich habe deinen fragenden Gesichtsausdruck interpretiert. Frag mich aber bitte nicht, wie das Stück heißt. Es ist eines von den unbekannteren."

Sie schob ihren leeren Teller beiseite und fasste über den Tisch hinweg seine Hand. „Es ist schön, mit jemandem zusammen zu sein, der Musik liebt."

Er schien etwas entgegnen zu wollen, schwieg dann aber. Erst nach einem Moment setzte er erneut zum Sprechen an. „Es ist schön, in deiner Nähe zu sein."

Das Lied endete und es folgte ein rasanteres Stück. Amalia sah sich suchend um. „Bisher ist das hier recht handzahm. Ich meine ... es ist sehr gepflegt ..." Sie überlegte, wie sie ihre Neugier am besten formulieren konnte.

Er schenkte ihr sein spöttisches Grinsen. „Du möchtest wissen, wo die Gäste übereinander herfallen?"

Sie nickte.

Er stand auf. „Komm mit." Er stand auf und brachte sie aus der Halle hinaus zu einer breiten, weißen Treppe, die nach oben führte.

„Es gibt noch einen anderen Raum, den man hergerichtet hat."

Amalias Herz schlug schneller. Sie war neugierig auf das, was sie erwartete. Kim hatte zwei Mal versucht, sie in einen erotischen Klub mitzunehmen, der eigene Spielräume hatte, aber bisher hatte sie beide Male eine andere Ausrede gefunden, um nicht mitzugehen. Sie hatte sich nicht wohlgefühlt, ohne einen Mann an ihrer Seite einen solchen Klub aufzusuchen. An der Seite von Aurelius war das anders. Allein, ihn an ihrer Seite zu haben, würde aufdringliche Männer abschrecken.

Er ging durch den Flur und schob sie vor sich in einen Raum im ersten Stock, der deutlich kleiner war, als der Saal unten. Vermutlich hatte er einst als Salon oder Schlafzimmer gedient. Überall lagen schwere schwarze Teppiche, die eindeutig erst später in den Raum gelegt worden waren. Vielleicht nur für diesen Anlass. Zahlreiche Rosen lagen auf den Teppichen verstreut. Kerzen flackerten.

Irgendwo stöhnten zwei Frauen. Amalia blieb wie angewurzelt stehen, während sie zwei braunhaarige, vielleicht zwanzigjährige Frauen sah, die breitbeinig auf einem der Teppiche lagen und sich selbst befriedigten. Ihre Haut war rosig und sah zwischen den gut acht weiß geschminkten Menschen im Raum – hauptsächlich Männern – ungemein lebendig aus.

Aurelius' Stimme war dicht an ihrem Ohr. Seine Hand lag auf ihrem Po. „Hast du das gesucht?"

Amalia sah neugierig zu, wie schamlos die beiden Frauen am Boden zuckten. Ihr erster Impuls war, sich schlecht zu fühlen, weil sie etwas Verbotenes tat und die beiden beobachtete. Aber die beiden Frauen waren in ihrer Ekstase gefangen und schienen es zu genießen, angestarrt zu werden. Erregung erwachte in ihr, zudem Aurelius seine Hand noch immer auf ihrem Po hielt und seine Finger langsam fester zudrückten.

Sie blieb am Rande des Geschehens stehen und betrachtete die beiden nackten Frauen ausgiebig. Eine war klein, keinen Meter sechzig. Sie war ein wenig mollig und hatte schwere, dunkle Brüste. Die andere war hager. Beide wirkten unpassend in diesem Raum, wie Fremdkörper zwischen den Weißgeschminkten.

Die Szenerie wirkte elektrisierend. Spannung lag in der Luft. Amalia begriff, wie anders es war, vor realen Menschen zu stehen, die sich offensichtlich und freiwillig für sie zu Lustobjekten machten. Schon, wenn sie erotische Filme sah, wurde sie feucht. Das war eine einfache körperliche Reaktion, die sie oft selbst nicht richtig verstanden hatte, weil sie die wenigsten Filme tatsächlich gut fand. Aber das vor ihr war anders. Sie bekam plötzlich Lust, sich neben diese Frauen zu legen und ihre zuckenden Körper zu berühren. Sie sah in den Blicken der Umstehenden, dass auch diese sich zurückhalten mussten. Warum keiner der Männer zu den Frauen ging, verstand sie nicht. Vermutlich hätten die beiden nichts dagegen gehabt.

„Was wird hier inszeniert? Die Vampire ergötzen sich an den Jungfrauen?", wisperte sie.

„So in der Art." Aurelius' Stimme war gepresst. „Aber es geschieht den Frauen nichts. Es ist nur ein Spiel."

Amalia überlief ein Schauder. Natürlich war es nur ein Spiel. Was denn auch sonst?

Aurelius zog sie eng an sich und sie wusste, dass sie ihn wollte. Ganz gleich, wie oft sie sich an diesem Tag einander hingegeben hatten – er machte sie verrückt.

„Kann man sich auch zu zweit zurückziehen?", fragte sie kaum hörbar.

Aurelius antwortete nicht, da einer der umstehenden Männer zielstrebig auf sie zukam. Er hatte lange dunkelblonde Haare, die er zu einem Zopf zusammengefasst hatte. Seine Kleidung erinnerte an einen Adeligen aus dem Barock und sein Lächeln war eine Spur zu breit.

„Möchtest du unser Spiel beehren, junge Dame?"

In den Augen des Mannes lag das Funkeln eines Raubtiers. Amalia wich seitlich hinter Aurelius zurück.

„Nein danke. Dieser Abend gehört nur einem Mann." Sie berührte Aurelius' Schulter und bemerkte seinen verwunderten und zugleich geschmeichelten Blick.

Der blonde Mann lächelte. Es war ein Lächeln, das seine türkisblauen Augen nicht erreichte. Er warf Aurelius einen abschätzenden Blick zu. „Vielleicht ein andermal." Er wandte sich ab. Aurelius lächelte schief. „Du weißt nicht, wen du da eben verärgert hast. Das ist Perry, und er ist so reich, dass er dir jede Woche ein anderes Auto schenken könnte."

„Autos werden überbewertet." Amalia schmiegte sich an ihn und hatte plötzlich keine Lust mehr, die beiden Frauen weiter zu betrachten. Der Blick von Perry hatte sie alarmiert. Er sah sie zwar nicht mehr an, aber Amalia war sicher, dass er tatsächlich beleidigt war.

„Lass uns nach draußen gehen", schlug sie vor. In der Nähe von Perry fühlte sie sich unwohl.

Sie trat aus dem Raum und konnte erst ein gutes Stück weiter den Gang runter wieder frei atmen. Trotzdem fühlte sie sich nicht besser. Eine sonderbare Schwäche überkam sie, die Wunde an ihrem Hals schmerzte leicht. Sie presste ihre Hand gegen den blauen Fleck und spürte Aurelius Arm an ihrer Seite. Er stützte sie beim Gehen. Seine Stimme klang besorgt. „Was ist los?."

„Ich ... mir ist nicht gut ..." Sie fühlte sich ähnlich wie im Auwald, bevor sie Hals über Kopf in den Wald gerannt war. Ein Teil von ihr geriet in Panik. Vielleicht lag es an all diesen weiß geschminkten Menschen und ihren Ängsten, Aurelius könne ein Vampir sein. Sie schüttelte verärgert den Kopf, aber die Beklemmung in ihrer Brust wich nicht.

Aurelius sah sie alarmiert an.

Amalia konnte sich ihre Gefühle nicht erklären. Seit sie das Schlösschen betreten hatten, fühlte sie sich körperlich unwohl, aber so schlimm wie in diesem Moment war es nie gewesen. Sie wollte fortrennen. Etwas stand bevor. Es war wie früher. Aber wann früher? Eine Erinnerung stieg in ihr auf, die nicht die ihre sein konnte. Wieder sah sie eine Katze vor sich. Sie war in Ägypten, war Teil eines Rituals. Die Worte drängten aus ihr heraus, als habe der Anblick von diesem Perry ebenso wie Aurelius' Kuss im Auwald eine Reaktion in ihr ausgelöst, die sich nicht mehr aufhalten ließ.

„Die Wandelnde ... Lai'raa ... Du musst sie töten ...", flüsterte sie.

Aurelius packte sie so heftig, dass es schmerzte. „Was sagst du da?"

„Ich ..." Sie zögerte und musste blinzeln. Die reale Welt tauchte wieder um sie herum auf. Die Wände des hohen Flurs und der lange Gang. Die Worte waren fort, nur noch ein Zischen in ihrer Erinnerung. „Ich weiß nicht, habe ich etwas gesagt? Mir ist schlecht ... Wonach riecht es hier?" Im Flur lag ein intensiver Geruch nach Weihrauch und etwas Exotischem. Ob es dieser Geruch war, der sie an ägyptische Rituale denken ließ?

Er sah sie prüfend an. Sorge und Schuldbewusstsein spiegelten sich in seinem Gesicht. Es war, als habe er eine Vermutung, warum sie sich so sonderbar und schwach fühlte.

„Vielleicht hilft frische Luft." Er hob sie hoch, als wöge sie nichts.

Amalia legte ihren Arm um seinen Hals. „Was tust du?"

„Ich bringe dich nach draußen."

Sie schloss die Augen und fühlte sich geborgen. Aurelius würde sie beschützen. Er würde nicht zulassen, dass ihr etwas geschah, das hatte er am Nachmittag versprochen.

„Danke", flüsterte sie. Es war schön, ihn so nah zu spüren.

Draußen im Park war es frisch, aber die Kälte war Amalia willkommen. Sie belebte und machte sie wach.

Aurelius trug sie über eine Terrasse in den Park und stellte sie vorsichtig auf die Füße. Er deutete auf eine Bank.

„Möchtest du dich setzen?"

Amalia schüttelte den Kopf. Draußen ging es ihr schlagartig besser. Es war bereits dunkel und der Mond ging auf. Ein zauberhafter Ort im schwachen Licht des Schlosses. Der Wunsch, Aurelius zu küssen, wurde übermächtig. Vielleicht auch, weil sie sich damit beweisen wollte, wie albern ihre Ängste waren. Hier gab es nichts, was sie bedrohte. Ihr sonderbares Verhalten musste daher kommen, dass sie hoffnungslos überarbeitet war. Es war höchste Zeit, richtig zu entspannen, und wo ging das besser, als in den Armen eines wundervollen Mannes?

Sie stellte sich auf die Zehenspitzen, um sein Gesicht zu erreichen. Zärtlich küsste sie ihn. Er küsste sie wieder. Er schien sich nur mit Mühe von ihr lösen zu können und berührte sie sanft an der Wange.

„Amalia ...", begann er zögernd, und wieder war da dieser Ausdruck in seinem Gesicht, der Ausdruck von Sorge und Schuld. „Ich ...", er verstummte.

„Du siehst aus, als hättest du ein schlechtes Gewissen. Verschweigst du mir etwas? Bin ich später als Höhepunkt der Feier geplant?" Sie grinste. „Sollen diese fremden, hübsch geschminkten Kerle über mich herfallen, während du zusiehst?"

Er reagierte nicht auf ihren Scherz. „Amalia, ich muss mit dir ..."

Der Satz erlosch im infernalischen Krachen einer Explosion. Aurelius riss sie mit sich und zerrte sie zu einem Pavillon. „Bleib hier! Beweg dich nicht vom Fleck!" Er hetzte in Richtung Schlosseingang.

„Was ..." Amalia begriff nicht, was geschehen war. Eine Explosion? Ein Anschlag? Oder vielleicht gab es einen Gasherd oder etwas anderes, das auf diese Weise explodieren konnte?

Im Schloss hörte sie Schreie. Zitternd drückte sie sich gegen die Wand des Pavillons, während Aurelius durch die geöffnete Terrassentür in das Gebäude hineinsprang.

„Aurelius!" Sie wollte nicht allein gelassen werden, und noch weniger wollte sie, dass er sich in Gefahr brachte. Es war Wahnsinn, in ein Haus zu rennen, in dem gerade etwas explodiert war. Sie musste vernünftig bleiben.

Die Feuerwehr. Sie musste einen Notruf absetzen. Ihre zitternden Finger wollten nach ihrer Handtasche greifen, als ihr einfiel, dass sie die Tasche mit der Jacke an der Garderobe abgegeben hatte. Aber sicher würde ein anderer die Feuerwehr rufen.

Sie widerstand dem Impuls, Aurelius in das Haus zu folgen. Hoffentlich erkannte er bald, dass er dort nichts ausrichten konnte, und kam zurück.

Atemlos sah sie zum Gebäude. Flammen konnte sie nicht erkennen und es schien auch nichts einzustürzen. Sie fuhr erschrocken zusammen, als aus dem Gebäude ein Knurren drang, als wären Löwen und Tiger freigelassen worden. Was waren das für Geräusche? Rote Schemen tanzten vor den erleuchteten Fenstern zwischen den gerafften Vorhängen. Sie sahen bizarr aus und bewegten sich schneller, als Menschen sich bewegen konnten.

„Aurelius?" Er blieb verschwunden.

Amalia wagte nicht, sich zu rühren und blickte starr zu den Fenstern. Angst überwältigte sie. Was auch immer dort drin geschah, es ging über ihren Verstand.

Kamira hetzte durch den Seiteneingang. Auf ihren vier Pfoten war sie schnell – schneller als die meisten Vampire, zumal viele von ihnen jung und schwach waren. Neben ihr sprang Karim durch den Flur. Auch er war in seiner Wolfsgestalt. Tyres war zwei Sätze hinter ihnen. Von Marut sah und hörte sie nichts, aber sie roch das Gas, das er in das Schloss eingelassen hatte – ein Gas, das speziell auf den Metabolismus von Vampiren wirkte und sie lähmte. Bald würden die meisten von ihnen ausgeschaltet sein.

Sie musste Hekae finden. Das war einfach, denn der Geruch nach Weihrauch und verbrannten Kräutern wies auf ein laufendes Ritual hin. Dort, wo es stattfand, war sicher auch die Priesterin. Gier und Hass trieben sie vorwärts. Erst wenn Hekae tot war, durfte sie sich um Aurelius kümmern und endlich Rache üben. Hoffentlich lag er dann bereits betäubt durch das Gas in irgendeinem der Säle oder Zimmer. Sie würde ihm die Kehle zerfetzen und sein Blut trinken, ehe er wieder zu sich kam.

Mit einem gewaltigen Satz sprang sie gegen die Tür des Raumes im ersten Stock, aus dem der Weihrauchgeruch hervorquoll. Holz barst, Splitter flogen. Innerhalb von Sekundenbruchteilen hatte sie sich orientiert. Hekae saß allein im Raum, versunken in eine Trance, aus der sie langsam zu erwachen schien. Der vor ihr stehende, steinerne Altar, war groß genug für ein Menschenopfer.

Kerzen flackerten und der Weihrauchgeruch brannte in Kamiras Nase.

Sie nutzte ihre Chance, sprang, und hatte sich in Hekaes Kehle verbissen, ehe diese wieder ganz bei Bewusstsein war und ihre vollen Kräfte erlangen konnte. Blut tropfte über Hekaes Körper, während sie vor Schmerz und Zorn schrie. Sie erwachte endgültig aus der Trance und richtete sich auf.

Karim sprang hinter ihr in den Raum und biss ebenfalls zu, kaum, dass er Hekae zwischen seine Fänge bekam. Obwohl der erste Biss sie hätte töten müssen, wehrte sich Hekae mit übernatürlichen Kräften. Brüllend erhob sie sich auf die Füße und schleuderte Karim von sich. Kamira sah, wie ihr kleiner Bruder gegen die Wand des Saals schlug, und ließ von Hekaes Kehle ab. Sie änderte ihre Gestalt, während Hekae beide Hände um ihren Hals legte.

Während Hekae sie würgte, sahen sie einander in die Augen wie zwei Menschen, aber sie waren keine Menschen.

Die Wunde an Hekaes Hals hörte bereits zu bluten auf. Anscheinend hatte sie lange kein Blut zu sich genommen. Ihre Enthaltsamkeit war bekannt. Trotzdem waren ihre Kräfte gewaltig. Der Druck um Kamiras Hals drohte, ihr das Genick zu brechen.

„Hat Rene dich geschickt?", brachte Hekae gurgelnd hervor.

Kamira verweigerte eine Antwort und spannte ihre Halsmuskeln bis zum Zerreißen an. Sie senkte das Kinn, um den entsetzlichen Druck an ihrem Hals besser ertragen zu können und schmeckte zugleich das Gas, das in das Zimmer eindrang und ihr baldige Erlösung versprach. Sie musste nur noch wenige Sekunden durchhalten.

Einen Augenblick später hörte sie die Explosion.

Marut ging nach Plan vor. Er hatte die anderen Vampire abgelenkt und hielt sie ihnen vom Hals, damit sie Hekae töten und das Seelenblut entführen konnten. Es war zu spät. Hekae glaubte, im Vorteil zu sein, aber sie hatte schon verloren. Die Zeit arbeitete gegen sie.

„Das wirst du nie erfahren, alte Frau." Ihre Hände schraubten sich unter einer gewaltigen Kraftanstrengung um Hekaes Hals und schnitten zielsicher die Sauerstoffzufuhr und die Durchblutung ab. Ein Vampir atmete wenig und er kam lange Zeit ohne Sauerstoff aus. Aber nicht ewig. Das Gas schwächte Hekae jetzt schon. Ihr Griff verlor an Kraft. Kamira packte die Vampirin noch fester. „Wo ist sie? Wo ist das Seelenblut?", krächzte sie.

Hekae antwortete nicht. Sie schien es nicht mehr zu können. Ihre

Kraft ließ nach. Im Augenwinkel sah Karima, wie Karim und Tyres an der Tür gegen mehrere Vampire kämpften. Gracia führte die Gegner an. Anscheinend waren die beiden toten Vampirwächter gefunden worden. Es war einfach gewesen, sie mit schallgedämpften Pistolen außer Gefecht zu setzen. Zu einfach.

Kamira hätte gerne Zeit gehabt, sich über die Unfähigkeit ihrer Gegner zu amüsieren, doch in diesem Moment roch sie etwas. Es war schwach und süß und drang durch das geklappte Fenster des Schlosszimmers. Ein Geruch, den sie schon in Aurelius' Wagen aufgenommen hatte und nach dem sie seit Tagen suchte.

Das Seelenblut.

Kamira ließ von Hekaes Hals ab und brach ihr ein Handgelenk. Die Klammer um ihren Hals sprang endgültig auf. Rasend schnell setzte sie nach. Sie hatte nur diese eine Chance, ehe die mächtige Gegnerin sich regeneriert hatte und sie nutzte sie. Mit beiden Händen packte sie Hekaes Kopf und brach ihr das Genick. Hekae sank vor ihr auf den Boden, der Blick ihrer Augen war gebrochen. Wilder Triumph erfüllte Kamira.

Von der Tür her hörte sie Gracias hasserfülltes Fauchen. Doch noch standen Tyres und Karim zwischen ihr und Kamira.

Kamira wich von der Toten zu ihren Füßen zurück und nahm sich nicht die Zeit, das Fenster zu öffnen. Mit einem gewaltigen Satz warf sie sich dagegen und riss es im Sprung samt dem Holzkreuz in seiner Mitte heraus. Es krachte und klirrte.

Auf einer Terrasse kam sie, mit Glas- und Holzsplittern übersät, auf die Füße und witterte.

Ihr Kopf drehte sich langsam in die Richtung des vertrauten Duftes. Da stand es zitternd an die Wand eines steinernen Pavillons gelehnt. Das Seelenblut. Nur wenige Meter entfernt und zum Greifen nah.

Rene wird mit uns zufrieden sein, dachte Kamira grimmig, dann rannte sie auf das Seelenblut los.

„Darion!" Aurelius brüllte auf, als er den Saal erreichte, aus dem der Kampflärm drang und sah, wie sein Bruder herumgeschleudert wurde. In der Mitte des Raumes stand der größte aller Wölfe – Marut – der Alte. Seine Lefzen waren blutverschmiert. Es war Darions Blut, das an ihm klebte.

Aurelius verfluchte sich, dass er keine Waffe bei sich trug. In früheren Zeiten war das einfacher gewesen – und natürlicher. Damals war er nie ohne ein Schwert aus dem Haus gegangen. Er sah sich um und griff nach einem ein Meter hohen Kerzenständer aus massivem Metall.

Marut hatte sein Eintreten bemerkt und fuhr herum. „Aurelius", knurrte er in seiner Wolfsgestalt.

Aus den Augenwinkeln sah Aurelius, wie Darion sich aufrappelte. Aus einer Wunde an seiner Hüfte floss Blut. Zum Glück war es keine tödliche Verletzung.

„Schnappen wir ihn uns!", zischte Darion mit eisiger Wut in der Stimme. In seinen Augen brannte das kalte Feuer, das Aurelius nur zu gut kannte. Die Wut seines Bruders war ihm willkommen. Er nickte entschlossen, eine Geste, die nur Sekundenbruchteile dauerte, ehe sie angriffen.

Sie agierten als Einheit, sprangen Marut zeitgleich von beiden Seiten an. Der Wolf duckte sich, überschlug sich auf dem Boden des Saales und kam hinter ihnen zum Stehen, während beide Vampire ins Leere stürzten. Sekundenschnell drehte sich Marut in seiner Wolfsgestalt wieder um. Sein breiter Schädel reichte Aurelius bis zum Ellbogen. Mit wendiger Eleganz setzte der Wolf auf ihn zu.

Neben ihm wurde Darion in seinen Bewegungen langsamer. Er schlug sich eine Hand vor den Mund und hustete trocken.

„Die Bastarde haben Gas eingesetzt!"

Aurelius schloss den Mund, um nicht einzuatmen. Im Gegensatz zu anderen Vampiren konnte er sehr lange ohne Atemluft auskommen.

Er warf sich dem Wolf entgegen. Wie im heidnischen Dorf schlugen sie hart aneinander. Es krachte vernehmlich. Aurelius spürte eine seiner Rippen brechen, aber das kümmerte ihn nicht. Adrenalin durchflutete ihn und noch etwas anderes, ein Hormoncocktail, einer Droge gleich, der ihn aufpeitschte. Er packte Maruts Kopf mit beiden Händen und wollte dem gewaltigen Wolf das Genick brechen. Doch Marut riss seinen Kopf zur Seite.

Darion kam näher. Er sah noch bleicher aus als sonst, unter seinen Augen lagen blaue Schatten.

Aurelius versuchte erneut, den Wolf zu packen und zugleich seinen zuschnappenden Zähnen auszuweichen.

In dem Moment hörten sie über sich einen Schrei. Er kannte diese Stimme.

„Hekae!" Sie wurde angegriffen. Diese Erkenntnis lenkte ihn einen Moment ab, was Marut nutzte, um sich aus seinem Griff zu winden und nach seiner Kehle zu beißen. Gelbe Wolfszähne knirschten hart aufeinander. Ein Stück Zahn splitterte und spritzte

Aurelius ins Gesicht. Er war gedankenschnell zurückgewichen und verpasste dem Wolf einen harten Kniestoß in die Flanke.

Marut setzte knurrend zurück. Sein grauschwarzes Rückenfell war gesträubt, er duckte sich zum nächsten Sprung.

Inzwischen kamen weitere Vampire in den Raum. Aurelius hörte, wie eine Frau das Wort Gas schrie. Vermutlich war das Gas auch schuld daran, dass ihnen nur so wenige zur Hilfe eilten. Aber es waren jetzt immerhin drei Vampire im Raum, zwei von ihnen hielten Pistolen und richteten die Läufe auf den Werwolf.

Marut knurrte sie drohend an und wollte durch die Tür fliehen – mitten durch die Feinde hindurch. Seine Bewegungen waren atemberaubend schnell, den wenigsten Vampiren gelang es, ordentlich zu zielen. Schüsse krachten. Aurelius kümmerte sich nicht darum und jagte dem Wolf nach. Die Spezialmunition für Werwölfe war schmerzhaft in seinem Fleisch, aber sie würde ihn nicht umbringen. Marut war erfahren. Er würde dem Kugelhagel entgehen und weiteres Unheil anrichten.

Er fing sich eine Kugel, die anderen verfehlten ihn. So schnell er konnte, rannte er die Treppe zum ersten Stock hinauf. Darion folgte ihm einige Meter und brach mit einem Fluchen zusammen. Sein Keuchen verklang hinter Aurelius. Vermutlich hatte er zu viel Gas eingeatmet. Es würde ihn nicht umbringen, konnte ihn aber für mehrere Minuten lähmen. Das war lange genug, um im Ernstfall von einem Feind getötet zu werden. Er hoffte, es gab noch genug andere Vampire, die Darion schützen würden, damit ihm kein ehrloses Ende zuteilwurde. Um ihn kümmern konnte er sich nicht. Darion war für die Werwölfe unwichtig und nicht das Hauptziel ihres Überfalls. Die Werwölfe wollten zu Hekae. Aurelius musste sich um die Priesterin kümmern.

„Hekae!"

Er hetzte den Gang hinunter und sah Tyres, den schwarzen Werwolf, der durch ein Fenster in die Nacht floh. Zwei Vampire jagten hinter ihm her.

Dann erst sah er Grace im Flur, die sich einen heftigen Kampf mit Karim lieferte. Der Werwolf hatte seine menschliche Gestalt angenommen und wich den Metallspitzen des schwarzen Fächers aus, mit dem Grace ihn immer wieder attackierte. Auf dem Boden lag eine Pistole, die nicht aus seinem Klan stammte. Gracia musste Karim entwaffnet haben.

Aurelius trat die Waffe mit dem Fuß beiseite, weit von Karim fort. Er warf Grace einen Blick zu und wusste, dass er sich nicht in den Kampf einzumischen hatte. Sie würde das Problem selbst erledigen. Respektvoll trat er einen Schritt zurück.

Karim fauchte, ergriff den schwarzen Fächer und verbog das Metall. Blut rann über seine Finger.

Grace ließ den Fächer fallen, packte Karim am Hals und riss ihn in die Luft. Karim keuchte auf. Mit gewaltiger Kraft schleuderte Grace ihn von sich. Der Aufprall ließ mehrere Knochen knacken. Karim lag am Boden und sah mit großen grauen Augen zu Grace auf. Sie kam langsam auf ihn zu.

Fasziniert sah Aurelius, wie sie die Ärmel ihres roten Barockkleides zurückschob. Ihr ebenmäßiges Gesicht ließ nichts von der Grausamkeit erahnen, die tief in ihr geschlummert hatte und nun erwacht war. Er konnte Graces Freude am Töten fühlen. Die Lust am Triumph.

Mit zwei schnellen Schritten war die Vampirin bei dem Werwolf. Ihr Zeigefinger stieß vor und bohrte sich in sein Auge. Blut lief aus der Augenhöhle.

Karim heulte auf. Sein gesundes Auge starrte Grace an.

„Auch du wirst bald ...", setzte er an, weiter kam er nicht.

Grace packte und drehte seinen Kopf, bis es vernehmlich knackte. Regungslos sank er in sich zusammen.

Drinnen im Raum hörte Aurelius Glas splittern.

„Hekae!" Der Kampf von Grace hatte ihn für mehrere Sekunden gefangen genommen. Er sprang in den Raum und erfasste gerade noch Kamira, die sich aus dem Fenster stürzte. Hekae lag reglos am Boden. Blut benetzte ihr weißes Gewand. Ihr anmutiger Hals lag verdreht auf dem Parkett. Ihre Augen zeigten nur noch das Weiße.

Aurelius berührte ihre eiskalte Wange.

Hekae war tot.

Ihm war, als habe er mit Hekae die letzte Wissende verloren. Schuldbewusstsein flammte in ihm auf, weil er zu spät gekommen war. Hekae war so alt wie Grace, so alt wie Tatjena. Wäre sie nicht in Trance gewesen, hätte Kamira sie nicht leichtfertig ermorden können. Aber er hatte keine Zeit, um Hekae zu trauern oder sich selbst zu zerfleischen. Er wusste, wohin Kamira wollte.

„Amalia!" Mit diesem Wort auf den Lippen stürzte er der Wölfin nach. Dieses Mal würde er sie nicht entkommen lassen.

Amalia starrte die rotäugige Frau an, die auf sie zugeschnellt kam wie ein Dämon. Ihre Gedanken waren langsam, krochen vor sich hin.

Das war Kamira. Die Ex-Freundin von Aurelius.

Nein, diese Frau war nicht einfach seine Verflossene. Amalia begriff in Sekundenbruchteilen, dass dieses Ding, das sie nun erreicht hatte, kein Mensch war. Kamiras harte Finger packten sie und hoben sie hoch, als wöge sie nichts. Amalia strampelte heftig, aber die Wahnsinnige ließ nicht von ihr ab. Sie bekam eine Hand frei und stieß wild um sich. Sie spürte, wie ihr Ellbogen auf Kamiras Nase krachte. Trotzdem hielt Kamira nicht inne und zerrte gewaltsam an ihr. Sie schien sie mitnehmen zu wollen. Ihre Arme schlangen sich um Amalias Oberkörper und hinderten sie an weiteren Schlägen.

„Lass sie los!" Die dunkle Stimme vibrierte vor Zorn.

Aurelius!

Amalia spürte einen Stoß, der sie und ihre Entführerin nach vorne warf.

Kamira ließ sie los und fuhr herum wie ein Raubtier.

„Aurelius! Pass auf, sie ist wahnsinnig!"

Doch er beachtete sie nicht. Er musterte Kamira, die ihre weißen Zähne zeigte und knurrte – ja, knurrte. Wie ein Hund oder ein Wolf. Amalia glaubte, ihren Ohren nicht zu trauen. Hatte Kamira die Geräusche im Schloss verursacht? Das Knurren und Fauchen? Nahm sie Drogen?

„Bringen wir es endlich zu Ende", sagte Aurelius ruhig. Er bewegte sich so schnell, dass Amalia Mühe hatte, seinen Bewegungen zu folgen. Beide Kontrahenten warfen sich ineinander. In einer irrsinnig schnellen Bewegung flog Kamira über den Rasen des Gartens. Ehe Aurelius seinen Vorteil nutzen konnte, hatte Kamira ihm die Beine unter dem Körper weggetreten. Er warf sich auf sie und sie überschlugen sich. Die Körper wirbelten über das Gras, so schnell, dass Amalia übel wurde. Sie krachten gegen eine Bank, die splitternd zerbrach.

Amalia wusste nicht, was sie denken sollte. Was geschah vor ihr? Wie konnte es sein, dass Menschen sich so schnell bewegten?

Sie presste ihre Hände vor den Mund und hatte das Gefühl, einen Schrei tief in sich ersticken zu müssen. Für weitere Gedanken blieb ihr wenig Zeit, denn ein lautes Heulen ertönte mehrere Hundert Meter entfernt aus dem Schlosspark.

Kamira hob den Kopf und löste sich von Aurelius. Er wollte ihr nachsetzen, doch damit schien sie gerechnet zu haben. Sie machte eine schnelle Handbewegung, Metall blitzte auf, Aurelius stöhnte schmerzerfüllt und sank auf die Knie. Er stieß Kamira von sich.

Als sie sich von ihm löste, sah Amalia ein Messer in ihrer Hand liegen. Es war bis zum Heft blutverschmiert.

„Aurelius!" Endlich kam Bewegung in sie. Sie stolperte auf die beiden zu und blieb wie angewurzelt stehen, als Kamira sich zu ihr umdrehte. Das war nicht das Gesicht eines Menschen. Die roten Augen leuchteten in einer Weise, die keine Kontaktlinse hervorbringen konnte. Das Gesicht war zu einer Fratze verschoben und schien halb in einer Umwandlung begriffen, als wolle es sich in die Gesichtszüge eines Tieres transformieren.

„Wenn wir das Seelenblut nicht haben können, bekommt es niemand", sagte sie knurrend. Sie kam auf Amalia zu und hielt sie mit dem Blick ihrer roten Augen gefangen, als würde sie eine starke Hypnose ausüben.

Amalia wollte fliehen, aber ihre Beine bewegten sich nicht. Bleich und zitternd stand sie an der Wand.

„Aurelius!" Ihre Augen wurden feucht. Sie wollte zu ihm. Er lag seitlich am Boden. Wie schwer war er verletzt?

Dieses Monster hatte ihm ein Messer in den Bauch gestochen. Sie konnte kaum mehr atmen.

„Bitte, stirb nicht." Wenn sie wenigstens zu ihm gelangen könnte, aber ihr Körper gehorchte ihr noch immer nicht.

„Manche Geheimnisse bleiben besser im Dunkeln." Kamira hob das Messer an. „Schade um dein süßes Blut", knurrte sie bedauernd. Dann blitzte der Stahl auf, schoss nach vorne.

Amalia schrie auf. Das war ihr Ende.

Fast zeitgleich sprang Aurelius wieder auf die Füße. Amalia begriff nicht, wie das ging, aber er war schnell – schneller als der Stahl auf der Suche nach ihrem Herzen. Seine Hand packte das Handgelenk der Fremden. Amalia konnte ihm ins Gesicht sehen, als er Kamira herumriss. In seinen Augen lagen Angst und Sorge - um sie.

Er riskierte sein Leben für sie. Gleichzeit lag in seinen Gesichtszügen auch Wut, die sein sonst so perfektes Gesicht ebenso verzerrte wie das von Kamira. Seine Augen erschienen ihr größer und glühender. Sie lagen etwas schräg in den Höhlen, während sein Mund sich öffnete und scharfe Zähne aufblitzten. In diesem Gesicht lag keine Menschlichkeit. Er trat Kamira mit unglaublicher Wucht die Füße unter dem Körper fort.

Wieder überschlugen sich beide Angreifer. Das Messer fiel zu Boden. Keiner konnte einen klaren Vorteil gewinnen. Schließlich löste sich der Körper von Kamira vor ihren Augen auf. Er verschwamm und nahm nach und nach die Konturen eines Wolfes an.

Amalia glaubte ihren Augen nicht. Das war unmöglich.

In Wolfsgestalt sprang Kamira davon.

Der gesamte Vorfall hatte nicht länger als einige Sekunden gedauert. Sie spürte, dass sie sich wieder bewegen konnte.

Auf wackeligen Beinen lief sie Aurelius entgegen, der ebenfalls nicht sonderlich sicher auf den Beinen war, aber zumindest stand er. Alles würde gut werden. Sie musste nur die Nerven behalten. Heftig atmend erreichte sie ihn und schlang ihren Arm stützend um seine Taille.

„Du brauchst einen Arzt! Wir müssen einen Krankenwagen rufen!"

„Das ist nichts."

Sie starrte ihn an und verstand einen Moment nicht, was er da sagte. Ein Messer hatte bis zum Heft in seinem Körper gesteckt und vielleicht lebenswichtige Organe verletzt. Er musste im Schock sein, sonst würde er nicht so reden. Vermutlich spürte er die Wunde nicht, weil er voller Adrenalin war. Sie musste ruhig bleiben, durfte nicht in Panik geraten. Sie würde ihm helfen, ob er es wollte oder nicht.

„Du bist verletzt. Diese Verrückte hat dir ein Messer in den Bauch getrieben."

Aurelius zog die Uniformjacke zurück. Amalia sah eine Wunde, die kaum mehr blutete.

„Sie hat mich nur gestreift. Ein Kratzer."

Sie schüttelte heftig den Kopf. Sie hatte gesehen, wie viel Blut an dem Messer geklebt hatte. Die gesamte Klinge war benetzt gewesen.

„Unmöglich."

„Ich sagte dir doch, es ist nur ein Kratzer."

Sie wusste, was sie gesehen hatte, und nach all dem, was sie an diesem Abend erlebt hatte, wurden ihr ihre Schlussfolgerungen, die schon die ganze Zeit in ihrem Kopf herumspukten, nur weiter bestätigt.

„Du hast es heilen lassen!" Sie hörte, wie vorwurfsvoll sie klang.

Aurelius winkte ab. „Bitte. Es gibt keine übernatürliche Heilung."

Amalia packte seine Schultern. „Nein. Die gibt es nicht. Es gibt auch keine Frauen, die sich in Wölfe verwandeln. Es ...", sie verstummte. Aurelius sah sie aus einem braunen Auge an – und einem goldgrünen. Es schimmerte wie das Auge eines Drachen im Licht des vollen Mondes.

„Du trägst Kontaktlinsen."

Irritiert sah er sie an. „Haben wir jetzt nicht Wichtigeres ..."

Er hielt mit großen Augen inne, als sie mit beiden Fäusten auf seine Brust einschlug. „Du bist es. Und du wusstest es. Die ganze Zeit über wusstest du, dass ich recht habe. Dass es vorherige Leben gibt. Dass du grüne Augen hast. Du elender Lügner!"

Sie sah, wie er zu seinem Auge griff. Er musste eine der Linsen im Kampf verloren haben. Gegen ihre Schläge wehrte er sich nicht, er ließ sie einfach an sich abprallen. Ihre Hände begannen, zu schmerzen. Es fühlte sich ein, als würde sie auf Stein schlagen.

Seine Stimme klang verunsichert. „Amalia, ich ..."

„Keine Lügen mehr!" Ihre Wut gab ihr Kraft, ihn zu konfrontieren. Sie sah in sein goldgrünes Auge. Ein Auge, das sie seit Jahren in ihren Träumen verfolgte. „Ich will die Wahrheit hören. Die ganze Wahrheit, verdammt. Was war das eben? Und was ist hier überhaupt los? Was will das Wolfsding von mir?" Jetzt klang ihre Stimme doch etwas hysterisch. Sie versuchte, sich zu beruhigen und starrte auf die nahezu geschlossene Wunde an Aurelius' Seite. Das alles war verrückt.

Aurelius suchte nach Worten. Verlegen versuchte er, mit der Hand den Einschnitt in seinem Hemd zu verdecken, als könne er so die Lügen aufrecht erhalten. „Nun, das ..."

„Sag nichts." Amalia hörte, wie bitter sie klang, aber es war ihr in diesem Moment egal. Plötzlich lag das Rätsel ganz klar vor ihr, samt seiner Lösung. Sie hatte an diesem Tag schon ein Mal darüber nachgedacht, aber sie hatte nicht glauben können, dass es übernatürliche Wesen gab. Mit einem Mal war sie sicher, dass er ein Vampir war. Ihre Gedanken überschlugen sich. Sie wollte ihm wehtun, schreien, oder wenigstens das Zittern unter Kontrolle bringen, das sie schüttelte. Sie konnte es nicht fassen. Aurelius hatte alles gewusst. Er spielte mit ihr, seit sie einander kannten. Er war der letzte Mensch – das letzte Wesen auf dieser Erde – von dem sie Ehrlichkeit erwarten durfte. Ihr Schmerz war bitter, gerade weil sie in diesem Moment begriff, wie sehr sie ihn liebte. Tränen rannen aus ihren Augenwinkeln.

„Amalia, bitte, hör mir zu."

„Nein. Du erzählst sonst nur wieder Lügen. Ist es nicht so? Lügen, wie die von deiner Exfreundin und ihrem Bruder, der angeblich eure Beziehung missbilligt. Lügen über deine Augen und die Wunde an meinem Hals." Hatte er sie gebissen? Wirklich gebissen? Es waren keine Bissspuren in der Wunde zu sehen. Wenn dort welche gewesen waren, waren sie unnatürlich schnell verheilt. Genau wie die Wunde in seinem Bauch. Hatte er sie geheilt? Sie presste die Hand auf ihren Hals und trat zurück. Das alles war zu viel für sie.

„Amalia, das …"

„Ich will nichts hören", unterbrach sie ihn verzweifelt, obwohl sie ihn gerade mit Fragen bombardiert hatte. Das alles war genug für einen Tag. Genug für ein Leben. Seine ganzen Lügen. Der Kampf im heidnischen Dorf, der skurrile Abend, die seltsame Hekae mit ihren Weissagungen und dann dieser Angriff. Die Explosion. Die Wahrheit ließ sich nicht mehr leugnen. So unglaublich sie auch war, sie stand groß und leuchtend vor ihr wie der volle Mond am Himmel. Sie schluchzte, unfähig, ihre Gefühle zu beherrschen.

„Ich kann keine deiner Lügen mehr ertragen, verstehst du? Ich kann nicht mehr."

Er stand dicht vor ihr, vor dieser unwirklich schönen Gartenlaube. Der Mond warf schwaches Licht durch die offenen Bögen. Seine Haut schimmerte wie die glattpolierte Oberfläche einer Marmorstatue. Ein Glitzern überzog die helle Oberfläche und seine goldgrünen Augen waren schöner als alles, was sie je erblickt hatte.

Er fasste ihre Hand, und obwohl sie ihm ihre Finger entziehen wollte, konnte sie es nicht. Vor ihr stand kein Mensch. Er war grausam schön und sie konnte und wollte sich ihm nicht entziehen.

„Bitte, hör mir zu. Ich erkläre es dir. Ich erkläre dir alles. Das wollte ich schon tun, ehe die Explosion stattfand."

Sie schwieg und gab ihm die Möglichkeit, weiter zu sprechen. Ihr Blick lag unverwandt in seinem. Sein engelsgleiches Gesicht war von Trauer erfüllt. Es schien ihm leidzutun, sie hintergangen zu haben. Seine Stimme war leise und melodisch.

„Das eben war eine Werwölfin. Sie heißt Kamira und hat ein persönliches Problem mit mir, weil ich ihren Gefährten umgebracht habe. Und ich … ich bin ein Vampir", sagte er ausdruckslos. Er regte sich nicht, versuchte nicht, sie an sich zu ziehen. „Zumindest nennt man unsere Art in Europa so. Wir sind Mutanten, Virenverseuchte. Nenn es, wie du willst. Kaum fünf Prozent überleben die Infektion auf natürlichem Weg. Ohne medizinische Hilfe sterben die meisten innerhalb der ersten zwölf Stunden nach dem finalen Biss an Fieber. Aber inzwischen haben wir gelernt, zu trinken, ohne Menschen zu verwandeln." Er sah auf ihren Hals. „Und ohne zu töten. Das Sekret, das wir absondern, beschleunigt die Heilung. Du wirst also kein Vampir werden und auch nicht sterben, obwohl ich dich gebissen habe."

„Du hast tatsächlich … du hast mich …" Ihre Stimme brach.

„Ich musste es tun. Gracia hat es befohlen. Sie führt den Vampirklan, zu dem ich gehöre."

Amalia konzentrierte sich auf das Atmen. Ein und aus. Sie versuchte, zu begreifen, was er ihr da erzählte. Die Bilder des Tages überschlugen sich in ihren Gedanken. Wieder sah sie die Blonde im mittelalterlichen Dorf vor sich, die Aurelius ihren Hals anbot.

„Dieses Mädchen heute Mittag ... hast du sie telepathisch beeinflusst, damit sie dir ... Blut ... ich meine, trinkt ihr tatsächlich regelmäßig ..." Sie verstummte und umklammerte ihren Hals. Sie fand nicht die richtigen Worte.

„Blut ist wichtig für uns. Am besten menschliches Blut. Es geht auch lange Zeit ohne, aber dann werden wir schwächer. Gewöhnliche Nahrung brauchen wir so gut wie gar nicht. Wir können sie zu uns nehmen, aber wir benötigen sie nicht."

Eine Frage kreiste in ihrem Denken. Sie wusste, wie unsinnig die Frage war, wie kleinlich in Anbetracht der Ereignisse, aber sie konnte nicht anders, als diese Frage aus sich herauszupressen: „Warum ich? Wie passe ich da rein? Was willst du von mir, Aurelius? Was will dein Klan von mir?"

Sie verstand, dass Aurelius' Klan sie nicht töten wollte. Nach den Ereignissen hatte sie gesehen, wozu Aurelius in der Lage war. Hätte er sie umbringen wollen, wäre sie nicht mehr am Leben. Statt dessen hatte er sie mit seinem Leben – oder seines Existenz – geschützt.

Aurelius seufzte. „Das ist kompliziert."

„Versuch, es zu erklären."

Er senkte den Blick. „Du hast zu viel erlebt. Zu viel für einen einzigen Abend. Gönn dir eine Pause. Ich erkläre dir alles unterwegs im Auto."

„Unterwegs im Auto?" Was hatte er vor? Wollte er sie entführen wie die verrückte Kamira vor wenigen Minuten? Die Gewissheit, dass ihr ganzes bisheriges Leben zusammenbrach wie ein Kartenhaus, nahm ihr den Atem. „Im Auto?", wiederholte sie stupide. Sie versuchte verzweifelt, zu begreifen, was gerade geschah.

„Wir müssen von hier verschwinden", sagte er teilnahmslos. „Dieser Ort ist nicht sicher."

„Aurelius, ich werde nicht nach all dem mit dir in ein Auto steigen. Ich will tatsächlich nie wieder irgendetwas mit dir zu tun haben! Weder mit dir noch mit einem anderen deiner blutgierigen Freunde." Die Wunde an ihrem Hals pulsierte. Der Gedanke, dass er ihr heimlich und gegen ihren Willen Blut ausgesaugt hatte, erhöhte ihren Blutdruck.

Aurelius stand noch immer unbewegt. Wenn er wenigstens etwas erwidert hätte.

„Es tut mir leid, aber ich muss dich mitnehmen. Du bist in Gefahr."

Amalia erwiderte nichts. Er würde sie mitnehmen, ob sie wollte oder nicht. Und sie wusste nicht einmal, weshalb. Das war zu viel für sie. Tränen liefen über ihre Wangen und ihr Fluchtinstinkt übernahm ihren Körper. Sie rannte los. Der Park flog an ihr vorbei. Dennoch kam sie keine zehn Meter weit. Aurelius war plötzlich da und hielt sie fest. Sie wehrte sich heftig und gemeinsam stürzten sie zu Boden. Seine Stimme war dicht an ihrem Ohr.

„Wir brauchen dich, Amalia. Wir brauchen dein Wissen." Er lag schwer auf ihr, drückte ihren Rücken in das feuchte Silbergras.

Ihr Zittern wurde stärker. „Dann ist es wahr. Ich bin eine wandernde Seele. Ich wurde wiedergeboren, und ihr braucht etwas, das ich aus einem vorherigen Leben weiß. Eine meiner Erinnerungen."

„Nein." Sein Blick war ausdruckslos. „Das ist nicht ganz richtig. Ja, wir brauchen deine Erinnerung, aber du bist nicht wiedergeboren. Du bist das, was wir seit der Antike Seelenblut nennen. Früher dachten wir tatsächlich, es gebe eine Wiedergeburt. Doch seit einigen Jahren kennen wir die Wahrheit. Und diese Wahrheit führte uns zu dir."

Sein Atem war warm, wie der eines Menschen. Er streifte ihre Wange.

„Welche Wahrheit?"

„Die Wahrheit, dass es keine Wiedergeburt gibt. Aber es gibt Genetik. Du, Amalia, entstammst einer sehr alten Familie mit einer seltenen Gabe. Eure genetischen Erinnerungen werden wesentlich präziser im Erbgut abgelegt, als die aller anderen Menschen."

„Genetische Erinnerungen?"

Er rollte sich von ihr hinunter, hielt ihre Handgelenke aber fest gepackt, damit sie nicht fliehen konnte. Sie stand in seinem Griff langsam auf.

„Ja. Jeder Mensch hat die Gabe dazu, doch die meisten speichern nur grobe Verhaltensmuster und einige wenige Bilder aus besonders intensiven Momenten. Wenn ein Mensch zum Beispiel einen Brand oder eine Hungersnot überlebt hat, oder eine andere

Katastrophe, dann kann es sein, dass er Teile dieser Erfahrung in irgendeiner Form weitervererbt. Es gibt viele falsche Medien, die eine schwach ausgeprägte Gabe haben. Sie haben ein paar Fetzen Erinnerung, den Rest ergänzen sie mit Fantasie und ihrem Wissen, aber es fühlt sich für sie an, als hätten sie die Ereignisse selbst erlebt. Und dann gibt es die eine Familie. Die eine Abstammung. Deine Abstammung von der Quelle. Die Frauen deiner Vorfahren können es wirklich. Sie speichern alles und können auf große Teile der Leben ihrer Ahnen zugreifen. Schon vor dreißigtausend Jahren wart ihr Schamaninnen. Später Priesterinnen. In Ägypten gab es einen eigenen Kultort, nur für euch. Nach Mesopotamien hat man einige von euch entführt, und Menschen wie Alexander der Große zahlten ein Vermögen, euch zu sehen und zu besitzen."

„Ich bin für dich eine Attraktion? Ein Tier, das man wie im Zirkus vorführt?"

„Du bist ein Nachkömmling von Lai'raa. Eine menschliche Erbin des vergifteten Blutes. Und du trägst Erinnerungen in dir, die jeden Geschichtsprofessor ob ihrer Genauigkeit und Präzision zu einem frühen Infarkttod treiben könnten."

Sie schloss die Augen. Es war eine Erklärung. Zwar war sie vollkommen verrückt, genau, wie Aurelius vollkommen verrückt war, aber es war eine Erklärung.

„All meine Träume", flüsterte sie, „es hat sie wirklich gegeben, diese Menschen? Marie ... sie hat tatsächlich gelebt?" Sie sah Aurelius an und erinnerte sich wieder, was für ein Mistkerl er gewesen war. Es war alles real. Aurelius hatte diese Frau ausgenutzt. Er hatte sie zu sexuellen Gefälligkeiten gezwungen und sie als Lustspielzeug auf seinem Anwesen gehalten. Er war ein widerwärtiges Monster in der Hülle eines Gottes. Sie trat gegen sein Schienbein und versuchte, ihre Hände aus seinem Griff zu befreien.

„Du hast sie dir als Sklavin gehalten. Du hast sie erpresst und gedemütigt. Hast ihr alles genommen."

„Ich stelle keinen Antrag auf einen Preis für Menschenrechte."

Ihre Hände bekam sie nicht frei, und ihre Fuß- und Kniestöße schien er nicht wahrzunehmen.

„Sei jetzt nicht sarkastisch. Ich will wissen, was aus ihr geworden ist. Was ist mit ihr passiert?"

„Mit Marie?" Er sah sie überrascht an. Seine Augen verengten sich. „Weißt du das denn nicht? Sie ist geflohen. Sie hat Nachwuchs bekommen. Einen Sohn. Sie war deine direkte Vorfahrin. Es ist kein Wunder, dass du dich zuerst an sie erinnert hast. Du trägst einen Anhänger, den einst Marie besessen hat. Solche Gegenstände können Erinnerungen und Träume auslösen. Sie sind eine Verbindung quer durch die Zeit. Eine Art Katalysator, der den Prozess des Erinnerns beschleunigt."

Seine Erklärungen schienen auf irrsinnige Weise einen Sinn zu ergeben, aber das hieß noch nicht, dass sie sich bereitwillig von ihm mitnehmen ließ. Sie wollte selbst über ihr Leben bestimmen und entscheiden, was gut für sie war und was nicht.

„Lass mich los, Aurelius."

„Erst, wenn du mir versprichst, mit mir nach Frankfurt zu kommen. In unserem Klanhaus bist du sicher."

„Sicher? Was heißt sicher? Sicher unter einem Haufen Blut trinkender Vampire, wie du einer bist?"

„Sicherer als an jedem anderen Ort dieser Erde", erklärte Aurelius ruhig. „Du bist der Schlüssel in die Vergangenheit. Du weißt, wo Lai'raas letzte Ruhestätte ist. Nur ihre menschlichen Nachkommen wussten das, jene, die nicht mutiert sind. Und du trägst die Erinnerung in dir, auch wenn es dir noch nicht bewusst ist. Deshalb wirst du gejagt. Du bist der Schlüssel zum Heiligen Gral der Vampire."

„Ich verzichte auf diese Erinnerung."

„Aber N'ree verzichtet nicht darauf. Sie war es, die Lai'raa damals tötete, und glaubte, sie endgültig vernichtet zu haben. Die blonde Barbarin aus dem Norden. Aber Lai'raa starb nicht. Jemand hat ihren erstarrten Körper verborgen. Sie ruht noch immer, schlafend, vermutlich wahnsinnig. Und wenn sie erweckt wird, wird sie ein Instrument sein. Ein Instrument der Vernichtung, denn es heißt, in ihren Adern fließt reines Blut und ihre mentalen Kräfte sind größer als alles, was ihre Nachfahren je zustande gebracht haben. Wer Lai'raas Blut trinkt und Lai'raa kontrolliert, hat genug Macht, alle anderen Vampirclans zu unterwerfen. N'ree, die sich seit Jahrhunderten Rene nennt, wird sich das zunutze machen. Sie wird sich aufschwingen zu einer grausamen und blutigen Herrschaft, denn für sie gilt nur das Recht des Stärkeren."

Amalia spürte Angst und Trotz in sich. Wenn sie nachgab, hatte sie verloren. Aurelius würde sie nach Frankfurt bringen und sie würde nie wieder so leben können wie bisher.

„Wenn mich diese Vampirmärchen nun aber nicht interessieren? Ich will nach Hause. Zurück in mein Leben."

Aurelius ließ sie los. „Dein Leben gibt es nicht mehr. Dein Zuhause ist bei uns."

Amalia wich zurück und rannte erneut los. Dieses Mal holte er sie noch schneller ein. Er presste sie an sich. Sie standen eng umschlungen wie ein Liebespaar mitten im Park des Schlosses. Amalia fühlte neue Tränen.

„Ich will das alles nicht!" Sie grub ihre Nägel in sein Fleisch, wünschte sich, er würde nur einen Bruchteil der Schmerzen fühlen, die in ihr wüteten. „Ich will nicht wichtig für so gefährliche Wesen sein." Sie zitterte. Sollte sie nicht froh sein, dass er da war? Ohne ihn hätte Kamira sie bereits getötet. Vielleicht war es tatsächlich das Beste, mit ihm zu gehen. Zumindest vorerst. Er konnte ihr mehr über sie selbst erklären. Mehr über ihre Träume und die Vergangenheit. Sie fühlte instinktiv, dass sie nur eine Zukunft hatte, wenn sie sich dem Vergangenen stellte.

„Ich habe keine Wahl, oder?"

„Du hast keine Wahl."

Aus den Schatten kamen zwei Gestalten auf sie zu. Amalia fürchtete zuerst, es seien weitere Werwölfe, doch es waren Darion und Grace. Beide sahen mitgenommen aus. Anscheinend waren sie in Kämpfe verstrickt gewesen.

„Hekae ist tot", erklärte Gracia statt einer Begrüßung. „Wir müssen verschwinden, die Polizei ist schon unterwegs."

Amalia sah die beiden plötzlich mit ganz anderen Augen. Erinnerungen aus Träumen stiegen in ihr hoch. An den menschenfeindlichen, grausamen Darion. Und an Grace. Die wahnsinnige Gracia, die es liebte, andere zu erniedrigen.

Grace sah sie an, als habe sie sie eben erst wahrgenommen. Sie warf Aurelius einen schnellen Blick zu. „Soll ich ihre Erinnerung löschen?"

Amalia kam Grace zuvor. Die Wut ihrer Erkenntnisse gab ihr Kraft. „Das ist nicht nötig, Lady Gracia. Das kleine Täubchen hat sich bereits erinnert und es weiß, wer du bist."

Die drei Vampire starrten sie an. Darion wirkte amüsiert, Aurelius' Blick war warnend und Grace' Miene wurde zu einer ausdruckslosen Maske.

„Sei nicht frech, Amalia. Wenn du beginnst, dich zu erinnern, weißt du, wozu ich imstande bin."

Amalia schluckte, aber sie hielt Grace' Blick stand. „Du brauchst mich. Also lass mich in Ruhe."

Grace sah einen Augenblick eher nachdenklich als wütend aus. „Du bist in der Tat sehr stark. Ich bin sicher, dass du uns alles sagen wirst, was den Heiligen Gral betrifft."

„Lai'raa." Der Name rutschte Amalia trotz Aurelius' warnenden

Blick heraus.

Grace trat dicht an sie heran. Ihre Lippen lagen auf Amalias Haut, als sie an ihrem Ohr sprach. „Exakt. Aber leider haben wir keine Zeit. Wir sehen uns in Frankfurt, Täubchen."

Auf dem Absatz ihrer Samtpantoffeln machte Gracia kehrt und Darion folgte ihr. Es war ein Bild, wie Amalia es schon hundert Mal gesehen hatte – oder besser – sie erinnerte sich daran, als ob sie es selbst gesehen hätte.

„Und du wirfst mir vor, verrückt zu sein?", fragte Aurelius, kaum dass Grace und Darion außer Hörweite waren. Er wirkte, als wäre er außer sich. „Gracia gehört zu den Alten. Du kannst sie nicht so behandeln."

„Sie will etwas von mir", entgegnete Amalia kalt. Sie fühlte sich lange nicht so selbstsicher, wie sie tat, doch sie wollte den kleinen Sieg nicht vergeuden, den sie gewonnen hatte. Sie hatte es geschafft, Aurelius aus der Fassung zu bringen und gleichzeitig seinen Respekt vor ihr weiter wachsen zu lassen.

Sie hob entschlossen den Kopf. „Fahren wir nun nach Frankfurt oder hast du deine Meinung geändert?"

Er schüttelte den Kopf, dann schenkte er ihr sein spöttisches Grinsen. „Du hast mehr Mut als Verstand, aber vielleicht ist das gut so." Mit weiten Schritten ging er voran und sie hatte Mühe, ihm zu folgen.

„Was wird aus meinen Sachen?"

„Grace und Darion holen sie. Sie zahlen auch die Rechnung." Sie erreichten seinen Wagen und er öffnete ihr die Tür. „Steig ein, bevor dein Mut dich verlässt."

Sie setzte sich in den Wagen. Er schlug die Tür zu. Amalia zuckte bei dem Klang zusammen. Sie starrte aus der Frontscheibe hinaus auf die nächtliche Straße. Blaulichter und Sirenengeräusche kamen ihnen entgegen.

Aurelius stieg ein und wartete, bis zwei Polizeiwagen an ihnen vorbeigerauscht waren. Dann startete er den Motor.

„Es wird dir in Frankfurt gefallen. Das Klanhaus liegt abgeschieden ein Stück außerhalb, und ..."

„Fahr endlich und hör auf zu reden."

Überraschenderweise tat er ihr den Gefallen. Sie wischte sich über das heiße Gesicht. Sie war also die Nachfahrin einer alten Priesterinnenkaste. Sie verfügte über ein Wissen, das für die Vampire von größtem Interesse war. Das bedeutete zumindest, dass die Vampire sie nicht sofort töten würden. Und es bedeutete auch, dass sie nicht verrückt war. Seltsamerweise war die

Erleichterung darüber, geistig normal zu sein, größer als ihre Angst vor der Zukunft. Ein Teil von ihr war neugierig auf die andere Welt, die dunkel und Furcht einflößend vor ihr lag.

Sie sah Aurelius von der Seite an. Er hatte auch die zweite Kontaktlinse herausgenommen. Seine grüngoldenen Augen blickten stur auf die Straße. Sein helles Gesicht wurde von seinem Bernsteinhaar umrahmt. Er war so verdammt schön. Es fiel ihr schwer, ihn zu hassen, trotz allem, was er in der Vergangenheit getan hatte. Dafür waren die positiven Gefühle, die sie ihm gegenüber im Laufe der letzten Tage entwickelt hatte, einfach zu intensiv. Konnte sie ihm trauen? Sie hatte so viele Fragen und die Antworten kannte nur er.

„Was passiert, wenn ich euch mein Wissen gegeben habe? Ich weiß zwar nicht, wie das funktionieren soll, aber ...“

„Es gibt andere wie Hekae. Vampirinnen, die dir helfen können, dich zu erinnern und zugleich in deine Gedanken eindringen. Sie sind nicht genauso gut wie das Orakel, aber sie werden dir beibringen, in vergangene Zeiten einzutauchen.“

„Schön. Und wenn ihr dann wisst, was ihr wissen müsst – wenn ihr euern Gral tatsächlich in meiner Erinnerung findet – was geschieht dann mit mir? Werdet ihr mich töten?“

Er sah sie nicht an. „Ich verspreche dir, dass das nicht geschieht. Du stehst unter meinem Schutz.“

„Warum? Was bin ich eigentlich für dich?“ Ihr Herz schlug schmerzhaft in ihrer Brust. Liebte er sie? Oder tat er das alles nur für Grace, die Herrin seines Klans?

Sie hatte Angst vor der Antwort.

Die Antwort kam knapp und kalt. „Ein Auftrag.“

Sie fühlte sich, als sei sie soeben aus einem abstürzenden Flugzeug in arktisches Wasser gesprungen.

So viel zu dem Thema Liebe.

„Mehr nicht?“ Es war idiotisch, das zu fragen, aber sie konnte nicht anders. Die gemeinsamen Stunden mit ihm waren ihr noch frisch in Erinnerung, wurden vor ihrem inneren Auge abgespult wie ein Film, der nur für sie lief. Sein Körper in ihrem. Seine Wärme und Nähe. Da war doch mehr gewesen als diese kalte Berechnung, die er in diesem Moment demonstrierte. Es gab zwischen ihnen eine Vertrautheit, über die Grenze des Gewöhnlichen hinaus.

„Mehr nicht“, sagte er ausdruckslos.

„Mistkerl.“

„Ich bin nur ehrlich.“

„Nein, das bist du nicht. Du bist feige und ein verdammter Lügner." Sie lehnte sich zurück, plötzlich ganz ruhig geworden. „Aber ich werde es dir beweisen."

„Was?" Seine grünen Augen blickten flüchtig zu ihr hin.

„Dass du ein Lügner bist." Und dass er sie liebte.

„Viel Erfolg." Es klang belustigt.

Amalia verschränkte die Arme vor der Brust. So leicht würde sie nicht aufgeben. Ob Vampir oder nicht, sie wusste, was sie fühlte, und mit ihren Gefühlen war es wie mit ihrem Wissen über Lai'raa und die Verwicklungen, in die sie geraten war – es gab kein Zurück. Der Weg führte so unbeirrbar nach vorne, wie der Wagen über die gerade Straße Richtung Frankfurt rauschte.

Sie gab nicht auf. Weder sich noch ihre Zukunft noch Aurelius.

Denn er liebte sie. Ob Vampir oder Dämon. Er liebte sie und der Tag würde kommen, an dem er ihr das auch sagte.

ENDE TEIL 1

SARAH SCHWARTZ (Jahrgang 1978) wuchs in Frankfurt/M. auf, wo sie Germanistik (Magister), mit den Nebenfächern Psychologie und Kunstgeschichte, studierte. Nach dem Studium arbeitete sie in diversen Nebenjobs um sich ihrer Hauptleidenschaft widmen zu können, dem Schreiben. Sie veröffentlichte unter verschiedenen Namen mehrere Romane und Kurzgeschichten.
www.freenet-homepage.de/stefanie-rafflenbeul

WEITE TITEL VON SARAH SCHWARTZ:

TOKYO SINS
EROTISCHER ROMAN
ISBN 9783938281277

Die schüchterne Laura besucht ihre dominante Schwester Jessica in Japan. Zu ihrem Entsetzen stellt sie fest, dass ihre Schwester Inhaberin eines exklusiven Clubs ist, der die erotischen Gelüste reicher Japanerinnen stillt. Schockiert, aber auch fasziniert beobachtet sie die schönen Frauen und Männer, die ungehemmt ihre wildesten Fantasien ausleben. Dann wird Jessica bei einem Unfall verletzt – und ausgerechnet Laura soll sie für eine Nacht bei einem Millionärspaar vertreten. Unter der Anleitung von Jessicas Mitarbeiter Takeo, in den Laura heimlich verliebt ist, beginnt für Laura eine Schule der Lust ...

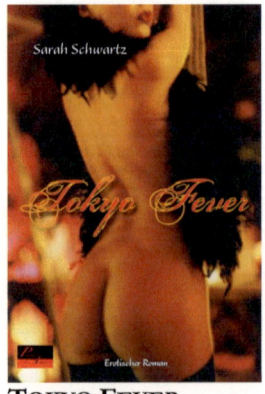

TOKYO FEVER
EROTISCHER ROMAN
ISBN 9783938281406

Die Schauspielerin Kiara verliebt sich auf einer Party in den J-Rock-Star Hayato. Leider ist Hayato so gar nicht ihr Typ: arrogant, sexbesessen, dominant. Kiara dagegen ist zurückhaltend und sexuelle Ausschweifungen sind ihr fremd. Während Kiara sich gegen ihre Gefühle wehrt, schließt Hayato heimlich eine Wette ab: Hayato soll Kiara nicht nur verführen, sondern sie in den Sexclub „Palast der Wünsche" mitbringen, einem Etablissement, das die sexuellen Wünsche der Reichen und Schönen Tokios stillt. Dort soll Hayato vor laufender Kamera beweisen, wie viel Macht er über die junge Frau hat ...